講談社文庫

新装版

平城山《ならやま》を越えた女

内田康夫

講談社

目次

平城山《ならやま》を越《こ》えた女

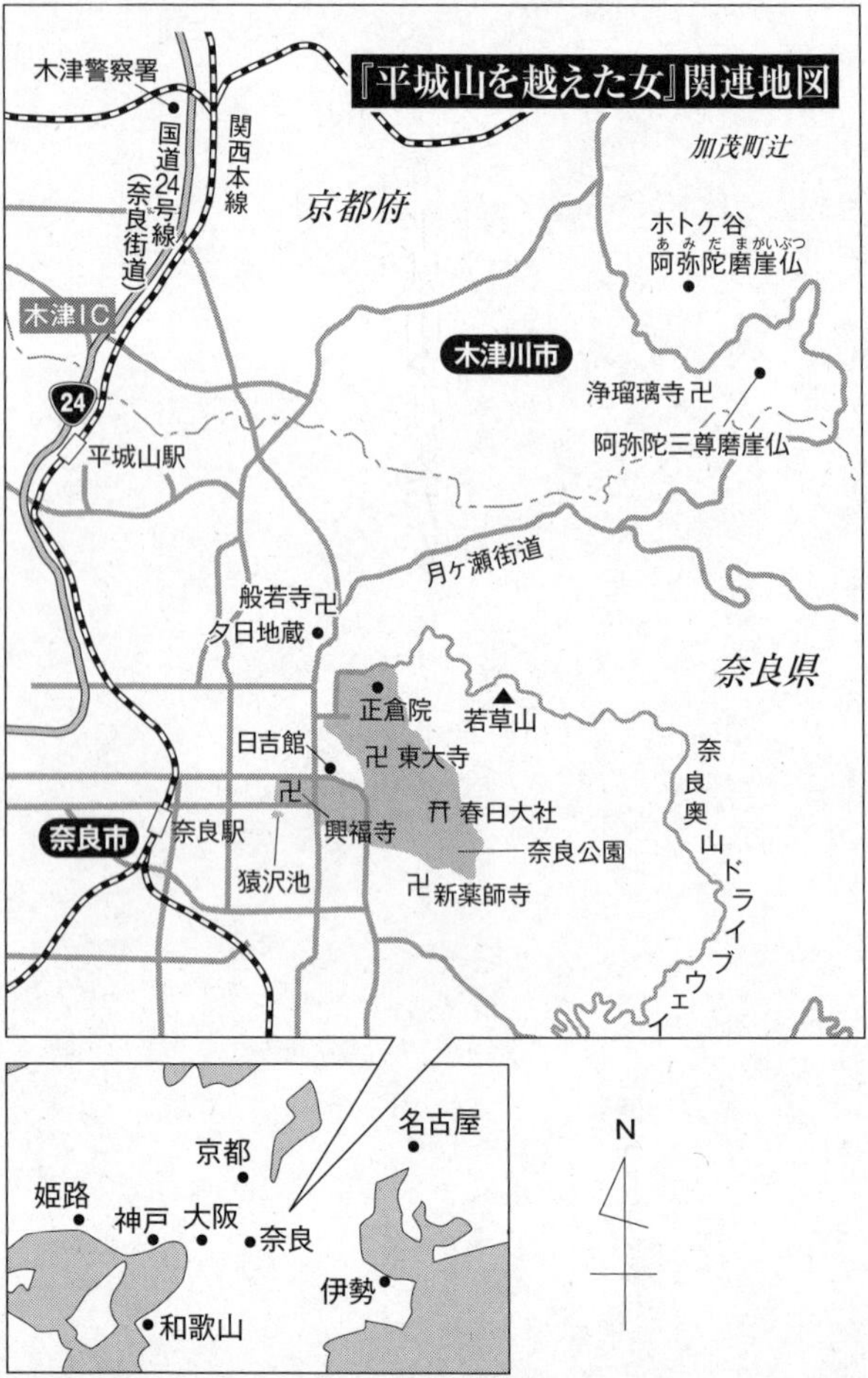
『平城山を越えた女』関連地図
木津警察署
国道24号線（奈良街道）
関西本線
京都府
加茂町辻
ホトケ谷
阿弥陀磨崖仏《あみだまがいぶつ》
木津IC
木津川市
24
浄瑠璃寺
阿弥陀三尊磨崖仏
平城山駅
月ヶ瀬街道
般若寺
夕日地蔵
奈良県
正倉院
若草山
日吉館
東大寺
奈良奥山ドライブウェイ
興福寺
春日大社
奈良市
奈良駅
奈良公園
猿沢池
新薬師寺
名古屋
京都
姫路
神戸
大阪
奈良
伊勢
和歌山
N

プロローグ

1

ならさか　の　いし　の　ほとけ　の　おとがひ　に
こさめ　ながるる　はる　は　き　に　けり

会津八一《あいづやいち》

奈良県と京都府の境、昔の大和《やまと》の国と山城《やましろ》の国との境に、盛り上がるように広がる丘陵の一帯を「平城山《ならやま》」という。むかし、女学校などで愛唱された歌に、「人恋ふはかなしきものと　平城山に　もとほりきつつ　たえがたかりき……」というのがあったが、この歌のタイトルが『平城山』である。

その平城山を越えて大和―京都を往来する道が「奈良坂」である。古代は平城宮址の北方から山城へ向かう歌姫越えを指してそう呼んだが、今日では一般的に般若寺《はんにゃじ》の脇を通って行く国道24号線——奈良街道の峠付近のことをいう。

　地図で見るとよく分かるように、奈良坂は京都、山城と大和、吉野を結ぶ最短コースとして、古くから交通の要衝《ようしょう》であった。地方の国府《こくふ》などに赴任する万葉人たちが、家族や恋人と別れを惜しんだ坂でもあるし、東大寺の大仏殿造営のための用材も、木《き》津《づ》川から陸揚げされた後、ここを通って運ばれた。

源　頼政《みなもとのよりまさ》を宇治《うじ》で破った平　重衡《たいらのしげひら》が、その勢いに乗じて東大寺《とうだいじ》、興福寺《こうふくじ》をはじめとする南都の堂塔伽藍《どうとうがらん》を炎上させた際にも奈良坂を通って南都に侵入した。重衡は後に一ノ谷合戦で敗れ捕らえられ、いったんは鎌倉に運ばれながら、奈良僧徒の怨《うら》みは強く、奈良に移送され、奈良坂を望む木津川べりで斬首の刑に処せられた。

　奈良街道——現国道24号線は、京都府木津町側から奈良県に入り、奈良坂を登りつめる少し手前で旧街道と左に分かれバイパスになる。その分岐点にあるバス停が「奈良坂」と標示されている。

　旧街道は車がやっと擦《す》れちがえる程度の細道で、道の両側に古ぼけたしもたやふうの民家が、低い軒を突き合わせるようにして並んでいる。崩れかけた築地塀《ついじべい》も観ることができる。まれに新しく建てた新建材の建物があると、異端者めいて無粋な感じがする。

旧街道を登りつめた、いくぶん平坦《へいたん》なあたりに、般若寺がある。般若寺は楼門《ろうもん》が国宝で、ほかに十三重の石宝塔や文殊菩薩騎獅像《もんじゆぼさつきし》などの重要文化財があり、「コスモス寺」の別名でも知られているのだが、観光客の訪れは意外なほど少ない。

般若寺を過ぎて、奈良市内・東大寺の方向へ下る坂の途中、三叉路《さんさろ》の角に、背丈二メートルあまりの石仏が立っている。

会津八一が「ならさか　の　いし　の　ほとけ……」と詠んだのは、この石仏のことである。八一のころは、たぶんコスモスの群れ生える草地に、無造作に立っていたのだろうけれど、いまは周辺に民家が迫り、ブロック塀に背後の三方をおし包まれるような、ひと坪ほどのわずかなスペースのところで、窮屈なことになっている。

しかし石仏そのものの素顔は変わりない。西を向いて微笑むように佇《たたず》む姿から、いつのころよりか「夕日地蔵」と称されるようになった。八一は「その表情笑ふが如く、また泣くが如し」と書いている。

その八一の歌の「おとがひ　に　こさめ　ながるる」ような、やわらかな雨の降る早春の午後のことであった。

春雨とはいうけれど、気温のほうはいっこうに上がらない。ただでさえ観光客が少ないのだから、こういう日の奈良坂の旧街道はほんとうに人通りがない。

それにしても、野末の道ならともかく、奈良市街の一角ともいえる場所であり、曲がりなりにも、般若寺、夕日地蔵という二つの「名所」がある奈良坂の寂しさは、ちょっと意外に感じる。

霧雨のような雨の中、夕日地蔵の前に佇んで、じっと動かない女性がいた。傘もささず、コートも着ていない。夕日地蔵のところは雨宿りする屋根もないので、髪もブルゾン姿の肩も、かなり濡《ぬ》れていた。

女性は人待ち顔に、坂の下や、ときには上のほうを窺《うかが》うような恰好《かっこう》をしていた。ときどき腕時計を覗《のぞ》き込んだりもしたから、ことによると、誰かと待ち合わせていたのかもしれない。

しばらくそうしていて、耐えかねたように歩きだした。坂を登り、般若寺までの中間のあたりにある「たねや」という、その名のとおりの種苗を商う店の軒先に入った。

そこでしばらく、夕日地蔵のほうや般若寺のほうを透かすように窺っていた。ここでもやはり、腕時計を何度も見て、それからまた小雨の中に出て行った。

今度は立ち止まることもなく、般若寺の前を通り過ぎて、奈良坂の町並みを足早に抜けて行った。

2

京都府相楽郡《そうらくぐん》加茂町《かもちょう》——ほんの数年前は人口九千あまりの、田圃《たんぼ》と茶畑と、シイタケを栽培する林が広がる、牧歌的な風景の田園地帯であった。唯一、壁紙づくりでは全国的に知られてはいたが、のどかな、典型的な「いなか」でしかなかった。

ところが、町域の真ん中の何もなかった丘陵地帯に、突如、三千戸の巨大住宅団地が出現して、人口は二倍にふくれ上がった。いま、加茂町からは奈良、大阪方面に通勤するサラリーマンが五千人ほどもいる。

この加茂町には、かつて都が置かれたことがある。八世紀半ば、聖武天皇のころのことで、「恭仁京《くにきょう》」と称せられた。もっとも、この都は平城京から平安京へ遷都《せんと》するあいだの、ほんのはざまのような時期——わずか三年二ヵ月ばかりで、まだ宮城も完成しないうちに、摂津難波宮《せっつなにわのみや》に遷都してしまったから、歴史的にはほとんど顧みられることがない。

加茂町にあるもっとも有名な史蹟は、なんといっても浄瑠璃寺《じょうるりじ》だ。奈良の市街地から遠く、足の便の悪い田園の中の小さな寺だが、堀辰雄《ほりたつお》の小品『浄瑠璃寺の春』で一躍、若い女性たちの人気の的となった。

——そのなかでも印象ぶかかったのは、奈良へ着いたすぐそのあくる朝、途中の山道に咲いていた蒲公英《たんぽぽ》や薺《なずな》のような花にもひとりでに目がとまって、なんとなく懐かしいような旅びとらしい気分で、二時間あまりも歩きつづけたのち、漸《ようや》っとたどりついた浄瑠璃寺の小さな門のかたわらに、丁度いまをさかりと咲いていた一本の馬酔木《あしび》をふと見いだしたときだった。

最初、僕たちはその何の構えもない小さな門を寺の門だとは気づかずに危く其処《そこ》を通りこしそうになった。その途端、その門の奥のほうの、一本の花ざかりの緋桃《ひもも》の木のうえに、突然なんだかはっとするようなもの、——ふいとそのあたりを翔《か》け去ったこの世ならぬ美しい色をした鳥の翼のようなものが、自分の目にはいって、おやと思って、そこに足を止めた。それが浄瑠璃寺の塔の錆《さび》ついた九輪《くりん》だったのである。

この文章からも分かるように、当時は浄瑠璃寺付近もまた、ただの田園地帯で、浄瑠璃寺がどこなのかさえ、はっきりしないようなありさまだった。いまは道路も整備され、門前には駐車場付の土産店兼食べ物屋が五軒ほどある。

ただし、狭隘《きょうあい》な地形上、大型観光バスの頻繁な乗り入れはない。奈良からここを訪れるには、タクシーで来るか、それとも便数の少ない路線バスを利用するしかない。

不便といえば不便だが、そのことによって、大和路の静けさやのどかさを楽しみたい人々の人気も集めているのである。

寺へ向かう参道の両側は馬酔木《あしび》の生け垣が連なる。可憐《かれん》な白い花の咲く時季には、狭い参道いっぱいの人波になる。

しかし、花の季節はまだ遠い。おまけにこの氷雨《ひさめ》とあって、今日の浄瑠璃寺界隈《かいわい》は閑散としていた。

吉田初枝《よしだはつえ》は店の表のドアを開け、重苦しい空を見上げて、その拍子にクシャミをした。

初枝の家は、浄瑠璃寺の参道の途中から左に、飛石伝いに入り込んだところにある、茶店と土産物屋をごっちゃにしたような、小さな店である。初枝の夫の武男《たけお》がまだ子供のころは、花を栽培し寺や旅館などに納めていたそうだ。そのうちに、浄瑠璃寺の参拝客を相手に、よもぎ餅《もち》など、季節のものを食べさせる茶店ふうの店を始めた。浄瑠璃寺門前の店々の第一号である。

もともと花屋だっただけに、代々の当主は活け花師範でもあった。武男も、顔はひどくごつい顔をしているけれど、れっきとした華道師範の肩書を持っていて、店の仕事の合間などに、店のとなりの藁葺《わらぶき》屋根の家で、町の主婦たちや、まれには遠くから訪れた客にも華道を教える。

午前中はまだしもお客があったけれど、午後二時を過ぎると、客足は遠のいた。高校生らしい、少女たちのグループが、雨宿りのように飛び込んできて、笑いさんざめきながら、長い時間をかけて、絵はがきやお守りの鈴など、単価の安い土産品を買っていったのを最後に、客が途絶えた。参道を行く参拝者の姿も見えない。

霧のような雨が店先に吹き込んで、商品を濡らすのが気になって、いっそ店を閉めようかと思ったとき、大阪の問屋に土産品の仕入れに行った武男が戻って来た。

「山門のところに、何やらけったいな女《おな》ごがいてるで」

武男は合羽《かっぱ》を脱ぎながら、表に顎《あご》をしゃくって、言った。

「けったいな女ごって？」

「山門の下でしゃがんだり立ったり、どこか具合でも悪いんかと思ったのやが、そうでもないみたいや」

「ふーん、何やろ？……」

初枝は店を出て、参道のところまで走って行った。

雨はしげくなるでもなく、やむでもなく、さやさやと風になびくカーテンのように降りつづいていた。その雨の中、浄瑠璃寺のちっぽけな山門の下に佇んで、薬師如来像のある三重塔に向かって、じっと動かない女性がいた。

泣いているのか——と思える悲しげな立ち姿であった。

って浅葱《あさぎ》色のブルゾンを着て、襟を深く立ててはいるけれど、傘もささず、帽子もかぶっていない。霧のような雨だけれど、それだけに屋根の下にも流れ込む。長い髪はすでに雨を含んで、肩先に重く垂れている。たぶん、雫《しずく》は頬《ほお》を伝い、頤《おとがい》の先からポタポタと滴っているだろう。


初枝は急いで店にもどった。

「ねえ、何しているのかしら？」

奥で荷物の仕分けを始めた夫に訊いた。

「お祈りにしては長すぎるんでねえかと思って見とったが、まだいてるんか？」

「ああ、いてはるわ。いまは立ってるけど……お祈りかねえ、あれは」

初枝の目には、ただぼんやりと佇んでいるとしか見えなかった。

「風邪でもひかにゃいいけど」

「ほんま、わしもそう思ったな」

気温はいくらか高くなったかもしれないけれど、春の雨はまだ冷たかろうに──。

「ちょっと行ってくる」

初枝は傘を開いて、もういちど外に出ると、小走りに山門へ向かった。

あと二十メートルばかりに近づいたとき、女は気配に気づいて顔をこっちに向けた。髪の先から雫が散った。

「あの、雨、濡れますよ」

初枝は、われながら分かりきったことを言ったものだ――と思いながら歩速を緩めた。

女は二十四、五歳だろうか。化粧気のない白い顔であった。唇は紅色よりもむしろ紫色に近く、見るからに、寒さをこらえている様子が伝わってくる。

目が大きく、鼻筋が通った美しい顔立ちではあった。それだけにかえって無残な、哀れをそそるような風情がある。右の目元に小さな泣き黒子《ぼくろ》があるのが、ひどく印象的だ。もっとも、頰を濡らしているのが涙なのか雨なのかは、分からなかった。

「よかったら、傘、お貸ししますけど」

初枝は手にした傘を差し出した。

「そこの土産屋です。あとで戻しといてくだされぱいいです」

「ありがとう」

女は小さな声で言い、その瞬間、霧雨を吸い込んだように、かすかに咽《むせ》びながら頭を軽く下げた。

「でもいいのです、もう行きますから」

東京の人間らしい、歯切れのいい口調であった。それからもう一度、三重塔の方角に視線を戻して、スッと歩きだした。

参道を出はずれるときにチラッとこっちを振り向いて、小さく会釈して行った。

第一章　写経の寺にて

1

浅見《あさみ》光彦《みつひこ》のところに、『旅と歴史』の藤田《ふじた》編集長から電話で、「奈良の日吉館《ひよしかん》が消えるそうだから、行ってみてくれない」と言って寄越したのは、三月はじめの月曜日のことである。月曜の朝っぱらから、慌てたような口調で電話を寄越すというのは、何かしら——たとえば、予定していた原稿が入らないとか——齟齬《そご》をきたしたことの証左に決まっている。

浅見はなかば警戒しながら応対することにした。

「何ですか、その日吉館というのは？」

「えっ、浅見ちゃん、知らないの？　かの有名な日吉館を」

藤田は小馬鹿にしたように、ひとしきり笑った。

浅見は藤田の嘲笑《ちょうしょう》に耐えてから、もういちど「何ですか？」と訊《き》いた。

「驚いたなあ、ほんとに知らないんだねえ。浅見ちゃんもさ、いやしくも物書きの端くれだったら、日吉館ぐらい知っていてもらいたいものですがね」

「説教はそのくらいにして、教えてくれませんか。僕もそうそう暇人じゃないのです」

「へえー、暇人じゃないというと、つまり、ひょっとして、お仕事に励んでいらっしゃるというわけ」

「もちろんそうです。目下、雛《ひな》人形にまつわるミステリアスな話を取材して歩いて、大忙しの今日このごろですよ」

浅見は少しもったいをつけた言い方をしたが、「大忙し」は嘘《うそ》でも大袈裟《おおげさ》でもない。そのころの浅見は、雛人形がからんだ奇妙な事件に巻き込まれて、文字どおり東奔西走の毎日だった。

「雛人形か——なるほど、時はいま天《あめ》が下《した》知る雛祭りだもんね」

藤田はばかげた駄洒落《だじゃれ》を言いながら、浅見の態度が常に似ず大きいのを、「天が下知る」などと、チクリと皮肉っている。

「それで、どこあたりをほっつき歩いているのさ？」

「ほっつき歩いているというのには抵抗を感じますけどねえ」

浅見は一応、不満を言って、「主たる対象は門跡尼寺です」

「ん？　モンゼキ……何だって？」

「門跡尼寺――要するに、皇族や貴族といった尊きあたりから出た姫君が、門跡になった尼寺のことですよ」

「ふーん、それを門跡尼寺っていうの」

「いやしくも歴史雑誌の編集長の端くれなら、その程度のことは知っていていただきたいものですがね」

「分かった、分かりましたよ。だけど、そんなところを歩き回って、雛祭りとどういう関係があるのさ？」

「まあ、尼さんになるというのは、うら若い姫君にしてみれば、心ならずも――というケースがほとんどですからね、寂しい思いをまぎらわすために、雛人形をお供に連れて行ったのだそうです。その雛人形の中に、秘宝ともいうべきものが残されているので、それを訪ねて歩くというわけです」

「ふーん……待てよ。だとするとさ、早く言うと、お寺さんを巡り歩くっていうことじゃないの？」

「そうですよ、遅く言ってもお寺巡りです」

「しめた！……」

藤田は思わず手を叩《たた》いたらしい、その拍子に受話器を取り落としたのだろう、浅見の耳に、鼓膜を破らんばかりの、けたたましい音が響いた。

何が藤田を喜ばせたにしても、浅見は不安であった。これまでの経験に照らすと、藤田の「しめた！」は、浅見にとっての「しまった！」である場合が多いからである。

「ぴったしだよ浅見ちゃん」

藤田は猫撫《ねこな》で声を出した。ますます警戒すべき兆候だ。

「何がぴったしなんですか？」

「だってさ、姫君が尼さんになったっていうんだから、門跡尼寺は京都だとか奈良だとか、そっちのほうにあるんだろ？」

「まあ、そうとも言えますね。いちがいには断定できませんけど」

「いや、いちがいでも四谷《よつや》でもいいけどさ、とにかく、浅見ちゃんの仕事の合間でいいから、ついでに日吉館を取材して来てくれないかなあ」

「ついでに？……」

「そう、どっち道、奈良まで行くんでしょう？　だったら、ついでじゃないの。『嗚呼《ああ》、日吉館はどこへ行く――』てなテーマでさ、チョコチョコって三十枚ばかりにまとめてちょうだいな。旅費は出ないけど、原稿料はふつうどおり払うからさ」

まった。

藤田は恩着せがましく言って、「じゃあ、頼んだよ」と、さっさと電話を切ってしまった。

いやしくも物書きの端くれ――とまで言われては、浅見も「日吉館」の何たるかを調べないわけにいかなかった。その結果、分かったことは――

日吉館は旅館であった。それも、たぶん奈良市内ではもっとも貧相な――と評しても間違いなさそうな――旅館であった。

場所は東大寺の門前。奈良国立博物館の前という、いわば一等地にあった。建物は木造二階建て、奈良にある国宝級の寺よりも、もっと古いのではないかと疑うほど古く、むろん、設備も博物館行きになりそうな代物であるらしい。

この日吉館がしかし、オーバーな言い方をすれば、奈良ホテルに匹敵するほど人口に膾炙《かいしゃ》され、奈良好きの人々にとっては、一種の聖地のようでさえあるという。

昭和四十七年度のNHK月曜ドラマ『あおによし』は、この日吉館と名物女将《おかみ》をモデルにしたもので、それ以後、オンボロ旅館にはアンノン族を中心に、観光ブームの波がドッと押し寄せた。

『あおによし』はもちろん創作だから、日吉館の素顔とは掛け離れている。『あおによし』以降の客は、その虚像を慕って訪れるのだが、本来の日吉館の価値は、ここにかつて宿泊し、あるいは長期にわたって、ほとんど下宿同然のように滞在した客の顔触れを見るとよく分かる。

会津八一、久松潜一《ひさまつせんいち》、野間仁根《のまひとね》、鈴木信太郎《すずきしんたろう》、杉本健吉《すぎもとけんきち》、広津和郎《ひろつかずお》、上野直昭《うえのなおてる》、土《ど》門拳《もんけん》、青野季吉《あおのすえきち》、亀井勝一郎《かめいかついちろう》、志賀直哉《しがなおや》、竹田道太郎《たけだみちたろう》、小林剛《こばやしたけし》、和田信賢《わだのぶかた》、服部正《はっとりただし》、堀辰雄、石井鶴三《いしいつるぞう》、鷹司平通《たかつかさとしみち》、谷川徹三《たにかわてつぞう》、松田権六《まつだごんろく》、高田保《たかたたもつ》、和辻哲郎《わつじてつろう》、小林秀雄《こばやしひでお》、阿部知二《あべともじ》、三好達治《みよしたつじ》、西東三鬼《さいとうさんき》、東野英治郎《とうのえいじろう》、芥川比呂志《あくたがわひろし》、水原秋桜子《みずはらしゅうおうし》——宿帳に残る著名人を数え上げたら際限がない。ニュースキャスターの料治直矢《りょうじなおや》も、まだ幼いころ、やはりジャーナリストであった父親の熊太《くまた》とともに日吉館に泊まっている。

これら、戦前、戦中、戦後を通じて、日本の文化と学問を支えてきた人々が、奈良に日本古来の文化や芸術の根源を探ろうとするとき、日吉館がその前線基地であり、かつ兵站《へいたん》基地としての役割を果たした。

彼らの薫陶《くんとう》を受ける学生たちの多くもまた、日吉館に集《つど》い、学んだ。

『奈良の宿・日吉館』（講談社刊）の中で料治熊太は、「奈良へ来て、奈良が好きになって、日吉館に居着いてしまった学徒や青年達のことを、小母さんは『坊や』と呼んでいた」と書いている。また、漫画家の岡部冬彦《おかべふゆひこ》は奈良へ「勉強」に赴いてこの宿に泊まったときの驚きを、「通された二階の六畳のタタミは赤茶け、カナキンのカーテンにシミつきというありさま、（中略）朝になってまた驚いたことには、柱と壁の間から、ナント空が見えるのである。（中略）しかも起こしに来たオバサンが、『なんですッ奈良へ遊びに来たんじゃないでしょう!?　さあさあ早く起きて仕事なり勉強なりに出かけなさいッ』という工合なのである」と紹介している。

その日吉館が「消える」と藤田編集長は言っているのだ。浅見のような門外漢には無縁だが、奈良を愛した人々にとっては、哀惜の情もだしがたいものがあるだろう。大袈裟にいえば、ひとつの時代の節目を象徴する出来事なのかもしれない。

(行ってみるか――)と浅見は思った。どうせ、京都、奈良を歩くつもりでいたところだし、かなりの日数と費用を要することも覚悟していたところだ。三十枚の原稿がどれほどの稼ぎかはともかく、旅費の足し前ぐらいにはなるだろう。

それにも増して、浅見には、日吉館の探訪が、何かしら、予期せぬ出来事との出会いへの序奏になりそうな予感があった。浅見にはそういう、やや大袈裟にいえば霊能者めいた予知能力がある。自分でも説明できない直観が、のちに、思いがけない形で証明されるような結果に結びついた経験は無数といってよいほどあった。

すでに予定していた京都、奈良方面への旅行目的に、日吉館探訪のスケジュールを書き足して、浅見は三月なかば過ぎに東京を発《た》つことにした。

2

阿部美果《あべみか》が訪れた日の京都は、曇り空で底冷えがした。

(何かいやなことが起こらなければいいけれど——)と美果は思った。

奈良はいつも穏やかに迎えてくれるのに、どういうわけか、京都はときに難しい顔を見せる。馴《な》れることを嫌う京都人気質を意識するから、そう感じるのかもしれないが、足元から這《は》い上がってくる寒さのような、漠然とした不安を、美果は予感した。

大覚寺《だいかくじ》の門前で、カーキ色の制服を着た数人の作業員とクレーン車が出て、松を伐り倒していた。チェーンソーの耳障りな金属音が、近隣の静謐《せいひつ》をかき乱す。

あらかじめ枝を払い落とし、ほとんど幹だけになってしまったのを、巨大なクレーンで吊《つ》りながら、根本から三十センチあたりを真横に伐る。

地上に散乱した枝の葉という葉は、むざんにも茶色に枯れ果てていた。

観光バスから溢《あふ》れ出た客が、旗を立てたガイドの後ろについて、作業現場の脇を通り過ぎて行った。

阿部美果はその流れに取り残されたように立ち止まり、作業を見物する十人あまりの中に加わった。

（去年までは、あんなに青々と、亭々と、天いっぱいに葉を繁らせていたのに――）

「松食い虫で、とうとうあかんようになってしもうた」

作務衣《さむえ》姿の寺の管理職員が、作業を眺めながら、見物たちの誰にともなく、無念そうに言った。

「年輪を数えたら、二百年は経っとるようやな。鳥羽伏見の戦を見てきたいうこっちゃなあ」

当座、伐られる松は三本だけだが、ほかの松にもすでに松食い虫がとりついている可能性があるそうだ。何年か後には境内の松は一本も残っていないかもしれん――という。

「諸行無常やな」

職員は溜《た》め息と一緒にポツリと落としたように、そう言った。その言葉を背中に聞いて、美果は山門を潜った。

京都は変わってゆくらしい――と、索漠とした想いがした。京都駅周辺の風景は、はっきり変化しつつあった。マンションかオフィスか、高いビルが建ちはじめた。低い家並の上に、ニョッキリ聳《そび》えている東寺《とうじ》の五重塔も、そのうちにビルの陰に見えなくなってしまうのかもしれない。

入り口で受付をしている納所《なっしょ》さんが美果の顔を憶えていて、「ほう、また見えましたかいの」と笑いかけた。考えてみると、これで五年連続ということになる。

そういえば、去年の法隆寺の夏季大学講座も五年連続で、美果は賞状をもらった。「本夏季大学実施以来五回に亘《わた》り参加せられたる篤志を多とし記念品を贈呈いたします」とあった。

いまどきの若い女が、お寺巡りでもないいんじゃない——と友人の多くは笑う。ハワイで泳ぐとか、カナダでスキーをするとか、パリの街を歩くとか、カリブでバカンスとか、何かやったらどうなのよ——などと言う。

美果もそう思う。そう思って、それなりにトラベルガイドのパンフレットを取り寄せてみたりもするのだけれど、気がついてみると新幹線に乗って、京都駅に下りていたり、奈良の西大路を歩いていたりするのだ。

それも大抵は独り歩き。稀《まれ》に付き合ってくれる女の子もいないではなく、二人歩きのこともあるにはあるが、それは十回に一、二度といったところだ。

美果自身としては独り歩きも悪くないと思っている。何よりも気が合うのがいい。独りでブラッと来て、安いビジネスホテルや商人宿のような日本旅館に泊まって、京都、奈良の寺を気儘《きまま》に訪ね歩く——それに勝るものはない。

ことしの正月も奈良にいた。人々がコタツに入ってテレビで「紅白」を見ているころ、東大寺の鐘楼に並んで鐘をつき、焚《た》き火を囲んで新年を待つ。年明けと同時に大仏殿へ突進し、大仏様を拝んだら、次は寒風をつき、鹿の眠りを驚かせながら、春日大社へ。

そうして初詣《はつもうで》がすんだら、いったん宿に帰って雑煮を食べ、昼まで寝て、また起き出して橿原《かしはら》神宮に初詣。それから安倍《あべ》の文殊院《もんじゅいん》へ行って、頭のよくなる御祓《おはらい》を受けたら、一転して、奈良か京都の街へ繰り出し、「初飲み」と称して、心ゆくまで般若湯《はんにゃとう》を頂く――というのが、学生時代からここ数年つづいた美果の「行事」なのである。

奈良、京都が好きで、お寺が好きで仏像が好きな美果だけれど、それを「商売」にするつもりはなかったし、そんな羽目になろうなどとは、一度も思ったためしはなかった。

大学を出て、大手の出版社に就職して、割と売れている文芸雑誌の編集部に所属して――と、美果が理想としていたコースで、社会人としてのスタートを切った。男たちと肩を並べての仕事はきついが、それなりにやり甲斐《がい》はある。むしろ、男に伍《ご》して闊歩《かっぽ》する仕事場に誇りを抱いていた。

そして三年――四年目の春を迎えようというときに、降って湧いたように「配置転換」の話が出た。

なんだか朝からいやな予感はしていた。いつも寝起きが悪いみたいな仏頂面をしている中宮《なかみや》編集長が、妙にご機嫌がいいのである。

美果が少し遅れて出社したのに、いつものように怒鳴るどころか、席を離れて近寄って来た。

「よォ、どうした、飲み過ぎかい?」

グラスをあおる恰好《かっこう》をして、茶目っ気のある笑顔で言った。

「いえ、昨夜はU先生の原稿取りですから、そんなに飲《や》ってませんよ」

美果は警戒しながら答えた。中宮の場合、こういう、あからさまな上機嫌は、何か魂胆があることを意味している。

「そうか、じゃあ、今夜、飲むか?」

「ええ、ぜひお願いします」

「そうそう、ちょっと耳に入れておいたほうがいいかな。応接室へ行こう」

中宮は言って、さっさと先に立ってドアを出た。

応接室といっても、社員の喫煙室のような使われ方をしていて、天井も壁も、煙草のヤニが黄色く染めている。その臭いがいやで、美果はあからさまに顔をしかめた。

中宮は美果の表情に気がつかないのか、煙草に火をつけた。笑顔は最初の一服を吸い終わるまでで消え、消えたとたんに言った。

「社の春の大異動で、きみはここをはずれることになるらしい」

「はあ、そうですか」

きたな――と思いながら、美果はさりげなく頷《うなず》いた。

「なんだ、あまり驚かないな」

中宮は物足りない様子だ。

「だって、唐突なんですもの」

「ああ、唐突だ、たしかに唐突だよな。しかし、こういう話は概《おおむ》ね唐突にやってくるものと決まっている」

中宮は「うん」と独りで頷いている。

「それで、どこへ行けというんですか？」

「今度、わが社は社運をかけて『日本美術全集』を出すことになった。そこに行ってもらうことになるだろう」

「美術……ですか？　私が？　どうしてでしょう？　私は美術なんかにはまるで無縁ですよ」

「そんなことはないだろう。美果の神社仏閣巡りはつとに知られているじゃないか」

「ええ、それはそうですけど……」

「お寺には仏像がつきものだよ。まさに日本美術の神髄がそこにある」

「ああ……」

なるほど――と思った。

「そういう意味ですか」

「なんだか、不本意みたいな顔だな」

「ええ、そういう意図でお寺巡りをしていたわけじゃないですから」

「その言い方だと、美術全集がなんだか邪悪な意図みたいに聞こえるが」

「そうですよ、邪悪ですよ。私のはもっと純粋な動機によるものなんですから」

「ふーん、飲んだくれの美果が、そんなに信仰心が篤いとは知らなかったな」

「飲んだくれだなんて……嫁入り前の娘を、そんなふうに言わないでくれませんか、人聞きが悪い。それに、信仰心なんかとは関係がありませんよ。私の場合は、純粋に、古い建築物や仏像に対する熱き想いがあるだけなんですから」

「だったら、まさにぴったりじゃないの。物事に対する純粋さだとか、ひたむきさだとかが、いまの若い女性には欠如しているんだよな。そこへゆくと美果は立派なもんだ。特別編纂《へんさん》室じゃ、そういう人材を求めていたらしいよ」

「褒《ほ》めたってだめですよ」

苦笑して首を横に振ったが、美果は（行ってもいいかな――）という気持ちに傾いた。中宮の手練手管に騙《だま》されたわけではないけれど、たしかに日本美術全集の編纂は、やり甲斐のある仕事ではあるのだ。

しかし美果は、「一応、考えさせていただけませんか」と言った。

「ああいいとも、しかし変更の余地はないと思ってくれ」

「じゃあ、断る場合は辞めろというわけですか？」

「いや、きみは断らないよ」

中宮はニヤリと笑って、そっぽを向いた。悔しいけれど、美果は見透かされていると思わないわけにいかなかった。

ひと晩考えたが、結局、異動に応じるほかはなかった。その代わり、美果は四日の特別休暇をもらうことにした。

「お寺巡りをして、頭を冷やして来ます」

「いいだろう、じゃあ出張ということにしておいてやる。土日を入れれば六日間の取材旅行だ。行く先は京都、奈良……それでいいな。仮払い伝票を出してくれ。豪遊することはないが、ちっとはましな宿に泊まれよ」

「ありがとうございます」

美果は思わずお辞儀をしていた。いまいましいが、中宮はたしかに、役者が一枚も二枚も上手だ。たかだか編集三年のキャリアでは、いくら背伸びしてみても、太刀打ちできっこない。

父親は「異動」に大賛成だと言った。

「だいたい文芸雑誌なんてヤクザな世界にいたら、嫁の貰《もら》い手がなくなると思っていたんだ。その点、美術全集ならいいじゃないか。付き合う相手は作家なんかと違って、上品な学者先生だし、何よりも知的だ」

　中宮や文芸誌の執筆者が聞いたら怒りそうなことを言った。

　美果としては、まだ未練がある。作家連中との付き合いは大変だが、それはそれで勉強にもなるし、楽しい面もある。美術全集の編纂となると、父親の言うとおり、執筆者はすべて学者で、書かれることは当然、学術的な内容ばかりだ。一字一句ゆるがせにはできないし、誤植でもあろうものなら、クビが飛びかねない。

　それにも増して、神経を使うのが、取材先との折衝である。

　特別編纂室では、編集者とはいっても、むしろコーディネーターとしての役割が重要になるはずだ。執筆者である学者先生や、取材先との交渉にエネルギーの大半を投入することになる。

　美果はどうやら、神社仏閣巡りの実績を買われて、鎌倉時代を中心とした仏像・寺院建築を担当することになりそうだ。平安・鎌倉期の創建の寺院となると、格式やしきたりには、まさに一千年の重みがある。しかも「相手」はとにかく国宝・重文クラスの美術品ばかり。中には門外不出のものも多い。写真撮影の際のライトの当て方ひとつにも気を遣う。埃《ほこり》だってむやみに払ってはいけない。万一、金箔《きんぱく》が剥《は》がれ落ちたりした日には、進退問題どころか、会社そのものの責任問題にまで発展する。

まったく気骨の折れる仕事だが、それでも美果が社の方針に従ったのは、彼女自身が仏像やお寺に愛着があったからである。中宮には言わなかったけれど、美果の胸のうちには、生まれ故郷へ還るようなときめきさえあったのである。

回廊を通って写経の広間へ行くと、二十人ばかりの客が文机《ふづくえ》に向かって写経に勤《いそ》しんでいた。この堂は大覚寺が写経をする人々のために開放している。いつごろからそういうことになっているのか、さすがの美果も知らないが、もののはじめは嵯峨《さが》天皇の弘仁《こうにん》九年にさかのぼる。当時、国中に疫病が蔓延して、万民の苦しみを救おうと、天皇自ら一字《いちじ》三礼《さんらい》の誠を尽くして、紺紙《こんし》に金泥をもって心経一巻を浄書された——と伝えられている。

堂の正面に阿弥陀《あみだ》如来《にょらい》が鎮座する、およそ百畳はありそうな広間いっぱいに文机が並び、いつ来てみても何十人かが写経している姿がある。

係のお坊さんは一昨年からずっと変わっていない。まだ初老と呼ぶには早すぎるほどの年恰好だが、頭は芯《しん》からツルツルに丸い。いつも微笑を湛《たた》え、よく冗談を言う。説教じみたところのないユーモラスな口調で、分り易く法を説き、ことのついでのように、「この大覚寺はテレビの大岡越前《おおおかえちぜん》の奉行所のロケに使われているのですよ」などと、ちゃんとお寺の宣伝をすることも忘れない。

美果は写経の用紙を頂戴して文机に向かった。和紙に般若心経がうっすらと印刷されている上から、筆でなぞるのだが、般若心経全文をきっちり身を入れて書くと、ほぼ四十分ほどはかかる。

「お時間のない方は途中でおやめになってもいいのですよ」

お坊さんが気さくにそう言ってくれる。美果のようなすれっからしならともかく、一般に、若い人は正座も続かないし、楷書《かいしょ》文字をえんえん書くという習慣もないので、全文を書ききるのはかなりの重労働だ。三分の一程度で切り上げて、観光コースに急ぐ人も少なくない。

書き上げた者、あるいは途中で切り上げる者は、まるで答案用紙を提出するように、書いたものに住所氏名を書き込み、中央にある台の上に載せて広間を出て行く。そこにはすでに、何ヵ月も前からの「答案用紙」が几帳面《きちようめん》に四隅を揃《そろ》え、堆《うずたか》く積み上げられている。およそ数千枚から、ひょっとすると万を数えるのかもしれない厚さである。

こうして積まれた写経は、一定の厚みに達すると倉庫に仕舞われるそうだ。保存期間は期限なしだといわれるが、過去数十年、あるいは数百年の写経が、ほんとうに全部保管されているとは、ちょっと信じられない気もしないではない。

それにしても、写経の客が想像以上に多いことは確かだ。美果がいるあいだにも、障子を開けて入ってくる人、出てゆく人がひっきりなしであった。

『般若心経』とは正しくは『般若波羅蜜多心経《はんにゃはらみたしんぎょう》』のことである。『般若経』という、膨大な経典の内容を集約・簡潔化したもので、わが国の、仏教につらなるほとんどの宗派で重んじられ、日常的に読経されている。

といっても、それでは『般若』とは何か？――と問われると、一般の人間にはほとんど知られていない。阿部美果だって、大学に入るまでは、せいぜい、縁日の夜店で売っている「般若のお面」ぐらいの知識しかなく、般若とは恐ろしい化け物のことか――と思っていた。

『般若』とは、早くいえば、人間の智慧《ちえ》や知識を超えたところにある、仏陀の智慧――とでもいうべき最高の智のことをいうのだそうだ。

写経をしている人々の多くは、おそらく般若心経のいわれや因縁など知らずに、文机に向かっているだけだろう。中には京都観光の土産話のタネ――程度の、ごく興味本位の目的の人もいるにちがいない。

しかし妙なもので、文机に向かっている彼らの姿勢や表情には、何がなし敬虔《けいけん》なものが備わっている。髪を赤く染めた若い女性や、額に深くそりこみをしたオニイさんですら、きちんと正座して、神妙に筆を使っているのである。

文字は拙《つたな》く、折角の下書きを無視したようなハミダシ文字の羅列だけれど、このひとときをここでこうして過ごしたことが、彼らの精神にそこはかとない信仰の芽を植えつけるきっかけにはなるのかもしれない。

坊さんのお喋《しゃべ》りが途絶えたと思ったら、べつの男の声がした。「少々お尋ねいたしますが」と言っている。

「はい、何でしょうかな?」

坊さんは信仰に関する質問かと思ったらしく、しかつめらしい口調で応じた。

「じつは、娘を探しておりまして……」

「は?……」

坊さんはもちろんだが、美果も、それに、その場にいた人々が全員、声の主に視線を集めた。

四十歳代後半か、五十歳を越えたか——といった年配の紳士であった。きちんとスーツにネクタイを締めているけれど、表情には疲労感がありありと浮き出ていた。

「ことし二十五歳になる娘が行方不明になりまして……いや、家出というべきかもしれないのですが、とにかくここひと月近く戻って来ませんし、連絡も途絶えてしまったのです。まあ、歳も歳ですので、いまさら親がどうのこうのと言うべきものではないとも思いますが、ただ、最近、比叡山の山中で若い女性が殺されるという事件がありましたもので、いささか心配になりまして、それで、こうしてあちこちと、足取りを求めて、歩き回っておるものです」

「はあ……」

坊さんは当惑ぎみだ。

「しかし、ここにはお嬢さんはおられないと思いますがなあ。まあ、ご覧になればお分りでしょうがね」

「はい、いまはおりません。しかし、ひょっとすると、娘はここに立ち寄らせていただいているかもしれないと思うのです」

「…………」

「娘はお寺参りといいますか、神社仏閣や仏像などを見るのが好きで、しょっちゅう奈良や京都にでかけておりました。もちろん、一度か二度、こちらの大覚寺さまにもお邪魔させていただいておるようです。そんなわけで、ことによると今回も、こちらさまに伺って、写経などさせていただいておるのではありますまいかと、このように思いましたもので……」

紳士は慇懃《いんぎん》な落ち着いた口調で話してはいるが、長い話の語尾が、息切れのようにか細くかすれる。表情にも心労の度合いが感じられた。

聞いていて、美果はなんだか似たような女性がいるものだ——と、他人事《ひとごと》のような気がしなくなった。

「それでですね、もしお願いできますものならば、写経の際に書かれました名前を拝見させていただきたいのですが」

「はあ？　というと、この写経をご覧になると言われるのですか？」

坊さんは驚いて、「この膨大な写経をですか？」と、少し反《そ》っくり返るようにして、台の上の写経の山を眺めた。

「はい、ぜひお願いいたします」

紳士は畳に頭をこすりつけんばかりにして、頼み込んでいる。

「しかし、これだけの写経を調べるとなると、たいへんな時間がかかりましょうが」

「はい、覚悟の上です。何日かかっても構いません」

「うーん……」

坊さんは唸《うな》った。ふつうなら問題なく断るところだろう。しかしことは人命に関わっている。さて、どうしよう——と思案して、結局、上の人に相談するという結論になったらしい。「しばらくお待ちください」と、広間を出て行った。

3

坊さんがいなくなると、堂の中には気まずい雰囲気が漂った。教師がいなくなった教室というか、司会者がいなくなった座談会というか、それぞれが「当事者」であることを避けたい気分でいる、そんな気配だ。

失踪《しっそう》した娘の父親は、自分がその気まずさの張本人であることも忘れたように、見た目にはのんびりと、堂の中を見回したり、そうかと思うと、所在なげに膝《ひざ》の上の手をじっと見つめたりしている。

「失礼ですが」

抑えた声で話しかけた男がいた。ラフなブルゾン姿に見覚えがあった。美果のいる席から三つ前の机で、熱心に写経をしていた青年である。美果よりも前に来て、ずっと正座のままだったから、いまどき珍しく修行が出来ているらしい。その青年がいつの間に立ったのか、「父親」のそばにいて、覗《のぞ》き込むような恰好で話しかけている。

「はあ」

父親は面食らったように顔を上げた。

「お嬢さんがいなくなったのは、いつごろのことですか？」

青年は訊いた。青年といっても、そう若くはないらしい。少なくとも、美果よりははるかに上だ。もし美果が二十歳前後のころなら、たぶん相当トウの立ったオジン——と認識することだろう。しかし、いまは美果自身がそう若くはない。若くない目で見れば、三十過ぎた男でも青年として認めることができる。人間は自分の都合によって、峻烈《しゅんれつ》にも寛容にもなれるものだ。

「十日ばかり前のことです」

父親は戸惑いから立ち直ると、悲しそうに答えた。

「最後に足取りが途絶えたのは、どこですか？」

「京都です。京都の宝ケ池《たからがいけ》プリンスホテルから電話がありました」

「宝ケ池プリンスですかァ、いいホテルに泊まられたんですねえ」

京都宝ケ池プリンスホテルは、女性に人気のある高級ホテルだ。

「あ、いや、いつもはもっと安いところに泊まるのだそうです。その日は特別だったのでしょう」

父親は、まるで自分の贅沢《ぜいたく》を謗《そし》られたように、狼狽《ろうばい》ぎみに言った。

「その電話で、お嬢さんはなんておっしゃっていたのですか？」

「はあ……あの……」

父親は相手の素性が分からないせいか、当惑げに青年の顔を見つめた。

「あ、失礼しました、僕はこういう者です」

青年は名刺を渡したが、父親の当惑は拭《ぬぐ》えなかったようだ。しばらく躊躇《ちゅうちょ》してから、仕方なさそうに言った。

「べつに、何ということも……ただ、元気だって言ってましたが」

「その電話があったのは夜ですか？」

「そうです」

「では、次の日の予定なんかもお聞きになっていないのですか？」

「はあ、聞きませんでした。娘はいつもそんなふうに、予定を立てない旅行をしておりましたもんで」

「なるほど……」

青年はしばらく考えてから、

「お父さんには言わなかったとしても、ホテルの人間には話しているかもしれませんよ。フロントの係の人に、訊いてみなかったのですか？」

「尋ねていません。警察でもないのに、そんなことは教えてくれないでしょう」

「それは分かりません。事情を話せば教えてくれるかもしれませんよ。それに、何かほかにも手掛かりになるようなことが見つかるかもしれません」

「そうでしょうかなあ……どうも、私はああいう派手やかな場所は苦手でして。それに、ホテルで娘の行方を尋ねるような真似をすると、おかしな男だと邪推されたりはしないでしょうかなあ」

父親は自信なさそうに、しきりに首をひねっている。もしかすると、彼のそういう弱気な面が、娘に勝手気儘を許す結果となったのかもしれない。

「たとえそうだとしても、やはり、一応お訊きになってみるべきですよ。なんでしたら僕が行って訊いて上げましょうか」

「えっ、あなたが？……」

父親はびっくりして、もう一度、名刺をしげしげと眺めた。よほど信用するに足らない肩書でも書いてあるのだろうか。

「それはいかがなものでしょうかなあ……」

「僕ではいけませんか？」

「はあ……いや、それはご厚意はたいへんありがたいのですが、そこまで話を大袈裟にするというのは、ですな……」

「しかし、お嬢さんの消息をお知りになりたいのでしょう？　だったら逡巡《しゅんじゅん》している場合ではないと思います。この膨大な写経をお調べになるのも結構ですが、それでは時間がかかりすぎますし、仮に写経の中にお嬢さんのお名前があったとしても、それで行く先が判明するわけでもないでしょう」

「それはまあ、そのとおりですが……」

父親は青年の「厚意」を持て余して、いささか迷惑ぎみのようでもあった。見兼ねて、美果は思いきって口を挟んだ。

「あの、もしよければ、私がお訊きしてみましょうか？　どうせ今晩、宝ケ池のホテルに泊まりますから」

　父親はもちろん、青年も、それに周囲の人々の目も、いっせいにこっちを向いた。美果は全身の血がいっぺんにカーッと頭に上ってくるのに耐えながら言った。

「私なら、お嬢さんのお友達だって言っても、フロントの人は怪しまないで教えてくれると思いますけど」

「ああ、それはいいですね」

　父親が反応を示す前に、青年がほっとしたように言った。やや細面で、真っ直ぐ美果を見た目は、かすかに鳶《とび》色がかった瞳をしている。前髪が額にかかるのを指先で除けて、微笑んだ口の白い歯が眩《まぶ》しかった。

「じゃあ、ぜひそうして差し上げてください。よろしくお願いします」

　自分のことのように、頭を下げた。

　そのとき、お坊さんが戻って来た。ひどく難しい顔をして、父親にいかにも言いにくそうに、「どうもねえ……」と首を振った。

「やはりお見せするわけにはいかんようですなあ。ご事情はよく説明したのだが、ここに積まれた写経には、それぞれの方の想いが込められているわけで、現に、経文のあとに願いごとなどをお書きになっているものもあるわけでしてな。つまりその、どういう理由にもせよ、それを覗き見するようなことは具合が悪いという……」

「はあ、ごもっともです」

父親は最初からなかば諦《あきら》めていたらしく、丁寧にお辞儀をした。

「ご無理なお願いとは思っておりました。勝手なことを申し上げてお手を煩《わずら》わせまして、申し訳ありませんでした」

そうなると、やはり宝ケ池のホテルに出向くしか、足跡を辿《たど》る方途はなくなったわけである。

「じゃあ、よろしくお願いします」

青年はもう一度、美果に向かって頭を下げると、写経の席に戻った。

美果はまだ写経の途中だったが、父親を放っておくわけにもいかず、席を立った。

（また余計なことに首を突っ込んでしまいそう――）

書きかけの写経を納め、仏様に礼をしながら、しきりに後悔の念が湧いてならない。自分ではそれほどお節介焼きではないつもりだが、つい見過ごせなくなってしまう性格だ。これも出版社に勤めて、日頃から野次馬根性を培っているせいなのだろうか。

「じゃあ、参りましょうか」

父親に声をかけて、障子の外に出た。父親はお坊さんやほかの人々に「お騒がせいたしました」と詫《わ》びてから、障子の外に出てきた。そういった物腰を見るかぎり、悪い人間ではなさそうだ。

大覚寺の前で、客を下ろしたばかりのタクシーを拾った。父親は先に車に乗ろうとして、気がついて「どうぞ」と美果のために身を寄せた。

「あ、先に乗ってください」

美果は遠慮でなく尻込《しりご》みした。キュロットスカートではあったけれど、車の奥まで入り込むのに、なんとなく抵抗を感じた。

「すみませんねえ」

大覚寺から宝ケ池まではかなりの距離だが、ホテルに着くまで、父親は恐縮のし通しであった。その合間に、問わず語りのように自分や娘の話をした。

父親は「野平隆夫《のひらたかお》」と名乗り、名刺もくれた。住んでいるのは千葉県の市川《いちかわ》市郊外にある住宅団地だそうだ。

名刺には「M商事株式会社　総務部庶務課課長代理」と印刷されていた。M商事といえば一部上場の一流企業である。その庶務課課長代理がどの程度の地位なのかは知らないけれど、「庶務課」というセクションがいかにもこの人物の風貌《ふうぼう》にふさわしいように思えた。

「母親がだいぶ前に亡くなりましてね、いまの妻は後妻なのです。そんなこともあって、娘は家にいたくないのでしょうな。まあ、年頃だし、心配しないわけではないのですが、気儘にさせておくしかないような状況がありましてねえ」

野平は慙愧《ざんき》にたえない——という言い方をしている。

「あ、あの、お宅の中のこと、あまりお聞きしてもなんですから……」

美果はほどほどのところで野平を制した。どうせホテルへ行くついでだから引き受けたものの、深入りする気はさらさらない。これ以上、野平の愚痴めいた話に付き合わされてはたまったものではなかった。

しかし、野平のほうはそれを美果の遠慮と受け取ったらしい。

「構わないのです。洗い浚《ざら》いお話ししたほうが、娘の行方不明の理由など、いろいろ分かっていただけるでしょう」

それを無下に断るのは角が立つ。美果は仕方なしに「はあ……」と、曖昧《あいまい》な返事をしておいた。

「娘は高校生ぐらいのころから、妙に仏像に興味を抱きはじめましてね」

野平は言った。それには美果は無関心ではいられなかった。

「そうなんですか、私も同じです」

「ほう、あなたが……そんなふうには見えませんがなあ」

野平は狭いシートの上で、なるべく身を遠ざけるように背を反らせて、まじまじと美果を見つめた。

「どう見ても、現代的なキラキラしたお嬢さんという感じですが」

「キラキラだなんて……見掛けだけです。中身は古風な女なんです」

美果ははじめておかしそうに笑った。野平の娘が自分と同じ歳恰好で、しかも同じように仏像に惹《ひ》かれていたということで、急に親近感を覚えた。いや、それどころか、他人事ではない気持ちになった。少し前に、比叡山で殺された女性も、同じ年代の独り歩きの好きな女性だった。野平の娘もまた――と思わないわけにいかない。

「ご無事だといいですね」

真顔に戻って、言った。

「はあ、それが心配で……」

野平は溜め息をついた。

「お嬢さんはお勤めはしてなかったのですか？」

「いや、勤めには出ていたのですが、長く勤めることはしないで、一年か一年半ぐらい勤めて金が溜まると旅行に出るという、そういうことを繰り返しておりましてね。どうも、近頃は売手市場というのか、呑気《のんき》なものですなあ。私の若いころは就職難の時代で、とても考えられないようなことですが」

「ご旅行はいつも京都や奈良の方角だったのですか？」

「ほとんどそのようでしたな。まれに、どこそこに珍しい仏像があるとか、そういう話を聞くと、とんでもない東北の田舎あたりにも飛んで行ったようですが」

「いつもお独りで、ですか？」

「ときには誰かと一緒のこともあったようですが、大抵は独りだったようです。まあ、いまどきの若い娘さんで、仏像に興味があるなんて、そんな変なひとは……あ、いや、あなたはご立派な方のようだが……」

野平は慌てて口ごもった。

ホテルに着くと美果はチェックインをして、そのついでのように、フロント係に野平を紹介した。野平は娘のことを説明して、何か心当たりはないか尋ねた。そのときになってはじめて、美果は娘の名前が「野平繁子《しげこ》」であることを知った。「繁子」は比較的、珍しい名前だ。

「十日前ですね……」

フロント係は記録を調べてくれた。

「確かにお泊まりいただいております。お一人様ご一泊で、ツインのお部屋でした」

「この娘なのですが」と、野平は繁子の写真を示した。

「チェックアウトの際にでも、これからどこへ行くとか、そういったことを言ってませんでしたか？」

「いえ、そのときは、たぶん、私がお相手していたと思いますが、その後のご予定などは承っておりませんようです」

「娘の様子には、何か変わった点はありませんでしたか？」

「さようでございますねえ……なにぶん、お客さまの数が多うございますので、よほどのことでもないかぎり、記憶してはおりませんが、いずれにいたしましても、何かあれば憶えておるものですので、特別に変わったご様子は拝見できなかったのではないかと思いますが」

何千人という宿泊客の中の一人にすぎない女性のことを、記憶していろというのが無理かもしれない。

野平は途方にくれたように、美果の顔を見つめた。

「どうしたらいいでしょうかね？」

そう言われても、美果に名案があるわけでもなかった。所詮《しょせん》は他人事なのである。父親に判断がつかないことを、どうしろというのだろう。

美果は黙って、冷たいと言われても仕方がない無表情で、首を横に振った。

4

美果は野平とはフロントの前で別れた。野平は明日、会社があるので、のんびりとはしていられないのだそうだ。

「ほんとうにお世話になりました」

野平は律儀に腰をかがめて礼を言った。何度も振り返り振り返りして、玄関を出て行く野平の背中を眺めながら、美果は少し胸が痛んだ。これからどうするというあてもないまま、いったい、悲しい父親はどこへ行くのだろう。

そんな時刻でもないのに、なんだかやけに暗くなってきたと思ったら、野平が出て行ったドアの向こうに雪が舞いはじめていた。時ならぬ春の雪である。窓辺に近寄ってみると、比叡山の中腹あたりまで、雪雲に包まれて、その雲がしだいに麓《ふもと》まで下りてくる。ホテルの従業員が、このぶんだと積もりそうだ——と話している。道がぬかるのはかなわないけれど、雪の洛北《らくほく》の風景を眺めるのも悪くないかもしれない。

京都宝ケ池プリンスホテルは、洛北の郊外にある。東に比叡《ひえい》山、北に鞍馬《くらま》山、西に桃山といった、姿の美しい山々に囲まれた、風光明媚《ふうこうめいび》の地である。建物は珍しい円形をしていて、廊下を一周するとおよそ二百メートルあまりだそうだ。ワインレッドを基調にしたカラーポリシーでまとめられて、いかにも若い女性ごのみ——という感じがする。

新婚旅行らしいカップルも目についたが、それよりもむしろ、女だけのグループが多い。しかし、美果のような独り旅はさすがに少ないらしい。

もっとも、こういう都会的なリゾートホテルは、本来は美果には似つかわしくない。もし会社からの旅費が出ていなければ、もっとずっと安いビジネスホテルか、日本旅館にでも泊まっていたはずだ。

野平繁子はどういう「特別」な理由があって、このホテルに泊まったのだろう。いわばフリーターの、気儘だが、それほど経済的に余裕があるとも思えない身分で、しかも仏像めぐりの旅をするのに、こんな上等なホテルに泊まるなんて、許せない——と、美果は妙な義憤めいたものを感じた。

とはいっても、きれいなホテルに泊まれることに文句をつける気はさらさらなかった。これで素敵な相棒がいればいうことなしなんだけれど——などと、人並みな女の子のように思ったりもした。

シャワーを浴びて、少し女っぽい雰囲気のドレスに着替えて、食事に下りた。美果は和食の店を選んだ。レストランで女一人、テーブルに向かっている図は、いかにももてない女の典型みたいで、あまり美しくない。それに、そういうところでは決まって、声をかけてくる男がいるのも鬱陶《うっとう》しい。

和食の店は和服姿の女性たちが迎えてくれるのがいい。なんだかお嬢様になったような気分がする。もっとも「寿司御膳《ごぜん》にお銚子《ちょうし》二本」と注文した時点で、お嬢様のムードは消えてしまったけれど——。

お銚子とつきだしが運ばれてきて、さて——と思ったとき、「お邪魔します」と、頭の上から男の声がかかった。見上げると、大覚寺で野平隆夫に話しかけていた「青年」のにこやかな顔があった。

「あら……」

不意をつかれた感じで、美果は杯を取り落としそうになった。

「ここ、いいですか？」

青年はそう言って、美果の前の椅子《いす》を指差した。

「えっ？　……あ、ええ、どうぞ」

美果はうろたえぎみに答えた。青年はその許しが出るまで直立不動の姿勢で待ってから、腰を下ろした。

「宿、決めずにいたのです。さっき問い合わせたら部屋があるというので、ここに泊まることにしました」

青年は美果と偶然めかして出会ったことに気がとがめるのか、弁解がましくそう言った。それから、注文を訊きにきた女性に、「こちらと同じものを」と頼んで、「ただし、僕はお酒はいりません」と言った。

「お飲みにならないのですか？」

美果は訊いた。

「ええ、僕は酒はあまり強くないし、それにこれからちょっと、仕事をしなければならないのです」

「うわー、大変なんですね、でも、外は雪でしょう」

「いや、外へは出ませんけど」

「そうなんですか、何のお仕事ですか？」

「仕事は……あ、そうそう、まだ自己紹介もしていませんでしたね。浅見といいます」

ブルゾンのポケットから無造作に取り出した名刺を、テーブルの上に載せた。

――浅見光彦――

肩書のない名刺だ。東京都北区西ケ原《にしがはら》――という住所だけが印刷されている。これでは、野平隆夫が怪訝《けげん》そうな顔をしていたのも頷ける。

「フリーのルポライターみたいなことをやっています。今回は京都、奈良にある門跡尼寺を巡って、雛人形を取材するのが主な仕事です」

「ああ、そうなんですか」

美果は相手の素性が分かって少し安心した。フリーライターなら、会社にも大勢、出入りしている。いわば同業といってもいい。

「私は阿部といいます」

バッグから名刺を出した。

「ほう、K出版の月刊Gですか、優秀なんだなあ」

浅見は少年のように目を輝かせ、単純に感心している。フリーライターは大きな出版社に対して、絶対服従みたいなところがあって、中には卑屈すぎるような人もいるけれど、この男はそういうのを通り越して、大出版社の編集者に対して、強度のコンプレックスか、あるいは幻想のような憧《あこが》れを抱いているらしい。

「ところで、例の行方不明の娘さんの件、どうなりました？」

ようやく本題に触れる——という気負った口調で、浅見は言った。

美果は苦笑した。

「やっぱり、そのことのために、浅見さん、ここに泊まることにしたんですね」

「え、ははは、ばれちゃいましたか。じつはそうなんです。あれから妙に気になって、どうなったかと思って、宿はキャンセルしました。それで、どうなりました？」

「結局、分からずじまいでした」

美果は簡単に、フロントでのことを話して聞かせた。

「それだけですか？」

浅見は美果の話が途絶えてから、しばらく間を取って、訊いた。

「ええ、それだけですけど」

美果はなんだか非難されたようで、あまり愉快ではなかった。

「驚いたなあ、それだけで帰って行ったんですか、その、えーと、何ていいましたっけ、あのおじさん」

「野平さんていうんです、野原の野に平」

「ああ、その野平さん。そんなにあっさり諦めてしまったのですか」

「ええ、そうですよ。でも、ほかにどうしようもないでしょう」

「そんなことはない」

浅見は確信ありげに断言した。

「たとえば、その娘さんは、この店にだって来たかもしれないでしょう。ホテルの内にはほかにもコーヒーショップだとかレストラン、中華料理の店もあるし……」

「でも、そんなの、どこのお店へ行ったかだって分からないじゃないですか。第一、あちこち訊いて回るの、恥ずかしいわ」

「あなたは他人だから恥ずかしいかもしれませんが、野平氏はそんなことを言っている場合ではないでしょう。それに、どこの店に行ったかも、フロントの伝票を調べれば分かるはずですよ。ホテルが過去どのくらいの分を保管しておくものか知りませんが、十日やそこいらなら、必ずあるはずです」

「あ、そうですね」

美果もその点は認めないわけにいかなかった。そこに気づかなかったのは、やはり親身になって考えていなかった証拠なのかもしれない。しかし、そうだとすると、この浅見という男は、野平父娘《おやこ》のことを親身になって考えているというのだろうか——。

「浅見さんは野平さんの娘さんのこと、探すつもりですか？」

「そうですね……」

浅見はほんのちょっと考えただけで、「出来ればそうしたいと思っています」と答えた。ごく当たり前のことを、当たり前に言った——という印象だった。

「寿司御膳」が運ばれてきた。浅見の分もほとんど同時に用意された。まず刺身や焼き魚、煮物など、海の幸を主体にした料理が、懐石風にひととおり並んだ。料理だけでかなりの量があるのに、ワンテンポ遅れて、本来のメインディッシュであるところの寿司が出た。

「すごいボリュームだなあ……」

浅見は感嘆の声を発した。

美果はG編集部できこえた大食漢である。よく飲み、かつよく食う。細い体のどこにそれだけ入るのか——などと冷やかされるのだが、実際、自分でも感心するほどの健啖《けんたん》ぶりであった。浅見よりも完全にお銚子二本分だけ多いはずなのに、浅見が寿司を半分残した時点で、きっちり、テーブルの上のものを全部、片づけていた。

「頼もしいですねえ」

浅見は心底、尊敬しきったような口調で言った。大飯食いを褒められて喜ぶ女性はいないだろうに——と、美果はおかしくも恨めしくも思った。

「フロント、一緒に行ってくれませんか」

浅見は食べ残した寿司たちを名残惜しそうに一瞥《いちべつ》してから、立ち上がって言った。

「男の僕だと警戒して教えてくれないかもしれませんから」

美果も異存はなかった。野平繁子の行方について、同じ女性である美果が浅見よりも冷淡でいていい理由はない。

フロントは美果を憶えているせいもあって、思ったより簡単に伝票を調べてくれた。

その日、野平繁子は夕食を美果や浅見と同様に、日本料理の店で食べていた。選んだメニューは「刺身定食」。そして、数量を示す項目の数字は「2」となっていた。

「二人前？……」

浅見は驚いて、美果の顔を見た。美果も同時に浅見を見た。

「野平繁子さんは、間違いなく一人で泊まったのですね？」

浅見はフロント係に念を押して訊いた。

「はあ、ご同伴の方はいらっしゃらなかったようです。少なくともお部屋のほうはシングルでお使いになったことは確かです」

フロント係は宿泊カードを見ながら言った。当日、ツインのシングルユースで宿泊しているけれど、実際には他の部屋に仲間がいたかどうか、あるいは外来の客がいたのかどうか、そこまでは把握していないという意味である。

「でも、食事は二人前になってますよ」

「そうですねえ……どなたかとご一緒だったということでしょうかねえ」

フロント係は当惑げに、しかし、そんなことは知ったことでない――と言いたげに応じた。たしかに、大勢の客の一人一人について、誰と会食したかなど、承知しているはずがない。

「いくら何でも、一人で二人前を食べるはずはないですよね」

美果は自分以上の大食漢がいる可能性を想像しながら、そう言った。

浅見は「ははは」と笑って、係に礼を言ってフロントを離れた。

それから二人はラウンジでコーヒーを飲んだ。大きな窓の外は花びらのような雪が舞っていた。美果は雪の道をとぼとぼと行く野平隆夫の後ろ姿を思い浮かべた。

「そのとき、一緒に食事をした人に、誘拐でもされたのかしら?」

ぼんやり、夜の雪に見惚れながら、美果は呟《つぶや》いた。

「それはないと思いますよ」

「そうなんですか？」

美果は、浅見が妙に自信ありげなのに、不満を感じた。

「その夜の相手は若い女性か、それともよほど歳下の男性ですからね」

「え？　ほんとですか？　でも、そんなこと、どうして分かるのかしら？」

「あなたならどうしますか？　自分より年長の男性……いや、たとえ女性でも、年長のひとに奢《おご》って上げる気分になれますか？」

「それは……」

美果は目の前の浅見を見て、首を振った。

「奢りませんよ、たぶん」

「そうでしょう、僕でさえ、お銚子二本分多い女性の勘定を持つ気にはなれませんでしたからね。まして独り旅の女性が、むやみに他人に奢ったりはしません。第一、相手が男性だったりしたら、奢るなんて、かえって失礼にあたりますよ。彼女が勘定を払ったのは、よほど親しい間柄の女性か、歳下の女性……まあ、よほどの事情があった場合には、男の子にも奢る可能性はありますが、それはせいぜい少年か学生どまりでしょうね」

「はあ……」

美果は呆《あき》れたように、口をポカンと開けて、頷いた。論理的というものなのだろうか、短い時間のあいだに、いろんなことを考えている人だな——と思った。

浅見は自分の言った言葉を反芻《はんすう》するように、しばらく黙ってコーヒーを啜《すす》っている。

「じゃあ……」と美果は言った。

「そのときの相手の人は、危険人物ではなかったっていうんですか？」

「たぶん。直接的には危害を加えるような人物ではなかったと思いますよ。ただ、彼女のその日以降の行動について、何かのきっかけを与えるような存在ではあり得たかもしれない。もしも、野平氏の言うように、その日を限りに彼女の消息が途絶えたのだとすると、失踪の原因になった可能性はあります」

「それって、具体的に言うと、どういうことなのかしら？」

「たとえば、どこそこに面白い仏像があると聞けば、予定していない場所を訪れたりしたかもしれません」

「あ、それ、ほんとにそうかもしれません。野平さんが言っていたんです。そういう話を聞くと、東北の田舎にでも飛んで行ってしまうようなところがあったって」

「じゃあそうですよ、きっと。彼女が晩飯を奢ったのも、そういう情報に対するお礼の意味があると考えれば納得できます」

「そうですね、ほんと、そうですよね」

「ははは、そんなに信じてもいけませんよ。僕はただ、一つの可能性として言っているだけです。それ以外にも、いろいろな状況を考えることができますからね。しかし、これ以上のことを調べるのは素人のわれわれには難しい。たとえば、その夜の食事の相手の素性を突き止めること一つを考えたって、容易なことじゃないでしょう。その日の宿泊客全員を調べなければならないかもしれないし。そうなると、もう警察の力を借りなければ不可能です」

「そうですよねえ。だったら、野平さん、早く警察に捜索願を出せばいいのに」

「そうですね、どうしてそうしないのか、第三者から見ると不思議に思えますが、しかし、親としては、捜索願を出すことに抵抗を感じるのかもしれないな。なんとなく、娘さんの身に異変があったことを、認めてしまうような気分がするでしょうからね」

「それは分からないでもありませんけど……でも、それじゃ、これからどうすればいいんですか？」

「待つしかないでしょう」

「待つって、何を待つのですか？」

「野平さんが決心して、捜索願を出すか、それとも……」

浅見はしばらく言葉をとぎらせてから、チラッと美果に視線を走らせて言った。

「事件が起きるのを待つか、どちらかです」

「事件？」

「そう。事件が起きれば、警察も動かざるを得ないでしょうからね」

「事件て、野平繁子さんに何かが起こるっていう意味ですか？」

「ええ、もちろんそうですよ」

「殺されるとか、そういうこと？……」

美果は比叡山で殺された女性のことを思い浮かべて、思わず肩をすくめた。

浅見は黙って、コーヒーの最後の一滴を飲み込んだ。

第二章　奈良の宿・日吉館

1

浄瑠璃寺《じょうるりじ》から二キロあまりのところに、岩船寺《がんせんじ》という古い寺がある。創立は聖武天皇の天平《てんぴょう》元年（七二九）というから、相当に古い。いくつかの国宝、重文があり、中でも普賢菩薩《ふげんぼさつ》像を納めた厨子《ずし》の背面に描かれた曼陀羅《まんだら》の美しさ、精緻《せいち》さは目をみはるものがある。

二つの寺を結ぶ丘陵の小道は、起伏に富んだ山道だが、のどかな散策を楽しめる、ほかに絶好のハイキングコースだ。周辺の灌木《かんぼく》の林ではシイタケの栽培がさかんだが、ほかに大した作物は出来ないのか、人の姿を見ることは滅多にない。

この山道のところどころにある、大小さまざまな石仏のにぎわいが、また楽しい。三、四こけしのような可愛らしい野仏もあれば、巨大な岩に彫られた磨崖仏《まがいぶつ》もある。

十の仏が密集しているところもあれば、ポツンと寂しげに佇《たたず》む仏もいる。

石仏はハイキングコースの山道の両側ばかりでなく、付近一帯の林や斜面や谷、いたるところで見ることが出来る。中でも、ホトケ谷の「丈六《じょうろく》の磨崖《がけ》仏」は、最大規模の石仏である。擂鉢《すりばち》状に丸く深く切れ込んだ谷越しに、正面の崖に刻まれた巨大仏がこっちを睨《にら》んでいるのは、なかなか迫力があって、一見に値する。

ただし、ここは本来のコースからはずれた場所で、岩船寺へ抜けることはできないために、訪れる観光客はごくまれだ。

それと、「ホトケ谷」の名から連想されるとおり、大きな灌木が谷全体に覆いかぶさり、昼なお暗く、不気味な気配が漂っているので、あまり楽しい散策にはなりそうにないことも、敬遠されがちな理由かもしれない。


近畿地方に雨を降らせた低気圧が去って、雨は昨夜のうちに上がった。天いっぱいにひろがった青空の裾《すそ》を、薄絹のような春霞が淡く隠している。昼ごろには気温も上がり、雨に濡《ぬ》れた土の道も木や草の葉の露も、グングン乾きはじめた。

春休みの女子大生が四人、浄瑠璃寺を出たあと、宿で聞いた道を辿《たど》ってホトケ谷へとやって来た。

道路端に設《しつら》えられた、そろそろ朽ち果てそうな木製の台の上に、小さな賽銭箱《さいせんばこ》が載っている。賽銭箱に向かって立つと、正面に丈六の磨崖仏と対峙《たいじ》することになる。四人は代わる代わるお賽銭を上げ、阿弥陀らしい磨崖仏に向かって、殊勝に手を合わせた。

「あら、あんなところに馬酔木《あしび》が咲いているわ」

最後に祈ったひとりが、眼下の急斜面を指差して言った。

「うそ、まだ早いわよ」

ほかの三人は否定的に反応した。堀辰雄が愛した浄瑠璃寺の馬酔木も、咲くどころか、ツボミもまだ識別できなかった。それをたったいま見てきたばかりである。

「だってほら、あそこに白い花が咲いてるじゃない」

空が明るいぶん、かえって暗く感じる谷の中腹、濃密な緑の繁みに、ひとつ、白い花が咲いていていた。

「あら、ほんと……」

「だけど、馬酔木ってあんなに大きい花が咲くのかなあ？」

「そうよ、大きすぎるわよ、違うわよ」

「じゃあ何の花？」

「何かしら？……」

ここからだとタチアオイの花ほどの大きさに見える。そのあたりには霧の名残が淀《よど》んでいるのだろうか、目を凝らしても、輪郭がぼんやりして、花の形はおぼろであった。

そのうちに、「花」に焦点を合わせそこなった一人が、さらにその下の、谷底に沈み込むあたりに、妙な物を発見した。

「ねえ、あれ、何かしら？……」

何かしら——と言いながら、語尾がゆらめいた。ほとんど本能的に、不気味な予感に戦《おのの》いている。

「ひと、じゃない？……」

一人が、勇気ある発言をした。

「うそ……」

ほかの三人は、異口同音に、否定的な声を出しながら、唾を飲み込むように、重苦しく頷《うなず》いた。

「ひと、みたい……」「やだア……」「死んでるの？……」「うそ……」

四人は谷底に引き込まれそうな不安を感じて、思わず後ずさりした。たがいにしがみつき、逃げ腰になったものの、足が鉛をぶら下げたように動かない。

折よく、男子学生の三人連れがやって来た。いずれも真面目そうな若者ばかりである。だいたい、男子学生だけでこういう場所を訪れるというのは、物見遊山ではなく、勉強の対象として見学に来るケースだと思って間違いない。

四人の女子大生にとっては、この上もない救いの神であった。

三人連れは双眼鏡で谷底の「物体」を確認した。

「死体みたいだな」

リーダー格の学生が宣言した。

「それも、どうやら女性らしい」

花は——花と見えたのは白いハンカチだった。群生する馬酔木の枝にひっかかって、その一部が上からでも見えていた。

そして、ハンカチのはるか下に、馬酔木に囲まれるように、女性が一人、横たわっているのだった。

「どうしたのかな？　まさか馬酔木の毒にやられたわけじゃないだろうな」

リーダーは首をひねって、呟《つぶや》いた。馬酔木の葉には毒性がある。「馬酔木」と書くのは、馬が葉を食べると中毒症状を呈するところからついた名前だ。

「とにかく、警察に知らせに行けや」

リーダー格がほかの二人に指示した。二人が駆け去るのに、四人の女子大生もつづこうとして、リーダーに制止された。

「おたくたちは、ここにいたほうがいいんじゃないかな。警察は第一発見者に事情を訊《き》きたいはずだから」

「警察」という単語に、四人は脅えたが、おとなしくその場に残った。それから間もなく、磨崖仏を見に来たおばさんグループが加わって、ホトケ谷の一角は、ちょっとした祭りのように賑《にぎ》やかになった。怖いもの見たさで、双眼鏡を奪い合うようにして、谷底を覗《のぞ》いている。

十数名の視線が見下ろす中で、谷底の女性はじっと動かない。薄いブルーのブルゾンに白っぽいジーパンを穿《は》いているらしい。着ているものも長い黒髪も、おそらく、雨に打たれ、生い茂る下草や地面にへばりつくようになっているにちがいない。

「死んでるわよねえ」

おばさんのひとりが言ったが、リーダーの学生は完全に無視した。


警察の動きは思いのほか早かった。

加茂《かも》町には警察署はない。関西本線加茂駅前に、木津《きづ》警察署の派出所があって、常時、二人の警察官が詰めている。その二人がまずパトカーで駆けつけた。ほとんど時を置かずに、木津警察署から本隊がやって来た。署長をトップに、刑事、鑑識、それに防犯、交通など制服組の警察官、総勢四十二名。木津署のほぼ半分の人員が投入された。

むろん救急車もやって来たが、本道からホトケ谷へ来る岐路のところで待機した。なにしろ狭い道なのである。警察の車両の多くも、本道にズラリと駐車した。

谷底への斜面はかなり急だが、レスキュー隊が出動するほどのことはなかった。鑑識の二人がロープを伝って下りて、女性がすでに死亡していることを確認した。いや、死亡どころか、腐乱状態になっていた。

「死後十日以上ですね」

崖の上に戻ってきた鑑識係は、顔をしかめて言った。彼の全身に死臭が付いているような気がして、周囲の人間は顔をそむけた。

状況から見て、女性は賽銭箱のあるこのあたりから転落したと思われた。たぶん、その直後には、下草や灌木の小枝などが折れたりして、かなりの痕跡《こんせき》が残っていたのだろうけれど、春先の十日間は植物の生育が早く、一見した印象では、ほとんど異変に気づくことはなかった。

状況といえば、賽銭箱の周辺の保存状況はきわめて悪かった。道路そのものは幅一・五メートルほどの舗装道路だが、舗装が切れた先の地面に無数の足跡が入り乱れ、死んだ女性の足跡も、それに、かりに他殺事件だとすると、犯人の足跡を採取することもまったく不可能なありさまだ。

「しようがねえな」

木津署の吉本《よしもと》刑事課長は、警察官の指示で一ヵ所に固まっている野次馬たちを眺めて、聞こえよがしにボヤいた。もっとも、野次馬の中には第一発見者もいるので、頭から文句を言うわけにはいかない。

一応、全員の身元を確認して、発見当時の状況を聴取すると、彼らを解放した。すでに発見から三時間あまりが経過していた。誰もかれも疲れきった顔で、肩を落とし、トボトボとした足取りでホトケ谷をあとにした。

2

男の学生が帰ってきて、「ああ、いやなものを見てしまった」とぼやいているのを、阿部美果は風呂場で聞いた。

日吉館の風呂場は一応、男女に別れてはいるけれど、どっちにしても薄い壁一枚で仕切られているにすぎないから、洗面所の会話など、はっきり筒抜けに聞こえてしまう。

彼らがほかの仲間に「事件」の一部始終を話すのを聞いて、美果は（あれかな——）と思った。

現場で警察の人達が「死後十日ぐらい」と言っていたそうだ。大覚寺に現れた野平隆夫の娘が行方知れずになったのも、たしか十日前ごろのことである。

事故や事件の多いいまの時代、変死者が出ることなど珍しくもないから、はたしてそうなのか分かりはしないけれど、美果は気になった。

食事のとき、さっきの学生を探した。

日吉館の食事は階下の座敷に固まって、すき焼をつつくので有名だ。肉の量がやたらに多く、若い連中の健啖《けんたん》に充分、耐えうるボリュームを確保してある。いくら大飯食らいの美果でも、不安感を抱かなくてすむ。

「ねえ、ホトケ谷で変死体を見つけたっていうの、どなたですか？」

十数人の宿泊客の中で、それらしい学生グループに向けて訊いてみた。

「ああ、それならおれたちですよ」

三人の学生がこっちを向いて、その中のひとりが手を上げて答えた。その学生たちは日吉館では新顔に属する。

数年前から、ときには入りびたりのように日吉館に世話になっている美果は、彼らの目から見ると姉御のイメージがある。

「その女のひとって、いくつぐらいだったか分からない？」

「さあ、どうなのかなあ……」

学生は、意見を求めるように、二人の「目撃者」を見返った。

「二十五、六っていうところじゃないかって、刑事が言ってましたよ」

もうひとりの学生が言った。「おたくと同じくらいじゃないですか」とつけ加えた。

「やあねえ、私はもっと若いわよ。それはいいけど、名前とか、そういうのは聞いていません？」

「いや、分からなかったんじゃないですか。所持品なんか、身元を示すような物が何もなかったみたいだから」

「そうなの……」

美果はしばらく肉を食べるほうに専念してから、訊いた。

「それで、死因とかは？」

「さあ……かなり腐乱しているから、解剖しないと……」

「やめてよォ！……」

女子大生のグループから非難の叫びが上がった。

「食事中に変な話、しないでくれませんか」

「あ、すみません」

美果は平謝りに謝った。

ニュースを知りたくても、日吉館にはテレビがない。学究の徒にテレビは不要というのが、ここの戒律である。

（あのひと、どうしているかしら？――）

美果は浅見青年のことを思った。

「青年」というには少しトウが立っているのかもしれないけれど、美果の目からは好もしい青年に見えた。

浅見とは昨日の朝、ロビーで朝食のとき顔を合わせて、短く言葉を交わしたきり、別れの挨拶《あいさつ》もしないまま、別れた。京都・奈良のお寺を巡ると言っていたから、同行してもいいかな――とは思ったのだが、なんだか物欲しそうに思われるといやなので、美果のほうは何も言わなかった。

ことによると、いまごろは奈良のどこかに来ているのかもしれない。

（あのひと、この事件のこと、知っているのかな？――）

テレビのあるホテルにでも泊まっていれば、ニュースを見て、こっちより詳しい状況が分かっているかもしれない。

もし事件のニュースを知ったら、浅見はどう思うか、美果は聞いてみたかった。

変死者の身元が分からない場合、警察はどうやって身元確認をするのだろう？

心当たりのある人間は、そのことを警察に申し出る義務があるのだろうか？

美果は次から次へと、いろいろなことを考えてしまう。

かりに、警察へ行ったりすると、変死者と対面させられることになるのだろうか。

だとしたらかなわないな――などと、想像の段階ですでに尻込《しりご》みしたくなった。

（そうだ、明日になったら、野平隆夫の会社に電話して知らせて上げよう――）

そう思いついた。

その夜、何度も悪夢を見た。夜中に起きて、トイレに行くのが怖かった。そうでなくても、日吉館の古い廊下はよく軋《きし》む。ドアも怪談の効果音のような不気味な音を立ててくれる。寒くても暑くても、一年中、臭気抜きのために開けてあるトイレの窓の外は、漆黒《しっこく》の闇《やみ》であった。

逃げるように部屋に戻り、布団にもぐり込んだが、同室の女の子のひとりが、やたらイビキをかくのには参った。

そのうちに、ふと、腐乱死体って、どんなかしら？――などと想像したら、もう目が冴《さ》えて眠れなくなった。鹿の鳴く声を聞いたかと思ったら、夜はしらじらと明けてきた。

日吉館の人々が起きるのと一緒に、美果も起きだした。

日吉館の朝は早いけれど、宿泊客はまだ白河夜舟《しらかわよふね》である。玄関を掃除していたおばさんが目を丸くして、「あんたはいつも早いわねえ」と感心してくれたが、けさは他に目的がある。美果は配達されたばかりの新聞に、玄関先で急いで目を通した。

事件は簡単に報じられていた。

――加茂町で変死体発見
二十二日の午後二時過ぎ、京都府相楽《そうらく》郡加茂町の通称「ホトケ谷」で、付近を散策中の大学生グループが深さ二十メートル下の谷底に変死者を発見、警察に届け出た。京都府警と木津警察署で調べたところ、死体は二十歳から三十歳程度の女性で、死後十日ほどを経過しており、所持品等はなく、身元はまだ分かっていない。死因は全身打撲によるものとみられるが、誤って転落したものかどうか、不審な点もあり、警察では事故と他殺の両面から捜査を始めた。

やはりまだ身元は不明らしい。それにしても、二十歳から三十歳とは、ずいぶん範囲が広いものだ。腐乱した死体だと、そんなに曖昧《あいまい》なものになってしまうのだろうか。白骨化してしまえば、もう何がなんだか分からなくて、十歳から七十歳――などということになるのかもしれない。生きているうちは、二十五歳と二十六、七歳の差に神経質になったりするのに、である。

（ああ諸行無常だわねえ――）と、美果は妙に厳粛な気分になった。

九時になるのを待ちかねて、美果はテレフォンカードの使える街の公衆電話まで行って、野平のM商事に電話をかけた。

交換が出て、総務部庶務課の野平課長代理に繋《つな》いでくれた。

「はい、野平です」

おとなしそうな声が出た。

「あの、阿部ですけれど、先日、京都でお会いした阿部美果です」

テレフォンカードの残り使用度数が気になって、美果は少し早口で喋《しゃべ》った。

「は？　阿部さんですか？……えーと、失礼ですが、どちらの阿部さんで？……」

「K出版の阿部です。あの、京都でお目にかかりました。宝ケ池ホテルで……」

「ちょっと待ってください」

野平はうろたえたように言った。どうやら電話の送話口を覆ったらしい。

（何を考えているのかしら？——）

美果は少し腹が立った。沈黙しているあいだも、使用度数の残りを示す数字はどんどん少なくなってゆく。

「失礼ですが」と、野平は硬い口調になって言った。

「どういうご用件でしょうか？」

「あの、けさの新聞はご覧になっていませんか？」

「は？　いや、新聞は見ましたが」

「じゃあ、京都府の加茂町であった変死者のニュースもお読みになりました？」

「変死者？……ああ、そういえばそんな記事があったようですが、それが何か？……」

「それが何かって……だって、それ、もしかすると……」

美果は言いながら、しだいに腹が立ってきた。他人のこっちが心配しているのに、父親が他人事みたいに――。

（そうか、もしかすると、会社内で個人的なことを話すのは、周囲に憚《はばか》られるのかもしれないわね――）

「あの、お嬢さんの行方はお分かりになったのでしょうか？」

言い方を変えて、柔らかい口調で訊いてみた。

「は？　娘がどうかしましたか？」

「えーっ？……」

美果はようやく、何かおかしい――と思いはじめていた。

「あの、失礼ですけど、野平さんですね？　庶務課課長代理の野平隆夫さんですよね？」

「ええ、そうですが」

「先日、京都の宝ケ池ホテルでお会いした野平さんでしょう？」

「あなたねえ……」

野平は「ホテル」という単語に異様に反応するらしい。また一瞬、絶句した。

「……何がおっしゃりたいのです？　何か記事にでも……そうか、おタクのF誌かどこかの記事にでもしようと言うのですか？　言いがかりもはなはだしいですな。私はそんなところには行ったこともないし、第一、ここしばらく京都なんかには行っていませんよ。何かのお間違えじゃありませんかね。失礼しますよ」

野平は言ったとたん、ガチャンと、はげしい勢いで電話を切った。

（何なの、これ？——）

美果は怒るより呆《あき》れて、しばらくのあいだ、間抜けな音を立てている受話器を、マジマジと眺めた。

いったいどういうことなのだろう？

野平は何を勘違いし、何を怒っているのだろう？

電話ボックスを出て、日吉館までの道々、美果は不信感と自己嫌悪に打ちのめされながら、トボトボと歩いた。

それにしてもひどい話ではある。宝ケ池ホテルを、雪の降る夕闇の中に出てゆく野平の後ろ姿を見て、心から気の毒に思い、何とかして上げようと思ったこっちの優しさに対して、これはなんたる仕打ちだ。

かりに、プライベートな電話についてやかましい会社だとしても、もう少しどうにか対応の仕方があるだろうに。ケンもホロロに、まるでいわれのない恐喝でもされたような、ヒステリックな態度だった。

野平は「F誌の記事に……」とか言っていたが、あの言い方には、実際に浮気をしている男が、思い当たることがあってギョッとしたようなニュアンスが感じ取れた。

「変だわね……」

美果は口に出して呟いた。

何かがおかしい——と、あらためて思った。

（違うんじゃないかな？——）

電話をした先は、たしかに野平隆夫だったけれど、大覚寺で会ったあの「野平隆夫」とは違う人物のように思えてきた。そうでもなければ、いくらなんでも、あんなに空々しい応対が出来るはずはない。

日吉館の前まで来て、美果は立ち止まり、バッグから野平の名刺を出した。

〔M商事株式会社　総務部庶務課課長代理　野平隆夫〕

会社名も住所、電話番号、役職——すべてが間違いなさそうであった。電話のオペレーターだって、ちゃんと「M商事でございます」と名乗っていたのだ。そして……そうだ、野平だって、何度も名前を確認したのだった。

（やっぱり、電話してもらっては困る事情があるのかもね——）

美果はそう思うよりほかはなかった。きっと、京都へ行ったりしたことは、誰にも内緒だったのだろう。それに、娘さんが行方不明だなんてことも、他人には知られたくないのかもしれない。

そういえば、あの日、野平は、まだ日が暮れるまでは間があるというのに、「明日、会社があるので」とか言って、そそくさと引き揚げて行ったっけ。ああいうのを典型的な小市民というのね——。

「ちょっとお訊きしますが」

いきなり、首筋の後ろから、若い男の声がかかった。

「この辺に日吉館という……」

振り返った美果の視線の先に、懐かしい顔があった。

「あ、浅見さん……」

「あっ、あなた……阿部さん……」

二人はほとんど同時に叫んだ。

どうしたことだろう、美果はふいに目頭が熱くなって、込み上げてくるものを感じた。泣かないはずの美果が——である。

慌てて、空の眩《まぶ》しさに目がくらんだようなふりをして、ハンカチで目を押さえたが、口がこわばって物が言えなかった。

「驚いたなあ、こんなところであなたに会えるなんて……」

浅見は感動的な声で言った。

「じつは日吉館という、古い旅館を探しているんですけどね。大きな看板があるはずなのに、どこにも見当たらなくて、それで、あなたに訊こうとしたんですよ。しかし驚いたなあ。まさに仏様のお引き合わせですねえ。ははは……」

最後のほうで、この男らしくジョークを言って笑った。

「日吉館なら、ここですよ」

美果はようやく口がきけた。

「えっ、ここですか？」

「ええ、看板はずっと前に外して、玄関の中に飾ってあるんです。会津八一さんの書かれた看板ですから、風雨に晒《さら》しておくのはもったいないんですよね」

「そうなんですか、道理でいくら探してもないはずです。古いガイドブックを見て来たものだから……いやあ、何もかも幸運です。あなたにも会いたかったし」

「えっ、私に？　ですか？」

美果はドキリとした。そのまま、心臓を通過する血液の流れが早くなった。顔にカーッと血の昇るのが分かった。

「そうですよ、もう少ししたら、K出版に電話するつもりだったのです」

「あら、私はあさってまで休暇兼取材旅行中ですけど」

「そうだったのですか。だったらますます幸運ですねえ。ほんとに奇遇だなあ」

「あの、私に何か?……」

「けさの新聞、見ませんでしたか?」

「えっ、新聞ですか? 見ましたけど」

「だったら、あの変死者の記事、読んだでしょう? ホトケ谷とかいうところの」

美果の血液は、急速に静かになった。

(なんだ、私に会いたいって、そういうことだったのか——)とすくなからずがっかりした。

「ええ、読みました」

「それで、何も感じなかったのですか?」

「感じましたよ、感じたどころじゃありませんよ」

「そうでしょう、あなたもそう思うでしょう。もしかすると、あれは野平さんの娘さんじゃないかと、そう思いますよね」

「ええ、そう思いました」

「それで、僕はあなたに連絡を取って、野平さんの住所を訊きたかったのです。間違いかもしれないが、とにかく一応、確かめるだけでもと思いましてね」

「ああ、それだったらもう、私がやってみましたけど」

「えっ、もう、ですか？」

「ええ、いま野平さんの会社に電話をしてきたところです」

「そうだったのですか、それはすごい。で、野平氏はどう言っていましたか？」

「それが、とっても変なんです」

美果は野平の奇妙な応対の仕方を話した。

浅見は終始、「うん、うん」と頷きながら聞いていたが、話が先へ進むごとに、目が異様に輝き、頰《ほお》のあたりが紅潮して、口許《くちもと》に笑みが浮かんできた。

「面白い、面白いですねえ、じつに面白いなあ……」

美果が話し終えると、浅見はセカセカと体を揺すりながら、興奮した口調で言った。

「そんなに面白がるようなことじゃないと思いますけど」

美果はやや非難の意味を込めて、言った。

「え？　ああ、いや、たしかにそうですね。どうも僕は不謹慎なところがあって、いつもおふくろに怒られてばかりいるのです。しかし、そういうことを別にすれば、いまの話は絶対に興味深いものがありますよ。阿部さんだってそう思うでしょう？」

「そうですねえ……」

美果はしばらく考えてから、仕方なく頷いた。

「ほら、そうでしょう、誰だって面白いものは面白いのです。いや、そう言うと語弊があるから、興味深いなどと言い換えるけれど、正直な気持ちはやはり面白い、ですよ」

「浅見さん、中に入りません？」

美果は日吉館を指差して言った。ここは通りに面していて、車の通行量もかなりある場所だ。込み入った話を長々とするのには、あまり適当とはいえない。

二人は日吉館の玄関に入った。浅見は物珍しそうに、古びた建物の造作《ぞうさく》を眺め回している。

「ああ、これが会津八一の筆になる看板なんですね」

玄関の板の間にデンと置かれた木製の看板を見つけて、嬉《うれ》しそうに言った。会津八一の書をケヤキの一枚板に浮かし彫りにした、まことに堂々とした看板だ。

「この看板を下ろしたということは、やはり日吉館は廃業したのですか？」

浅見は小声で訊いた。

「ええ、そういう噂《うわさ》もありますけど、実際はそうじゃないんですって。いままでのお馴染《なじ》みさんはメンバーで、メンバーが紹介した人はビジターっていう、ゴルフ場みたいな方式で、相変わらず安く泊めてくれます。でもね、消防法だとか、そういうのがやかましいでしょう。だから、お客さんはほとんどが勉強に来た学生で、ふつうの旅館のように、遊びだけで泊まる人はいないですね」

「なるほど、そういうことですか」

浅見は小型のカメラで、すばやく建物内部の写真を撮った。

おばさんに見つかると叱《しか》られそうだなと美果は思ったけれど、黙っていた。

「ちょっと、上がってもいいですかね？」

浅見は訊いた。

「ええ、いいですよ、なんて、私の家みたいなこと言ったりして」

美果は笑いながら、浅見のために式台の上にスリッパを揃《そろ》えた。

3

阿部美果に出会ったお蔭で、浅見の日吉館の取材は予想以上の成果を上げることができた。美果たちが「おばさん」と呼んでいる宿のおかみさんや彼女を手伝う若い人たちからも、話を聞くことができた。この分なら、通りいっぺんの探訪記事ではなく、それこそ、台所の側から見たような、充実した内容になりそうだ。

日吉館はしばしば廃業の危機に見舞われてきたのだそうだ。前述したように、消防法の問題もその一つである。ホテルニュージャパンをはじめとする、いくつかのホテル・旅館での焼死事故があいついだことから、現在の条例では、全国どこでも、宿泊施設の防火対策については、たとえば、建築物にはスプリンクラーの設置が義務づけられているといったような、きびしい規制が施行されている。しかし、日吉館のような老朽建築に、条例をそのまま適用しようとするのは、物理的にいって無理な話だ。かといって、建て替えるにしても膨大な資金が必要だし、第一、そうやって建て替えられたホテルなり旅館なりが、従来のような低廉な料金を存続させ得るとは、到底考えられない。

それで、日吉館は正規の旅館業を表看板に出せなくなった。名物おばさんは何度も廃業を決意したのだそうだ。

しかし日吉館を愛する人々の希望は、日吉館の灯を消させなかった。旅館としてではなく、学究の徒の集《つど》う場所として、寝泊まりができる集会所のような形態で、実質的には従来どおりの営業をつづけているというわけである。

それだけに、火気や衛生環境についての気の配りようは、並大抵ではないそうだ。大きな事故はもちろんのこと、ちょっとしたミスがあっても、「それ見たことか」と指弾されるのは目に見えている。おばさんをはじめとする従業員はもちろん、宿泊客全員が細心の注意をもって、この古くてちっぽけな宿を護り通している。

京都宝ケ池の近代的なホテルと日吉館とでは、その落差のはげしさについていけない感じがする。

しかし、浅見にとって、それは逆の意味での大きなカルチャーショックでもあった。GNP世界第二位、飽食の時代だとか、浪費が美徳だとか言われている現代だが、たかだか三、四十年も遡《さかのぼ》れば、そこには貧窮のどん底のような暮らしがあったのである。どこの旅館にもスプリンクラーなどなかったし、トイレはちゃんとおツリのくる便器であった。そして、夢にまで見る最大の御馳走《ごちそう》といえばすき焼に決まっていた。

日吉館はまさにその典型だった。いや、余所では滅多に出ないすき焼が、ここではいわば「定食」であった。日吉館のすき焼で活力を得て、奈良・京都を駆けまわった学者や学生たちは数知れない。

いま、日吉館は、基本的には当時とほとんど変わらない。トイレのおツリがこなくなったり、浴室が男女別々になったり、かなり近代化してはいるけれど、創業の精神そのものも、肉いっぱいのすき焼も、昔のままである。大仏さんが動かざるごとく、日吉館もまた社会の変化から置き去りにされているだけである。

（原点だなァ……）と、浅見はつくづくそう思った。「定点」といってもいいかもしれない。定点観測の定点である。そこにいれば、あるいはここに来れば、世の移り変わりがよく見える。変わらない事物もよく分かる。古きよき奈良の文化と転変定まらない現世との対比を見るには、またとない定点といっていいだろう。

藤田編集長は「消える」と言っていたが、浅見は「消えない」という結論で、日吉館のルポルタージュをまとめるつもりだ。

ともあれ、浅見の今回の旅の目的は、きわめて効率的に、すべて完了した。

「やあ、大助かりでした。これもみな阿部さんのお蔭です」

日吉館の二階の、歩くとギシギシいう座敷で、浅見は美果に最敬礼した。

「よかった、お役に立てて」

美果も嬉しそうに言った。

「それで、浅見さん、門跡尼寺巡りのほうはどうなったのですか？」

「ああ、そっちのほうもひとまず終了しましたよ。そうそう、ひととおり訪ね歩いてみて感じたのですが、門跡尼寺は比較的新しい開基の寺が多いのですねえ。国宝・重文クラスのお寺が、意外なほど少ないのです」

浅見は残念な気持ちを込めて、言った。

「それはそうかもしれませんね」

美果も頷いた。

「そういえば、私が回るお寺には、門跡尼寺はありませんもの」

「ということは、あなたはもっぱら、古いお寺参りをしているのですか？」

「ええ、ずっとそうでしたけれど、今回はとくに、国宝・重文を対象にしているんです。今度、うちの社で日本美術全集を出版するもので、その下調べの意味もあるんです」

「じゃあ、奈良のお寺のどこへ行けば、国宝クラスの仏像に出会えるか、だいたい分かっていますか？」

「ええ、まあ、国宝クラスなら」

「すごいですねえ、大したものだなあ」

「いやだわ、そんなに褒《ほ》められるほどのことじゃありませんよ。何度も奈良に来ていれば、しぜん、いろいろな知識が身についてしまうんですもの」

「しかし、漫然と訪れていては、たとえ百回来たって憶えられっこありませんよ。さしずめ僕なんかはだめだなあ、大仏を見れば、ただでっかいと思うだけだし、阿弥陀《あみだ》様とお釈迦様がどう違うのかだって知らないし……要するに縁なき衆生《しゆじよう》ですからね、少しも理解度が高くならない」

「それは信仰とは関係なく、興味の問題じゃないかしら。私はそんなに信仰心のあるほうじゃないけど、仏様や神社仏閣を見るのは人一倍好きなんです。だから、どこそこに姿のいい仏像があるって聞くと、どうしても見ないでは気がすまなくて……それって、宗教心とはぜんぜん関係ありませんよ。でも、仏像を見ると、その後ろにある歴史のことを想うでしょう。仏像を作った仏師はもちろんだけど、作らせた人、その時代背景なんかを想像すると、たしかに、そこにはひたむきな信仰心があったのだなあって感じるんです。そのことに胸をうたれて、しぜんに手を合わせたい気持ちになるんですよね」

「ほう……」

浅見は美果の熱っぽい口調に、思わず感嘆の声を発した。

「いまどきの若い女性の中にも、そういう人は多いのかなあ。野平さんの娘さんも、いい仏像があると聞くと、飛んで行くとか言っていたのでしょう？　僕なんかは、うまいそば屋があるって聞くと、千里の道も遠しとせずだけど、そば屋よりは仏像のほうが、だいぶ高尚ですねえ」

「おそばと仏像を一緒にするなんて……」

美果は浅見の真面目くさった顔を睨んだ。

「あ、そうですね、いささか不遜《ふそん》ですか。どうも、罰当たりなことを言ってしまったようですね。申し訳ない」

「私に謝ったってしようがありませんよ」

美果は笑い出したいのを我慢しながら、言った。

「ははは、そうですね、仏さんに謝らないといけないな。午後からはお寺参りに専念することにしますよ。もしよければ、阿部さんもいかがですか？　レンタカーで動いてますから」

「ええ……でも、あっちのほうはどうするんですか？」

「あっちのほうっていうと、ホトケ谷の事件のことですか？」

「ええ」

「いや、まだ僕たちの出番じゃありませんよ。警察の捜査がもう少し進んでから行ったほうがいいんです。いま行っても邪魔にされるだけだし、警察のデータだって、大して揃っていませんからね」

「ふーん、そうなんですか」

　美果は不思議そうに浅見を見つめた。黒目がちの目で真っ直ぐに見られて、浅見は大いに照れた。

「それに、もう少し日日《ひにち》が経って、警察の捜査が行き詰まってからでないと、折角の捜査協力がありがたみに欠けますからね」

「そういうものなんですか」

「そういうものです」

　浅見は自信たっぷりに頷いた。

「浅見さんて、そういうこと、詳しいんですねえ」

「ははは、なんだか意外そうですね」

「ええ、正直言って意外です。もっとのんびりしたひとかと思っていたんです」

「要するに、おめでたい人間だと思っていたのでしょう」

「そうじゃありませんけど」

「いいんですよ、一見おめでたそうで、しこうしてその実体は……のほうがね」

「実体は何なんですか？」

「実体は……ははは、やっぱりおめでた男かなあ」

浅見は笑い、つられて美果も笑った。

4

事件二日目も、初日に引続き、加茂町ホトケ谷一帯での遺留品等の捜索活動が展開された。初日の捜索は事件発生から三、四時間で夕闇が迫ったこともあって、早めに打ち切られた。そのために、二日目の捜索はかなり入念に行われることになる。

一方、刑事たちの大半は現場周辺からしだいに範囲を広げながら、目撃者等の聞き込み作業に入った。

現場のホトケ谷に行く一般的なコースは、ＪＲ関西本線加茂駅からか、あるいは奈良方面からの国道24号線につながる地方道からか、いずれにしてもバスかタクシー、またはマイカーを利用することになる。まれに自転車を駆ってやって来る若者たちもないではないけれど、この被害者の場合は現場付近に自転車はなかった。

かつて加茂駅あたりから徒歩で、浄瑠璃寺から岩船寺を巡る人たちも少なくなかったそうだが、いまはよほどの健脚か、よほどの物好きでもないかぎり、そんなのんびり派はいなくなった。

被害者の女性が何か、公共の交通機関を利用したのであれば、運転手なり乗客なりの目撃者がいることも期待できるのだが、マイカーで来たとなると厄介だ。目撃者がまったくいないこともあり得る。

しかし警察の捜査は、たとえ九十九パーセント見込みのないことが分かっていても、決められたメニューにしたがって、律儀に行われる。

被害者は転落した際に受けたと思われる打撲痕と、出血をともなう擦り傷等が、ほぼ全身に見られた。いずれも生活反応があったことから、誤って転落したことも考えられたのだが、昨夜の解剖によって、後頭部の打撲がもっとも著しい傷害であり、直接の死因につながったものと断定された。

つまり、他殺の疑いが濃厚であるということだ。

昨夜のうちに木津警察署内に捜査本部が設置され、この朝、捜索隊の出動にさきがけて第一回の捜査会議が開かれている。

京都府相楽郡木津町は人口およそ二万の中規模の町である。「木津」の名は、その昔、東大寺を建立するための木材を川で運び、この地に着けたところから発している。その名は川の名に転じて、以来、淀川の一支流であり「古津川《こづかわ》」あるいは「沢田川《さわだ》」と呼んでいたこの川を「木津川」と呼ぶようになったという。木津はこのように河港として栄えたと同時に、古くから大和の北の玄関口として、交通の要衝《ようしょう》であった。

木津町は京都府に属しているけれど、木津川の南にあって、交通の便だけからいえば、むしろ、奈良県の経済圏・文化圏に入っているような印象を受ける。観光客の多くが、浄瑠璃寺や岩船寺を「大和の寺」だと信じているほどである。

吉本刑事課長も、はじめて木津警察署に赴任したとき、実感としてそう思った。現実に、木津町へ来るには、奈良市街からなら車でものの数分の距離にあるが、京都市街からだと一時間以上はかかるだろう。

今回のように大きな事件があった場合など、府警本部から応援部隊がやってくるまでに、かなりの時間を要することになる。

もっとも、木津は平穏な町で、交通事故以外には、ここしばらく大した事件もなく過ごしてきた。木津署に殺人事件の捜査本部が置かれたことなど、現在の署員の中に記憶している者はいないほどであった。

その木津警察署の正面玄関に、麗々しく「ホトケ谷殺人死体遺棄事件捜査本部」という貼《は》り紙が出た。書いたのは次長の関山《せきやま》である。書道には自信があって、署内の貼り紙類はすべて彼の「作品」である。まるで書き初めでもするように、長巻の上等の紙を十数枚も無駄にして、やっと書き上げた。

吉本刑事課長は、その貼り紙を見上げて、いささか面映《おもは》ゆい感じであった。

木津署は警察官・職員をあわせて九十一名、まずまず「町」としては大きいほうの規模といっていい。吉本はふだん署員からは「刑事課長」と呼ばれているのだが、しかし、実際の名称は「刑事防犯課長」が正しい。木津署には単独で「刑事課」という名称はなく、「刑事防犯課」の中に刑事係と防犯係が置かれ、刑事はたったの七名という陣容である。

刑事が七名しかいないところに、府警や近隣の警察からの応援が、およそ百五十名もやって来て、初動捜査が開始されていた。こうなると、所轄の刑事などは、接待係のような役回りになってしまう。

当初段階では、府警の刑事部長がみずから総指揮を執っていたが、鑑識の作業が終了したあたりから、府警捜査一課から派遣された東谷《ひがしたに》警部に指揮統括が委《ゆだ》ねられた。

東谷は京都にある私大の出身で、刑事部長のお気に入りという噂があった。ことし三十五歳の若さだが、実務能力という点では、府警の中でも出色——と評価が高い。吉本は東谷と階級は同じ警部だが、年齢は七歳も上の、まさに厄年である。しかし、東谷には初対面のときから、先輩意識を持つどころではないほど、なんとなく圧倒されるものを感じた。さすがに府警随一といわれるキレ者だけのことはある——と思った。

ホトケ谷のホトケ——女性の身元は、着ていたブルゾンにクリーニング店が縫い付けたネームから「ノヒラ」という名前らしいことだけは分かった。「ノヒラ」はおそらく「野平」と考えていいだろう。かつて、中央競馬にそういう名前の腕のいい騎手がいた。

それ以外で分かったことといえば、推定年齢が二十歳〜三十歳、血液型はA型、髪は黒で肩までのストレートヘア、歯に治療痕があること等々の特徴である。

服装は乱れていたが、それは転落の際にそうなったもので、争ったり暴行されたりした形跡は感じ取れなかった。こうした状況から見て、被害者の女性は、ホトケ谷に面して立っているところを、背後から鈍器様のもので後頭部を強打され、そのまま谷に転落し、死に到ったものと考えられる。

百人を越える寄せ集めの刑事たちによる、周辺の聞き込み捜査は順調に進められた。範囲は広いが、都会のケースと違って、聞き込みの対象となるべき人家や住民の数は高が知れているので、能率はきわめてよい。

目撃者探しは、とくに現場周辺——浄瑠璃寺および岩船寺付近の民家や土産物店などの観光施設、交通機関などに重点的に行なわれた。

そしてまもなく、浄瑠璃寺脇にある茶店兼土産物店の夫婦が、それらしい女性を目撃していることが分かった。

「十日ばかり前の、冷たい雨が降っている日でしたっけ」

茶店の主人・吉田武男と、妻の初枝はそう言っている。浄瑠璃寺の山門下で雨に濡れているのを、初枝が見兼ねて、傘を貸して上げようとしたら、「結構です」と、そっけなく言って立ち去ったということであった。

どこから、どうやって来たのか。同行者はいなかったのか。どこへ行こうとしていたのか——等々は分からないという。

「ただ、そのときは独りでしたよ。それと、なんとなく人待ち顔でしたね」

初枝は女性らしい観察眼を披露して、そう言った。

しかし、結局、彼女は待ち人来たらずのまま、立ち去ったというわけだ。

そのときの女性が「ノヒラ」という死者だったかどうかは、しかし確定的とはいえなかった。吉田夫妻は被害者の写真を見せられたのだが、何しろ、思わず顔をそむけてしまいたくなる状態の写真だ。もとの人相を思い浮かべろというのは、いささか無理な話であった。

「せめて、生きているときの写真でもあれば、同じ人かどうか、分かるかもしれませんけどなあ」

夫婦は異口同音に言った。

ともかく、被害者の身元確認が急がれた。捜査本部は府警を通じて、全国の警察に家出人もしくは行方不明者の捜索願が出されているケースについて、照合する作業に入った。

5

東大寺を見て、薬師寺を見て、唐招提寺を見て、法隆寺を見て……。

いくら車だといっても、さすがに時間はかかるし疲れもした。浅見と美果は奈良市街に戻って、茶店風の店に入った。

吉野葛《よしのくず》を使った上品なお菓子で抹茶を飲んだ。こういうのは東京にいたのでは、なかなか体験できない。美果はともかく、浅見には絶対に似つかわしくない食文化が、この古都のたたずまいの中にいると、ごくさり気なくできてしまう。

トロリとした緑色の液体を飲み干すと、気持ちはシャキッとしたけれど、足腰の気だるさのほうはかえって強調された。

「なんだか、すっかり国宝や重文の毒気にあたっちゃったような気分ですね」

浅見は率直すぎる感想を言って、またしても美果に睨まれた。

「浅見さんて、どうしてそう露悪的なことを言ったりするのかしらねえ？」

「いや、べつにそういうつもりじゃありませんよ。坊さんがありがたそうに読むお経だって、あんまり長すぎるとうんざりするみたいなものです」

「そんなこと、大きな声で言わないでくださいよ。お寺やお坊さんの悪口は、奈良や京都では禁句なんですからね」

「困ったなあ、言いたいことも自由に言えないなんて。物言わざるは腹ふくるる心地……って言うじゃないですか。しかし、阿部さんて、見掛けはほんとにキャピキャピの現代女性なのに、それこそ、その実体はわりと古風なんですねえ」

「古風っていうんじゃないですけど、奈良や京都や、それに寺院や仏像に関するかぎり、私はガチガチの保守派で、擁護主義者なんです」

「いったい何なのですか、そんなにまで阿部さんを捉《とら》えて放さない、そういったもろもろの魅力っていうのは？」

「そうですねえ……何なのかしら？　自分でもはっきり分からないけれど……とどの

つまりは仏像が好きっていうことかしら。そうですすよきっと、仏像が好きなのね。仏像——仏さまと面と向かっていると、自分のことが分かってくるような気がするんです」

美果は瞳をキラキラさせて話した。

「亀井勝一郎が何かの本で書いているんですけど、ギリシャ神殿の彫刻はさかんに語りかけてくるけれど、日本の仏像は決して語りかけてこないっていうんです。こっちだけに多くを語らせるって……でも、そこが私はいいと思うんですよね。仏さまには何でも喋ってしまえちゃう。あの、半眼を閉じて、じっと坐っていらっしゃる仏像に面していると、自分の心の底に蟠《わだかま》っている澱《おり》のようなものを、すべてさらけ出せる……ああ、この人なら、絶対に秘密を守ってくれるわ……とか、そう信じることができるんです」

浅見はべつに半眼を閉じて聞いてはいなかったが、美果は思ったことをそのままぶつけるように話した。仏像のことを「この人」と呼んでいることで、浅見はなんだか、自分までが仏さまなみに、「秘密を守る」義務を負わされたような気がした。

「奈良や京都を旅するのは、独りのことが多いんです。そういう女の独り旅って、珍しいせいなのかしら、時どき、男の人が声をかけてきたり、ときには危険なこともあったりするんですよ。比叡山で私と同じくらいの女性が殺されたり、今度の殺人事件だって、もしかするとそういうことなのかもしれないでしょう。それほどでなくても、いやなことはいくらでもあります。好きな奈良や京都でそういう目に遭うのは、とてもいやだし、悲しいけれど、でも、そこで奈良や京都だから——仏像の坐《ましま》すところだから、許せちゃうっていうこともあるんです。仏像に会えることで、何もかもに寛容になれちゃうのかもしれませんね。だから、すてきな仏像の話を聞くと、もう矢も楯《たて》もたまらなくなって、飛んで行っちゃうんです」

美果の熱っぽいお喋りを、浅見はじっと聞いていた。

「あらっ……」と美果はわれに返ったように呟いて、顔を赤らめた。

「いやだ、私ばっかりペラペラ喋って。おかしな女だと思っているでしょう？」

「とんでもない、それより、僕は阿部さんの話を聞きながら、その向こう側に、あのひとのイメージを思い描いていたのですよ」

「あのひと？……」

「ええ、野平さんの娘さんです」

「ああ……」

美果も頷いた。

「それは私も感じていました。彼女も、私と同じような気持ちで京都や奈良を歩いていたんですね、きっと」

「ということは、比叡山の悲劇の二の舞いを演ずる可能性があるということです」

「そうは思いたくありませんけど……」

「しかし、否定はしきれないでしょう」

「ええ、否定はしません。奈良や京都が好きで好きで……という気持ちは、ともすると、奈良や京都を愛する人には、悪い人間はいない——という錯覚につながりがちなんです。でも、現実には、仏像マニアには、むしろ病的な人がいることだって、私の経験からいってもありますものね」

「ほう、どういう体験があったのですか?」

「いちどは、一日中、しつこくつきまとわれました。あなたは弥勒菩薩《みろくぼさつ》に似ているって言って……」

美果は浅見にチラッと視線をはしらせて、照れた笑みを見せた。

「あっ……」と浅見は小さく呟いた。

「それ、僕も思いましたよ。写真でしか知らないけれど、広隆寺の弥勒菩薩とそっくりだなあって」

「わァ、嬉しい」

「それで病的だと、僕も病的な人間ですかねえ?」

「ははは……」と、美果は男みたいな笑い方をした。

「あの弥勒菩薩さんくらいなら、嬉しい冗談だと思えば笑えちゃいますけど、その人は中宮寺《ちゅうぐうじ》の思惟《しい》の像に似ているって言ったんです。そこまでゆくと嘘《うそ》くさいなあって感じですよね」

「と言われても、僕はその像、知りませんけどね」

「そうですか、とてもすてきな仏さまですよ。如意輪観音て言われてるけど、ほんとうは弥勒菩薩だという学者が多いし、私もそう思ってます。広隆寺の弥勒さんより、ずっと繊細で美しい仏さまです」

「じゃあ、きっとその人の言ったことは正しいな」

「えっ？　いやだ、まさか……」

美果は赤くなって、急いで手を振った。こんどは笑うどころか、厳粛な顔をしている。

「そんな冒瀆《ぼうとく》するようなこと言わないでくれませんか」

「冒瀆って、どっちを、ですか？」

「またそんな……決まってるじゃありませんか」

美果はまた浅見を睨んで、苦笑した。

「ほんとにすてきな仏さまなんですから。私がいままで見たうちで、いちばんの傑作だと思ってます。だから、そのときもその人に、そんな冗談を言ったら罰が当たりますよって言ったんです」

「そしたら、何て言いました？」

「罰なんか、当たらないって、笑いました」

「ははは、それはいい」

「よくありませんよ。それじゃ、浅見さんもそう思うんですか？」

「ええ、思いますよ。もともと僕は罰当たりな人間ですから」

「嘘ですよ、そういう露悪的なことを言う人にかぎって、根は純真で真面目なんです」

「それじゃ、その人も純真で真面目だっていうことになります」

「違いますよ、その人は」

「やけに確信があるみたいですね」

「ええ、だって、自分でそう言うんですもの。自分は仏さまをさんざん冒瀆しているけれど、いまだかつて罰が当たったためしがないって」

「ふーん、何をしたんですかね？」

「いろいろですって。あまり多過ぎて、日常的なことをしているみたいなものですって。たとえば、仏像を盗んだり……」

「そりゃひどい。それじゃ、冒瀆どころか、犯罪じゃないですか」

「そう言いました、私も。だけど、罪の意識はないんですって。愛する女を一人占めにしたいのは、ごくふつうの感覚だろうって。それと同じことだって言うんですよね」

「それは真理だなあ」

「感心しないでください。そういう感覚は病的そのものじゃないですか」

「なるほど、だとすると、僕は病的ではないらしい」

いまだに、ただの一度も、女性を「一人占め」にできたためしのない浅見は、正直に、憮然《ぶぜん》とした表情になった。美果は「当たり前です」と笑った。

「その人、いくつぐらいですか？」

「五十歳か、もっと上——ひょっとしたら六十歳ぐらいだったかもしれません」

「なんだ、そんなおじさんですか」

「だからこそ気味が悪いじゃないですか。若い男の人が無鉄砲なことを言うのとは違いますもの」

「それもそうですね。で、それからどうなったんですか？」

「だから、ずっと後をつけてくるんです」

「一日中？」

「ええ、一日中。ずいぶんお寺を回って、それも歩きとバスとでしょう。私だって相当疲れたのだから、そのおじさんはさぞかし大変だったと思います」

「ははは、同情的ですねえ」

「だって、ほんとに疲労困憊《ひろうこんぱい》っていう感じだったんですもの。それに、つきまとうって言っても、べつに悪いことをするっていうんじゃなくて、ただ傍にいるだけ。ときには仏像の解説なんかしちゃって……それがまた詳しいんですよねえ。だから、ほんとはこの人、名のある学者じゃないのかしらって、そう思ったくらい。私もかなり自信があったけれど、あのおじさんに較べたら、まだまだ赤ん坊みたいなものです。奈良中の仏像という仏像は全部、野末の石仏に至るまで、それも何度も見たって言ってました。何しろ、香薬師仏《こうやくしぶつ》まで見たっていうんですもの、びっくりしちゃうっていうより、羨《うらや》ましかったなあ」

美果はそのときの気持ちを思い出して、夢見るような顔になった。

「何ですか、その講釈師って？」

「えっ？　やだ、講釈師じゃなくて、香薬師ですよ……あら、浅見さん、香薬師仏のこと、知らないんですか？」

美果はあの藤田編集長とそっくりの言い方をした。

「香る薬師って書くんですけど……そうですか、知らないんですか」

「ひどいなあ、そんな、無知を憐《あわ》れむような目で見ないでくれませんかねえ」

浅見は苦笑を浮かべて抗議した。

「あ、いえ、そういうわけじゃないけれど、でも、浅見さんみたいな仕事している人は、そういうのご存じかと思って……だって、すっごく有名な事件でしょう、それって」

「事件？　どんな事件ですか？　『それ』と言われても、ぜんぜん分かりませんよ」

「そうなんですか……」

美果はしばらく浅見の顔を眺めてから、ふいに思いついたように立ち上がった。

「それじゃ、これから行きましょう」

「行くって、どこへ、ですか？」

「決まってますよ、新薬師寺です。香薬師仏は新薬師寺から盗まれたんです。いまは、そこにあったままの状態で、空っぽのお厨子だけが飾ってあるんです」

美果は遅れて立った浅見の手に、テーブルの上の伝票を「はい」と渡して、さっさと店のドアを出て行った。

第三章　香薬師仏の秘密

1

奈良には薬師寺と新薬師寺があることは、ちょっとした奈良通の人なら大抵は知っていることだ。

薬師寺は西ノ京町にある。鑑真和上《がんじんわじょう》の唐招提寺から南へ、およそ八百メートルばかりのところだ。唐招提寺は東山魁夷《ひがしやまかいい》の障壁画であまりにも有名だが、薬師寺のほうも、フェノロサが『凍れる音楽』と評した三重塔など、見るべきものが多いから、時間の許す観光客はかならず両方の寺を拝観する。

新薬師寺は高畑町《たかばたけちょう》にある。薬師寺は、天武天皇が持統天皇の病気平癒を祈願して建立を発願し、後に持統天皇、文武天皇が六九八年に建立したのに対して、新薬師寺は七四七年に、聖武天皇の眼病平癒を願って光明皇后が建立した寺である。

もっとも、新薬師寺の「新」は「あたらしい」の意味ではなく、霊験あらたかであることを意味するものだ。

新薬師寺のある高畑町は奈良公園・春日山の広大な緑地帯の南側にあって、奈良市街地の中にあっては、もっとも鄙《ひな》びた土地のひとつといっていい。

「ここの街の佇《たたず》まいが、私は好きなんです」

美果は浅見に車をゆっくり走らせるように頼んで、そう言った。

彼女はそう言うけれど、縁なき衆生の浅見の目には、ただの古びた活気に乏しい街にしか見えない。昭和のはじめにここを訪れた亀井勝一郎は、「高畑の道」と題してこの界隈《かいわい》のことを描写している。

新薬師寺を訪れた人は、途中の高畑の道に一度は必ず心ひかれるにちがいない。はじめて通った日の印象は、いまなお私の心に一幅の絵のごとく止っている。――中略――山奥へ通ずるそのゆるやかな登り道は、両側の民家もしずかに古さび、崩れた築地に蔦葛のからみついている荒廃の様が一種の情趣を添えている。古都の余香がほのかに漂っている感じであった。――中略――最初に奈良を訪れたときなどは、わけもなく感動してこの道を徘徊したものだ。

「その当時の面影が、まだここにはたっぷり残っていると思いませんか?」

この文章の概略を説明してから、美果はそう言ったが、たしかにそのイメージはいまもあった。人っ子一人通らない道の両側には、素っ気ないほど装飾性や愛想のない民家が、無味乾燥の庭を挟んで立ち並んでいる。

国宝を身近に見ることができて、名も知られている割りに、新薬師寺は建物も境内も、規模の小さな寺である。創建時の建物のほとんどが焼失してしまったためだ。

それにしても、ここは観光のメッカ・奈良から取り残されたかのようにうら寂しい。時間が遅いせいばかりでなく、寺も寺の周辺も観光客の姿が少なかった。

「亀井勝一郎が新薬師寺を訪れたのは、昭和十七年だったかしら。いまからちょうど半世紀もむかしのことなんですね」

拝観料を払い、境内に入って行きながら、美果は浅見に予備知識を授けた。

「そのときに、亀井は新薬師寺の薬師如来像の胎内仏・香薬師仏を見て、その印象を書いているんです。いまはもう何が書いてあったか憶えていませんけど、とても美しい文章で感動した記憶があります。でも、その文章でも表現しきれない美しさが、香薬師仏にはあったらしいのです。そして、亀井はとても面白いことを書いてました。香薬師仏は東京の深大寺《じんだいじ》にある釈迦如来像とそっくりだっていうんです」

「深大寺?」

浅見はようやく馴染《なじ》み深い固有名詞に出会って、ほっとした。

「へえー、深大寺ならときどき行きますよ。あそこの手打ちそばは、東京近辺ではかなりましなほうですからね」

「またおそばですか……」

美果は呆《あき》れて、露骨に軽蔑《けいべつ》した目をつくってみせた。

「あ、申し訳ない。もう何も言いませんから、話の先をつづけてください」

「それで、亀井は『香薬師は兄仏で、深大寺の釈迦如来は妹仏のように見える』って、とてもユニークな表現をしています。それを読んで知ったのだけど、新薬師寺の香薬師も、深大寺の釈迦如来も、ともに右手の中指の先が欠けているのだそうです」

美果は歩きながら、右手を高くかざして、中指の先を少し曲げてみせた。白く細く柔らかそうな指であった。

浅見は美果の後について、本堂に入った。

新薬師寺の本堂は天平時代に建てられた当時の、唯一残っている建造物で、ほかの堂塔伽藍《どうとうがらん》は平安時代の火災ですべて焼失した。現在の本堂は当時は食堂《じきどう》ではなかったかといわれている建物だ。そのせいか、たとえば東大寺の大仏殿とは対照的に平たい建物で、威圧感にも荘厳さにも欠ける。

本堂の内部はかなり暗い。建物の中央に本尊の薬師如来が鎮座して、その周囲をほぼ等身大の十二神将が囲んでいる。美果の話によると、この本堂と十二神将のすべてが国宝なのだそうだ。

十二神将というのはガンダーラの神々であったのを、インド仏教が取り込んで、薬師如来の守護神としたものだ。さまざまな武器を持って、恐ろしげな顔で見得を切っている。十二神いるところから、日本の干支《えと》にちなんで、それぞれの神将を干支にあてはめることができる。浅見は自分の干支がどの神様なのか、訊《き》いてみたかった。

しかし、美果が浅見をここに連れてきたほんとうの目的はそれではなかった。

「これ、見てください」

美果は十二神将をグルッと巡って、ふたたび正面に立ったとき、指先を本尊である薬師如来像の足元に向けた。

本尊が坐る須弥壇《しゆみだん》の手前二メートルばかりのところに、古びたお厨子《ずし》が立っている。黒漆に金箔《きんぱく》を貼《は》って、かなり豪華なものだったであろうことは、浅見のような門外漢にも、ひと目で分かる。

「この中に、本来は香薬師仏が納めてあったのだそうです」

なるほど、厨子の脇に説明書が置かれていて、この香薬師仏は昭和十八年に盗難に遭い、以来、杳《よう》として行方が知れない——という趣旨のことが書いてあった。

「ずいぶん小さなものなんですね」

浅見は厨子の大きさから推定して、そう言った。

「でも、身の丈二尺四寸ていうから、七十センチぐらいはあるのかしら。大きなご本尊さまの前にあるから小さく見えるせいもありますけどね」

「しかし、そうやって盗難に遭うことから想像すると、たぶん国宝中の国宝だったのでしょうね」

「もちろんですよ。私はいちど、白黒の写真で見ましたけど、微笑したお顔はとても美しくて、優しくて、しかも威厳に満ちていました。美術品として見ても、かなり優秀な作品だったのじゃないかしら。それを彫った人の信仰心が、見る者の心に伝わってくるような気がしました。仏さまとは、こういうお姿をしていらっしゃるっていう、そういう信念みたいなものが……」

美果は、空っぽの厨子の中に香薬師像が存在しているかのような視線を注いで、うっとりした口調で話した。

浅見はそういう美果の向こう側に、またしても、失踪《しっそう》した野平繁子のイメージが思い浮かんだ。そして、さらにその向こうには、比叡山であえない最期を遂げた女性のことまで見えるような気がしてならなかった。

ひとつのことに取りつかれたときの人間のひたむきさには、たしかに魅力があるし、美しくもある。しかし、何かにのめり込むということは、平常心を失う危険性をつねに内包している。

どれほどみごとな仏像であろうと、縁なき衆生の浅見の目には偶像にしか映らない。それらはあくまで、木製の、あるいは金属製の造形物でしかないのだ。像に美を感じたり、作者の信仰の深さに共感を覚えたりしたとしても、それは鑑賞者としての立場からのもので、信仰そのもの、宗教そのものに共感したり、のめり込んだりすることはない。

美果の仏像や寺院巡りも、もともとは、おそらくそれらのもつ美しさに憧《あこが》れてのことであったにちがいない。それがいまは、明らかに、仏像に込められた「こころ」の虜《とりこ》になっている。しかもそれは、本来の宗教とは異質のものかもしれない。仏像それ自体の魅力に眩惑《げんわく》されている状態を、あたかも宗教心であるかのように錯覚するのは、きわめて危険なことのように思える。

(あぶないな――)

浅見は美果の横顔を眺めながら、彼女の惑溺《わくでき》をひそかに危惧《きぐ》していた。

美果はその浅見の視線を感じたように振り返り、「あら……」と呟《つぶや》いた。我に返ったという様子だった。

「こうして厨子だけを飾っておくのは」と浅見はさり気なく言った。

「盗まれた香薬師像が戻ってくることを祈る気持ちからなのでしょうかねえ」

「ええ、もちろんそうでしょうね」

美果は一瞬の間に、醒《さ》めた、編集者の目になっていた。その一瞬が一瞬でなくならないかぎり、彼女は大丈夫なのだろう。

「香薬師仏が盗まれてから、すでに四十七年ですか……戻ってくる可能性はごくわずかなのだろうなあ……」

「でも、香薬師仏が誕生してから一千二百年の長さから見れば、ほんの束の間ですよ」

「なるほどねえ、悠久の世界では、瞬く間より短いですか」

時刻は拝観時間を過ぎようとしていた。二人はすっかり暗くなった本堂を出た。

境内にはまだたっぷり、春の陽光が斜めにさしこんでいた。冬枯れの土地を覆う勢いを見せて、浅葱《あさぎ》色の草が伸び出している。

たぶん堂守の人なのだろう、粗末な作務衣《さむえ》姿の老人が一人、しゃがみ込むようにして、庭の手入れに余念がない。

「聞いてみます？」

美果は浅見の耳に囁《ささや》いた。

「聞くって、何を？」

「あのおじいさん、昔からずっとこのお寺にいるみたいだから」

それだけ言うと、美果はさっさと歩きだして、老人に近づいた。

「ちょっとうかがいますけど」

後ろから声をかけると、老人は聞こえたのか聞こえないのか疑いたくなるような、ひどくのんびりした仕種で、首をねじ向けて美果を見上げた。

老人は優しい目をしていた。もともと坊主頭だったのが、すっかり毛髪を失った——といった感じのきれいな禿頭である。これでちゃんとした衣を身にまとえば、どこかの大僧正といっても通用するかもしれない。

「何でしょうかな？」

言葉つきも関西訛《なま》りでおっとりしている。

「おじいさんはこちらのお寺、ずいぶん長いのですか？」

「ああ、長いこといさせてもろてますなあ」

「だったら、昭和十八年ごろのこと、知ってますか？」

「昭和十八年……ほほう、そらまた、えらい昔でんなあ」

老人はゆっくり立ち上がった。

「はい、そのころも、こちらにいてましたけど」

「だったら、知ってるんじゃないかしら、香薬師仏が盗まれたときのこと」

「ほうっ……」

のんびりしていた老人の目が、少し大きく見開かれた。

「香薬師さまのことをお聞きですか。はい、よう知っておりますが、それがなんぞしましたかいの？」

「その事件のこと、聞かせていただけませんか？　おじいさんが知ってる範囲でいいんですけど」

「はいはい……」

老人は土をいじっていた手をパタパタと叩きながら、天を見上げて思案してから、おもむろに言った。

「あれは忘れもしない、三月二十一日でしたな。朝早うに、お勤めが始まる前のお掃除をしようか思うて、お堂へ行きましたところ、香薬師さまのお姿が見えんものですさかいに、それはもうびっくりしましてな、それからえらい騒ぎになりました。ご存じかどうか、香薬師さまはそれまでに二度も盗難に遭われてはって、お寺としても充分に警戒して、香薬師堂を建て、鍵も二重にして、厳重に安置させていただいておったのです。ところが、犯人はなんと、柱と戸のあいだにバールいうのですか、そういうものを差し込んでこじ開けたもんやさかい、鍵は役に立たんかったいうことのようでした」

そのときの悔しさを思い出したのか、老人はしきりに首を横に振ってから、話の先を進めた。

「すぐに警察に連絡したところ、警察署から三人の刑事さんが見えはって、まず最初に私らの指紋を取りはりました」

「えっ？　おじいさんたちの指紋を？」

美果は驚いて、思わず浅見を振り返った。浅見は対照的に、穏やかな微笑を浮かべて、じっと聞いている。

「ははは、びっくりしやはるでしょうなあ。私らも驚きました。きっと私らの中の誰ぞが犯人か疑ごうたのかと思いますけどな、そんなことしておらんと、早う駅に知らせるとかして、交通機関に手配せなあかんのやないか――そう思いました。しかし、いまと違ごうて、文化財に対する認識いうのか、そういうものが無かったのでっしゃろかなあ。それから何日も経って、新聞が騒ぎ立ててから、ようやく警察も本腰を入れて捜査を始めたようやけど、時すでに遅し、いうことでしょう。それでも、警察はあちこちの素封家の蔵を開けさせたりしてからに、えらいご迷惑をおかけしてしもうて、中には、これから先は新薬師寺には頭を向けて寝ェへん――などと言わはる方もおったそうです」

「それで、香薬師仏の行方はそれっきりなんですか？　どこにあるのか、ぜんぜん分からないのかしら？」

「はい、分からしまへん。香薬師さまは『美人薄命』いう言葉がピッタリの仏さまで、それまでの二度の盗難のおかげで、金無垢《きんむく》ではないいうことは知られておりましたさかいに、三度目の盗難は香薬師さまのほんとうの値打ちをよう知ってはる者の仕業やろうかと思うております。そういう者は、じっと隠し持って、だいじにしておるもんやそうで、むしろそのことだけがせめてもの慰めにはなっておるのでございますけどな……」

老人は話し終えて、両手を合わせ、「南無阿弥陀仏《なむあみだぶつ》……」と祈った。

二人は老人に礼を言って、境内をあとにした。

「品のよい、話の上手なおじいさんでしたねえ」

美果はおかしそうに言った。

「でも、よっぽど悔しかったんだわ、四十七年前のこと、あんなによく憶えているんだもの」

「あのご老人はどういう人なのですか？」

浅見は真顔で訊いた。

「さあ……たぶん堂守さんか何かだと思いますけど」

「……そうですか。それにしても、香薬師仏に対する思い入れはかなりのものみたいでしたね。よっぽどすばらしい仏像なのだろうなあ」

「そうみたいですよ。私は写真でしか見たことはありませんけどね」

車に乗ってから、浅見は「もし」と訊いてみた。

「かりにもし、香薬師仏の在りかを教えられたとしたら、阿部さんはすぐに飛んで行って、見たいと思いますか？」

「もちろんですよ」

美果は呆れたような言い方をした。

「たとえ僕みたいな胡散臭《うさんくさ》い人間が言った言葉でもですか？」

「まさか……といっても、浅見さんが胡散臭い人だなんて思いませんけど、信憑性《しんぴょうせい》のある人が言ったことなら、飛んで行きます」

「信憑性がある人とは、たとえば学者先生ですか？」

「とはかぎりませんけど」

「それじゃ、お坊さんとか、金持ちで、美術品の蒐集家《しゅうしゅうか》なんかですか？」

「そうですねえ」

「彼はどうですかね、阿部さんに付きまとったという、ヘンなおじさんの場合は？」

「それは……」

言いかけて、美果は複雑な表情になった。

「正直なことを言うと、信用しなかったとはいちがいに言い切れないんですよね。じつはその人、最後になって、『見ませんか』って言ったんです」

「見ませんか？」

「ええ、たしかにそう言ったんです」

「見ませんかって、何を見るのですか」

「もちろん香薬師仏でしょうね、その話をしていたときだから」

「香薬師仏……しかし、香薬師仏は無いはずのものじゃありませんか」

「ええ、それでびっくりして、問い返そうとしたとき、友人に声をかけられたんです。彼女もたまたま奈良に来ていて、ほんとに奇遇だったのですけど、その友人と話し込んでいるうちに、気がついたら、おじさんはどこかへ行ってしまってました。あとで聞いたら、その友人は私がヘンなおじさんに話しかけられて危なっかしく見えたんですって。たしかに、もしかすると、友人が危惧したとおりだったのかもしれませんけど、私の気持ちのどこかに、いまでも、惜しいことをした——っていう悔いが残っています」

「驚いたなあ、あなたみたいな頭のいい人でも、そういう誘惑には引っ掛かるというわけですか」

「でも、香薬師仏を見たくないかって言われて、見たくないなんて答える人は、いやしくも日本美術や仏像に興味を抱く人たちの中には一人もいませんよ」

「しかし、香薬師仏はすでに無いということを承知しているのに」

「それは、新薬師寺さんには無いけれど、どこかにはあることは事実ですもの」

「なるほど……」

感心してどうするのだ——と思いながら、浅見は美果の言うことを納得するほかはなかった。マニアの心理とはそういうものなのだろう。

「そのおじさんの素性なんかは、分からないのでしょうね」

浅見は車をスタートさせて、訊いた。

「ええ、いま思うと、聞いておけばよかったけれど」

「狭い奈良だから、ひょっとすると、いつか会えるかもしれませんね」

「ええ、そうかもしれません」

「今度会えたら、そしてまた誘われたら、阿部さんはどうしますか？」

「…………」

「誘いに乗りますか？」

「分かりませんけど……乗るかもしれませんね。だって、こうして浅見さんの車に乗せていただいているのと、どれほどの差があるかっていえば……」

その先は言わずに、美果は淡い夕暮れの気配が立ち込めはじめた奈良の街に、茫洋《ぼうよう》とした視線を向けた。

浅見の気持ちは少しばかり傷ついた。そのヘンなおじさんと対比されて、「どれほどの差」もないという見方もあるわけだ。ひどいな――と思ったが、「ひどいな」と口には出せなかった。

急に黙りこくった二人を乗せて、車は日吉館への道をゆっくりと走った。

2

いつのどんな事件の場合にも言えることだが、初動捜査段階の捜査員は、ほとんどが殺気立っている。事件が解決に向かうか、それとも迷宮入りになるかは、大抵はこの初動捜査の帰趨《きすう》にかかっているといっていい。後になって、悔いを残すのも、この時期の捜査方法に欠陥があったと指摘されるケースが多いのだ。

過去にいくつもある冤罪《えんざい》事件の場合を見ても、初動捜査段階で誤った情報に振り回され、無理な証拠固めに走らざるを得なかったために発生している。捜査員も捜査本部もいやが上にも神経質にならざるを得ない。刑事の目つきがもっとも悪いのはこの時期だと思って間違いない。

「ホトケ谷殺人死体遺棄事件」では、その誤った情報すら、まったく入ってこなかった。捜査員が駆けずり回っても、被害者の足取りがほとんど摑《つか》めない。わずかに浄瑠《じょうる》璃《り》寺脇の茶店の夫婦が、それらしい女性を見掛けた——という証言を得たのみである。

「ノヒラ」の縫い取りについては、二日目の午後になってマスコミに情報を流して、身元確認に協力してもらうことにした。その日の夕方のテレビや夕刊にはそのニュースが扱われている。

午後七時過ぎに、そのニュースに対する最初の反応があった。京都宝ケ池のホテルから「それらしい女性が二週間ほど前に宿泊しています」という電話が入ったのである。

ただちに捜査員が出向いて事情を聞いた。

「ノヒラというお名前だけでは、いくらでもいらっしゃるので、警察にお届けすることはなかったと思うのですが」

ホテルのフロント係は、そう前置きして、警察に届け出た理由なるものを説明した。それによると、三日前、野平繁子という女性の消息を尋ねて、父親と若い女性が訪れ、さらにその後、若い女性のほうが三十歳前後の男性を伴って、再度、フロントに立ち寄ったというのである。

「その方々のお話によりますと、野平繁子様は、二週間ほど前に当ホテルに宿泊されたのを最後に消息を絶たれたのだそうです。そういうことがございましたので、もしやと思いまして、お届けさせていただきました」

ホテルは警察沙汰《ざた》になるような問題に関与することを、極度に嫌う体質がある。今回のケースにしても、口を噤《つぐ》んでいれば、面倒に巻き込まれずにすむことであった。それにもかかわらず、こうして警察に届け出たというのは、かなり良心的といっていい。

警察は早速、宿泊カードに記載されていた、野平繁子の住所――千葉県市川市の野平家に電話で連絡を取った。

時刻は午後九時になろうとしていた。

捜査本部で電話をかけたのは、東谷警部であった。電話には最初、たぶん繁子の母親と思われる中年の女性が出たが、警察からの電話と知ると、すぐに「主人に代わります」と言って引っ込んだ。東谷が何も言う間もなかった。

「お電話代わりました」

男の声がして、東谷は改めてこちらが警察であることを言い、「野平繁子さんはお宅の娘さんでしょうか？」と訊いた。

「はあ、そうですが、娘が何か？」

父親はいっそう緊張した声になった。

「いま、繁子さんはご在宅ですか？」

「いや、まだ戻っておりませんが」

「戻っていらっしゃらないというと、どちらにお出かけですか？」

「会社です。東京の会社に勤めておりまして、今日は何か友人との会合があるとか申しておりましたが」

「今日……」

東谷は一瞬、絶句した。

「というと、お嬢さんは今日は会社に出られたのですね？」

「はいそうですが……あの、娘がどうかしたのでしょうか？　事故か何か？」

「いえ、そうではありませんが……」

これは違う──という感触と同時に、それでは、ホテルのフロントが言っていた「娘の失踪」の話はどうなったのか？──という疑問が生じた。

「ちょっとつかぬことをお訊きしますが、野平さんは三日ほど前、京都に行かれましたか？」

「いや……」

野平は言いかけて、急に警戒をあらわにした、こわばった口調で訊いた。

「失礼だが、そちらはほんとうに警察なのですか？」

「えっ？……」

この反撃には、東谷も驚かされた。

「そうですよ、警察です。自分は京都府警捜査第一課警部の東谷という者です」

それでもまだ、野平は逡巡《しゅんじゅん》してから、

「疑って申し訳ありませんが、こちらからお電話させていただきたいのですが」

「なるほど、結構です。それでは恐縮ですが、番号案内で京都府木津《きづ》町の木津警察署の番号を調べて、そこに電話してみてくれませんか。そして捜査本部の東谷とおっしゃっていただければよろしい」

「分かりました、いえ、そこまでおっしゃってくださるなら、いたずら電話ではないと信用できます」

「なるほど、そう言われるところから察しますと、何かいたずら電話で迷惑しておられるのですね？」

「ええ、じつはそうなのです。けさほども会社のほうに妙な電話があったもので」

「妙な電話といいますと、どのような内容ですか？」

「ですから、いまの警部さんのように、私が二、三日前に京都に行っていたかのようなことを言っておりました。それと、娘がどうかしたとか、そのようなことです」

「その電話をかけてきたのは男性ですか、女性ですか？」

「女性です、それもたぶん若い女性だと思います。あ、そうそう、阿部とか名乗っていました」

「阿部美果――ではありませんか？」

「ああそうそう、そんなような名前だったと思いますが……えっ、それじゃ、警察はその女性のことを知っているのですか？　いったいその女性は何者なのですか？」

「いや、まだ詳しいことは分かっておりませんが、ところで、その女性の電話ですが、どういう用件だったのか、最初から話してくれませんか」

「はあ……あまりよく憶えてはいませんが、何でも、私と京都で会ったということと、それから加茂町で変死体が見つかったニュースのことを言って、それから娘の行方がどうしたとか、わけの分からないことを言っていました。とにかく気味の悪い内容のいたずら電話でした」

「そうでしたか……」

東谷は少しずつ状況が飲み込めてきた。といっても、奇妙な話の意味そのものは、さっぱり理解できてはいないのだが――。

「もう一度念のために確認させていただきますが、野平さんは三、四日前には京都に行っていないのですね？」

「ええ、行ってませんよ」

野平は煩わしそうに言った。

「それから、お嬢さんの繁子さんが十三、四日前、京都方面へ旅行に行ったという事実もないのですね？」

「それは……」

野平は言い淀《よど》んだが、すぐに「それは娘に確かめないと分かりません」と言った。

「というと、行かれた可能性もあるのですか？」

「いや、ないとは思いますが、何しろ娘も勤めておりますのでね、日中のことは私には分かりません。あるいは会社の用事か何かで、京都まで行ったかもしれませんし」

「あ、いや、そうではなく、ひと晩、京都に宿泊したということですが」

「ああ、それだったら行ってませんよ。ここ何ヵ月は、娘は外泊したことはありませんので」

野平はほっとしたように、明るい声になっていた。

もし、野平の言っていることが事実だとすると、それでは京都宝ケ池のホテルに泊まった「野平繁子」はいったい何者――ということになる。

そして、それを尋ねてフロントに現れたという「父親」そして二人の男女は？

――。

少なくとも「父親」のほうは、この段階ですでに、はっきり贋者《にせもの》であると考えてよさそうだ。

ほかの二人はどうなのだろう？

阿部美果・二十五歳。

浅見光彦・三十三歳。

いずれも東京の人間である。


「お二人とも、決して悪い方とはお見受けしませんでしたが……」

ホテル側は当惑ぎみであった。お客に迷惑がかかるようなことは、ホテルとしては勘弁願いたいところだ。

「いや、迷惑はかけませんよ。ただ、この方々に協力していただかないと、『野平繁子』名で宿泊された方の身元が分かりませんのでねえ」

警察はあくまでも低姿勢で要請した。それに対して、何がなんでも逆らうというわけにもいかない。ホテル側は仕方なく二人の住所を教えた。

深夜——といってもいい時刻になっていたが、警察は二人の自宅に電話をかけた。いずれも警戒されないために「友人」と名乗っている。ことに阿部美果のところには女性の職員が電話するという気の使いようだ。

阿部美果も浅見光彦も、ともに留守であった。しかも二人とも、家人の話によると「三日前から京都、奈良方面へ参りましたが」ということであった。

捜査本部はがぜん、緊張した。しかも、阿部美果の場合には奈良での宿が「日吉館」であることも分かった。一方の浅見光彦のほうは、応対に出た若い女性が、「さあ、どこにお泊まりなのか……」と当惑げに言っていたが、二人が行動を共にしていると考えてよさそうであった。

「明日の朝、両名を確保する」

東谷警部は捜査員に命じた。まるで容疑者を逮捕するような気負ったムードが、捜査本部にみちみちていた。

3

午前七時半――、浅見が寝起きの、まだボーッとしている頭で電話したら、とたんに須美子《すみこ》のカミナリが落ちた。

「坊ちゃま、いったいどこにいらっしゃるのですか？　電話ぐらいしてくださらなくては、困ります」

「何だい、朝っぱらから。そんなに大きな声を出さなくても、最近の電話はちゃんと聞こえるみたいだよ。それに、こうやって電話しているのは、まぎれもなく僕のほうなんだけどな」

「そうじゃなくて、ゆうべのうちに電話してくださいって言っているんです」

「分かった、すぐに電話する……といっても、もう間に合わないかもしれないけどね」

「いいですよ、もう知りませんから」

「まあそう怒るなよ。いったい、何があったのさ?」

「電話ですよ、ゆうべの十時ごろ、電話がありました」

「ふーん、どこから? 藤田編集長? それとも軽井沢のセンセイから?」

「違いますよ」

須美子は急に声をひそめて、「私の勘では警察ですね」

「警察?」

「ええ、お友達みたいなことを言ってましたけど、私にはピンときました」

須美子の勘には端倪《たんげい》すべからざるものがある。ことに警察や刑事に対するアレルギー的な反応は人智を超越しているらしい。

「そうか、刑事が来たか……」

「坊ちゃま、思い当たることがあるのでしょう。また何かやらかしたんでしょう」

「ん? いや、僕は何もしていないさ」

「あら、そうですか。でしたら、大奥様に申し上げましょうかしら」

「おいおい、そういう意地悪を言うなよ。おふくろさんには黙っていたほうがいいな。それで、何て言っていた？」

「どこへいらしたかって言うので、京都、奈良のほうへ行きましたって答えておきましたよ。そしたら、どこにお泊まりですかって訊いてました。ですからね、ちゃんと居場所をはっきりしておいていただかないと困るのです」

「なるほど、分かった、ありがとう。奈良のお土産を買って帰るよ」

「まあ嬉《うれ》しい、どんなお土産ですか？」

「そうだなあ、奈良といえば鹿か……鹿のせんべいがいいかな」

須美子が金切り声を上げないうちに、浅見は電話を切った。

刑事が電話してきた理由を、浅見はとっさには理解できなかった。せめてどこの刑事か——ぐらい分かればいいのだが、相手は警察であることも伏せていたのだから、分かりようがない。

それ以前に、須美子はああ言っていたけれど、ほんとうに刑事なのか刑事でないのかさえ、はっきりしていないのだ。

（刑事からの電話だと仮定して——）と浅見は思案を巡らせた。

（そうか、警察は被害者の身元を割り出したのかもしれないな——）

その場合、もし被害者が野平繁子であれば、当然、京都宝ケ池のホテルに問い合わせがいくはずだ。

（まずいな――）

浅見は「あっ」と気がついた。約束の時刻はとうに過ぎていた。


夜来の雨は朝にはあがって、木の間を洩《も》れる陽射しが、日吉館前の路上にうっすらと影を落としていた。このところ、天気は短い周期で変わるらしい。

例によって早い朝食をすませて、止宿人たちは思い思いの予定に散ってゆく。午前八時には、ほとんどの客が消えてしまった。まったく、この宿に泊まる連中は真面目人間が多いことに感心してしまう。

阿部美果は――彼女としては珍しく、今日の予定がなかった。というより、浅見待ちで予定を決めることになっている。しかし、八時に電話すると言っていた浅見からの連絡がまだ入らない。

（そういえばあの人、寝坊しそうなタイプだわ――）

美果は腹が立つより、なんとなく母性本能をくすぐられるような気がした。

八時二十四分――ずっと時計とにらめっこをしていた美果を、宿の若い女性が「電話ですよ」と呼びに来た。本気で腹を立てる寸前といっていいタイミングであった。

美果が受話器を取って、「もしもし、阿部です……」と言いかけたとたん、

「阿部さん、すぐにそこを出て」

浅見は挨拶《あいさつ》も抜きで、いきなり怒鳴るように言った。

「何言ってるんですか、いままで待たせておいて、すぐに来いだなんて」

「いや、そうじゃなくて……詳しいことは後で説明します。とにかくすぐにそこを出たほうがいい。警察が、いや、刑事がそっちへ向かっているはずですから」

「刑事が？……」

美果は悪い冗談を言われた――と思った。

「刑事が何で私のところに？……」

喋《しゃべ》っている美果の目に、玄関のガラス戸を開けて入ってくる、人相のあまりよくない男が二人、映った。いや、その外にさらに二人、物も言わずに入って来る。電話のあるここからだと、七、八メートルの距離だが、あいだにレースのカーテンが下がっているから、たぶんこっちの様子はあまりよく見えないはずだ。しかし、男たちは気配を感じるのだろう、聞き耳を立てている。

浅見は「とにかく……」と、うろたえた声で言いつづけている。その声を封じ込めるように、美果は玄関に背を向けて、小声で「来たみたい」と言った。

「えっ、来た？……」

浅見は愕然《がくぜん》となったが、すぐに一転して、楽しげにさえ聞こえる声で言った。

「そうですか、遅かったですか。じゃあ仕方がないですね、諦《あきら》めて逮捕されなさい」

「タイ……ホって、そんなばかな……なんで私が逮捕されなければならないのです？」

美果は声をひそめて、しかしきつい口調で言った。

「ははは、冗談ですよ、冗談。心配しなくても大丈夫、死刑にはなりません」

「シ・ケ・イ……だなんて、よくこんなときに冗談が言えますね」

「いや、とにかく警察に呼ばれることだけは間違いなさそうです。僕もあとから行きますから、それまで、この旅館のことは教えないでおいてください」

「どうして？　どうして隠さなければならないのですか？」

「詳しいことは後で説明します。とにかく頑張ってください、健闘を祈ります」

浅見は応援団のようなことを言って、電話を切った。

「ちょっとうかがいますが」と、背後から声がかかった。

「こちらに阿部美果さんという人は泊まっていませんか？」

美果は振り返りながら、早口の大阪弁で言った。

「ああ、阿部さんやったら、いましがた出て行かはりましたけど」

「出て行った？　どちらへ行きました？」

「東大寺さんの大仏殿やそうです。まだその辺を歩いてはるのやないかしら。緑色の大きな帽子を被ってはるから、すぐに分かる、思いますけど」

刑事たちは急いで飛び出して行った。

（単純ねえ、いまどき緑色の大きな帽子なんて、誰もかぶりゃしないわ――）

刑事を見送ると、美果は反転、二階の部屋に戻り、荷物をまとめて、刑事のあとを追うように外へ出た。

（逮捕なんかされて、たまるものですか――）と思った。まして死刑なんかになるものですか――と、冗談半分、本気半分で思っていた。

実際の話、警察が逮捕し、死刑の判決まで下された人が、何十年も経ってから逆転無罪になるケースは珍しくないのだ。

それにしても、そんな災難がわが身に降りかかってくるとは考えてもみなかった。

（だけど、どうして？――）

なぜそんな災難を被らなければならないのか、美果には納得できない。何も悪いことをしていないし、それどころか、あの気の毒な父親のために、いろいろ心配したり、娘の野平繁子の行方を探すのに手を貸して上げたりしているというのに――だ。

浅見はあんなことを言って脅かしたけれど、本当に警察は逮捕しに来たのだろうか。

（そうだわ――）

美果は落ち着いて考えて、やっぱり、何もしていない者が警察を恐れることはないのだ——という結論に達した。

しかし、そうなると今度は、刑事に嘘《うそ》をついて逃げ出してきたことに罪悪感をいだかなければならなくなった。こっちのほうはまぎれもなく偽証罪に引っ掛かりそうだ。

(やれやれ——)

美果はあらためて逃げ足を早めた。どっちにしても、警察なんかに捕まらないほうがいいに決まっている。中宮編集長がくれた「特別休暇」の残りはきょう一日だけである。明日はもう東京だ。もっとも、東京に帰ったら帰ったで、自宅のほうに警察がやって来るのかもしれない。

(どうすればいいのよ——)

美果はしだいに憂鬱《ゆううつ》の度合いが深く、重くなっていった。

浅見が泊まるといっていた和北ホテルは、最近できたばかりのビジネスホテルだそうだが、美果はその場所を知らない。電話しようと思って公衆電話を探したのだが、まったく奈良の街は公衆電話を見つけるのにひと苦労であった。

興福寺の脇をぬけて、猿沢池《さるさわいけ》のほとりを通って、にぎやかな街に入る。そこでようやく公衆電話を見つけた。

しかし和北ホテルにはすでに浅見はいなかった。フロント係は「先程、チェックアウトなさいました」と冷たい口調で言った。

すべてがチグハグに動いているような気がしてきた。

街を歩いていると、警察官の姿がやたらに目立つ。日本て、こんなに警察官が多かったのかしら——と、あらためて思うほどだ。

追われる者、逃亡者——といった声なき声を、いつも背中に意識しながら歩いた。

繁華街を避けているうちに、いつの間にかまた猿沢池に出た。池の向こう側に興福寺の五重塔がそそり立っている。観光客がチラホラ通る。ここなら誰にも怪しまれずに、観光客の顔をしていられそうだ。

美果はほっとするより、どっと疲れが出て、池のほとりにしゃがみ込んだ。

4

風景の中にどっぷり漬かっていると、しみじみ、奈良はいいなあ——と思えてくる。

大和は国のまほろば
大和しうるはし

この美しい奈良で、どうして血なまぐさい事件が起こったりするのだろう。

池の面をさざなみが渡って、淡い陽がキラキラと砂金のように映った。

(帰りたくない——)

奈良に来て、帰る日を迎えると、美果はいつもそう思い、胸のうちで会津八一の歌を詠んだ。

あをによし　ならやま　こえて　さかる　とも
ゆめ　に　し　みえ　こ　わかくさ　の　やま

八一の歌はすべて仮名表記だが、分かりやすく漢字を交えて書くとこうなる。
青丹よし　平城山越えて　離かるとも
夢にし見えこ　若草の山

去りがたく、物悲しい想いのこもる、美しい歌だ。

美果はひどく感傷的になっていた。

考えてみると、中宮編集長にそそのかされて、美術全集の編纂《へんさん》に関わることにしたのが、そもそもの間違いだったのかもしれなかった。

仏像や寺院についての研鑽《けんさん》を、商業主義のために役立てようなんて、私にとっては邪道であったのだ。奈良に来る感激、仏像に出会う感動が、ビジネスという名のメガネをかけたとたん、色褪《いろあ》せたものになってしまいそうだ。

(仏罰がくだったのよ――)

この降って湧《わ》いたような災難も、そう思うと得心がゆく。学生のころの純粋な奈良への憧れが、美果はむしょうに懐かしく思えてならなかった。

雨宿《あまごも》る　奈良の宿居《やどり》に　襲ひ来て
酒酌み交はす　旧き友かな

八一が日吉館の情景をみごとに描いたこの歌の世界は、美果にはもう遠くなってしまったのかもしれない。

見るともなく池を眺めている美果の視野に、右の端から無遠慮な視線が割り込んできた。何気なく見返ると、小柄な男が笑いながら近づいてきた。

「やっぱりあんたやった……」

男は嬉しそうに言った。

「あ……」

美果は小さく叫んだ。あの「香薬師仏の男」であった。浅見には六十歳近いように言ったけれど、若く見ても五十歳代半ばより下ということはないだろう。グレイがかったラフな生地のジャケット。白地にブルーの細いストライプの入ったワイシャツに、臙脂《えんじ》色のネクタイを結んでいる。以前会ったときも、同じような服装だった記憶がある。

「あれはちょうど二年ほど前やったですかなあ」

男は二メートルばかり離れたところで立ち止まり、しげしげと美果を眺めて、懐かしそうに言った。

「そうですね、一昨年の春だったと思いますから」

「そうやったですか。しかしまあ、すっかり美しゅうならはって。若い人はよろしいなあ、どんどん立派に変わっていかはる。えーと、たしか、出版社にお勤めでしたな」

「よく憶えておいでですね」

美果は正直、驚かされた。

「そらあんた、わしらは記憶力がいのちみたいなものですのでな。あのときはまだ新米や言うてはったが」

「ええ、やっと丸三年です」

「そうでっか、もうベテランですな」

「だめですよ、まだまだ未熟なことばかり多くて」

美果は思わず、実感していることを口に出した。

「あの、記憶力がいのちっておっしゃいましたけど、どういうお仕事をしていらっしゃるのですか？」

「考古学みたいなものです」

「あ、そうだったのですか、道理でお詳しいと思いました」

「ははは、考古学いうても、わしらのは学者先生のとはちごうて、実践主義的やから、いささか邪道ですけどな」

「邪道……」

ついさっき、自分のことをそう思った、まさにその言葉が男の口から出たので、美果は男との距離がいっぺんで縮まるような気がしてきた。

「実践主義的な考古学って、どういうことをなさっていらっしゃるのですか？」

「つまり、はよ言うたら、体系的ではない、いうことになるやろか。学者はんは、自分の守備範囲みたいなもんを持ってはって、領域外のものについては、目を向けんようなところがありますやろ。その代わり、守備範囲のことについては、かたくななまで、一切の妥協をようしまへん。目の前にほんまもんがあっても、理論的に整合性がないかぎり、認めようとはせえへん。そこへゆくと、わしらは融通無碍《ゆうずうむげ》でんな。目に見えるもんをそのまんま信用しますさかいにな……ほい」

男はふと気づいて、苦笑いした。

「こんなところで、えらそうに、演説ぶってもしようがおまへんなあ」

「そんなこと……私はとても勉強になりました」

「ははは、よう言うわ。それはそうと、どないしました？」

「は？」

「なんぞあったんと違いますか？　えらい悲しそうな顔してはったが」

「そうでしょうか？」

「ああ、そう見えましたよ。いまにも池に飛び込むのやないか、思いました」

「まさか……」

「いや、ほんまです。思いつめた顔をしてはったな。奈良に来て、ああいう顔をしてはいけまへん」

「そんな……」

笑おうとして、美果はふっと涙ぐみたい気持ちになるのを感じた。男の「奈良に来て、ああいう顔をしてはいけまへん」という言い方には、心の襞《ひだ》にジワッとしみいるような、適度の温《ぬく》もりと湿っぽさがあった。

「ほんとうは、少し、気弱になっていたのです」

美果は池の水面をぼんやり眺めて、ポツリと言った。

「ほうら、やっぱりそうでっしゃろ、遠くからでも分かりましたものな。それで気になって、ようく見たら、あんたやったもんで、びっくりしました」

「でも、飛び込もうなんて思ったりはしませんよ。猿沢池で死ぬなんて……第一、この寒いのに飛び込んだりしたら、死ぬ前に風邪をひいてしまいます」

「ははは、おもろいことを言うなあ」

二人は顔を見合わせて笑った。

「あのォ……」

美果はおそるおそる、訊いた。

「この前お会いしたときおっしゃっていた香薬師仏は、その後、どうなりましたか？」

「ん？……」

男はさり気なく周囲を見回した。近くには人はいなかった。

「あんたこそ、よう憶えてはりますな」

「もちろんです、忘れません」

「そうですか、あまり興味がなさそうやったので、忘れはったかと思うとったが」

「とんでもない……でも、香薬師仏がほんとうにあるなんて、信じられませんもの」

「なぜです？　焼けてしもうたとでも思ってはるのかな？」

「そうではありませんけど」

「それやったら、なぜあることが信じられへんのです？」

「…………」

男は美果の考えを読み取ったように、頰《ほお》を歪《ゆが》めて「ははは」と笑った。

「そやそや、わしがよからぬ人間やいうことを、自分から吹聴しましたか。いや、香薬師さんはわしが盗んだもんと違いまっせ。わしが盗ませていただいたんは、ほんの石仏さんぐらいなもんです」

「香薬師仏を盗んだのは、誰なのですか？」

「それは言えまへんな。というより、知りまへんのや。四十七年も昔のことですよってな。わしがまだ学生の時分や」

男は「知らない」と言いながら、回想を楽しむような顔をしている。やはりこの人が盗んだのかもしれない——と美果は思った。

「じゃあ、香薬師像はいまでも拝見することができるのですか？」

「それは、見よう思うたら見られんこともないですがね。しかしなかなかに難しい」

「どうすれば見られるのですか？」

「まあ運がよければ、いうことになりますかなあ……そしたら、あんた、見たい、言わはるのですか?」

「ええ、もし許されるなら」

「秘密を守られますか?」

「ええ、守ります」

「たとえ、相手が恋人であっても、です」

「そんな人、いませんもの」

「ははは、そら、信じられまへんな。誰に訊いたかて、香薬師さんがいてるいうのより、はるかに信じられへん言いますやろ」

「まさか……」

美果は頰を染めて笑った。

「でも、それは本当ですよ。そうでなければ、こんなところで独りぼっち、ウロウロしてませんもの」

「ふーん……」

男はまじまじと美果を見つめて、「そら、現代の奇蹟やな」と真顔で言って、間を置かずに、すぐ、

「そしたら、見ますか」

あっさりした言い方だったので、美果は意味を取りそこなった。

「えっ？……」

「香薬師さんを見ますか、言うたのです」

「ええ、ぜひ、お願いします」

「それやったら、二時間後、夕日地蔵さんの前に立っていなされ。誰ぞ迎えにやりますさかいに」

「あなたではないのですか？」

「ああ、わしは行きまへん。車をよう運転しまへんのでな」

「あの、お名前は？　私は……」

　言いかける美果を抑えるように、男は手を横に振った。

「名前など、よろしが。そやから夕日地蔵さんの前言うたのです。あそこやったら誰も行かへんよってな」

「じゃあ、そこからまた、車でどこかへ行くのですか？」

「そうです、わしのことが信用でけんと、心配にならはったら、そこから去《い》んでしもうたらよろし」

　男はニヤリと笑って、「ほなら」と手を上げると、べつに急ぐでもなく、のんびりした歩き方で斜めの道を登って行った。

第四章　厄介な容疑者

1

失態であった。相手を若い女性だと思って甘く見たのが、最大の不覚だ。

「大の男が四人もかかって、何をしていることやら……」

東谷警部は、四人の刑事の報告を聞くと、苦りきってそっぽを向いた。

阿部美果の行方を訊《き》いた相手の女性が、当の阿部美果だったというのだから、いかにも間が抜けている。東大寺の境内を二十分も駆けずり回って、日吉館に戻ってみて、騙《だま》されたことを覚った。

「しかし、したたかな女だな」

東谷は最後には、四人の部下を慰めるように言った。

「それがですね、警部」

四人の中のチーフ格である、土山《つちやま》部長刑事が言った。

「われわれが行ったとき、阿部美果は電話に出とったのです。はっきりとは聞き取れなかったのですが、いまにして思うと、その電話で何らかの指示を受けて、ああいうとっさの行動に出たとしか考えられません」

「というと、つまり、こっちの情報が筒抜けになっていたということかね」

「はあ、あの状況から察して、そのように思ったのでありますが」

「それじゃ、われわれ捜査員の中に、情報を洩《も》らした者がおるということか」

「いえ、そういうことはないと思いますが、なんぼ機転がきくといっても、あれほど鮮やかに刑事をまくというのは、事前に何か、警察の動きをキャッチしていないと、なかなか出来ないのではないでしょうか」

「しかし、どうやってキャッチ出来たというのかね？　連中の東京の自宅に対する問い合わせは、十分、注意して行うよう、命令したはずだが」

「はあ、もちろんこちらが警察であることを感づかれるようなことはしておりません」

「それで、阿部美果と浅見光彦なる人物の素性は、まだ洗い出せんのか？」

デスクの警部補を振り返って、訊いた。

「すでに、それぞれの所轄に依頼してありますので、まもなく報告が入るはずです」

「まったくのんびりしとるな」

東谷は思ったとおりにいかない憤懣《ふんまん》を、東京の所轄の動きの鈍いことにまで叩《たた》きつけている。

もっとも、阿部美果にものの見事に逃げられるまでは、彼自身、呑気《のんき》に構えていたようなところがないとはいえない。阿部美果と浅見某が、よもやホトケ谷の事件の本ボシであるなどとは、まったく想像もしていなかったのだ。

それが、まことに鮮やか、敵ながらあっぱれという逃げっぷりに出くわして、こいつは油断できない——と緊張した。ひょっとすると、筋金入りの過激派かもしれない。

思い返すと、京都宝ケ池のホテルに現れた連中の胡散臭《うさんくさ》さには、もっと警戒すべき要素がいくらでもあったのだ。

そもそも、「野平繁子」と名乗って泊まった女性の素性もじつに奇怪だった。本物の野平繁子は、宿泊カードに記載された住所地にちゃんと「生存」しているのだ。

おまけに、彼女を探しに来た「父親」の野平隆夫も、まったくの別人であるらしい。

その「父親」と一緒にホテルに現れた阿部美果と浅見光彦の素性だけは、東京の住所に問い合わせた結果、どうやら本人たちが宿泊カードに記載したとおりのものだっただけに、こっちの構えにも油断があった。

とにかく、このわけの分からない奇怪なストーリーが、ホトケ谷で殺された「ノヒラ」なる女性と結びつきがあるのかないのか、その鍵を握っているのは、差し当たりその二人の男女であることはたしかだ。

それだけに、阿部美果を逸した失態は、東谷にとっては、背中が痒《かゆ》くなるような苛《いら》立《だ》ちの原因であった。

そこへ、突然、タナボタのようにでっかい獲物が現れた。吉本刑事防犯課長が捜査本部に走り込んで、「東谷さん、現れました！　浅見いう男が出頭してきました」と、怒鳴ったのである。


浅見にしてみれば、いつまでも美果を警察の手中に置いておくわけにはいかなかった。あんなふうに気楽そうな冗談を言ったが、ホトケ谷の被害者が野平繁子だとすると、浅見も美果もかなり厄介な立場に立たされることは目に見えていた。

それに、放置しておくと、東京の自宅のほうに刑事が現れる危険性があった。話がだんだん大きくなってゆくのは、浅見家の平穏――ひいては居候であるわが身の無事を脅かすことになりかねない。

木津町は、どこが中心なのかはっきりしないような、ごく庶民的な街だ。しかし木津警察署は鉄筋コンクリート四階建ての、なかなか立派な建物であった。玄関脇に「ホトケ谷殺人死体遺棄事件捜査本部」の貼《は》り紙がものものしい。事件発生からまだ三日目だけに、報道関係の連中らしい姿も見えて、緊迫感が漂っている。

浅見は受付で刑事課の場所を訊いた。いきなり捜査本部を訪ねて、大勢の捜査員の好奇の的になるのは、あまり楽しくない。

受付の女性職員は笑顔が可愛く、愛想もよかった。警察でこういう応対に出会うのはちょっとしたカルチャーショックである。

二階の刑事防犯課の部屋に行くと、いちばん奥のデスクに課長らしい男が一人だけいて、つまらなそうな顔をこっちに向けた。部下はすべて出払っているのだろう。

「お邪魔します」

浅見は受付の女性に感化されたように、精一杯の愛想を見せて、部屋に入った。

「どちらさん？」

刑事防犯課長は対照的に愛想が悪い。

「浅見という者です」

殊勝に名乗ったが、「はあ」と、気のない返事が返ってきた。

「じつは、こちらに知り合いの女性が厄介になっているはずなのですが」

「厄介……というと、うちの署にですか？　誰です？　名前は？」

「阿部さんといいます」

「阿部さん……聞いたことのない名前やな。たしかに木津署ですか？」

「ええ、たぶんこちらだと思いますが」

「ちょっと待ってくださいよ、いま訊いてみますのでね」

課長は受話器を握った。人事の分かる職員に問い合わせるつもりのようだ。

「あ、そうじゃなくてですね」

浅見は慌てて言った。

「こちらの刑事さんに連行されたのではないかと思うのですが」

「えっ、うちの刑事が……あ、なんや、その阿部さんかね。いや、それはだめだった
……ん？　おたくさん、阿部さんの何に当たる人ですか？」

「ですから、知り合いです」

「名前は？」

「浅見ですよ」

「浅見……光彦さんですか？」

課長は一瞬、絶句して、それから椅子《いす》を後ろに引っ繰り返して、立ち上がった。

「あんた、浅見さん、ちょっと待っとってくださいよ。そこに坐ってじっとしとって
くださいよ。逃げたらいけませんよ」

何度も釘を刺すと、あたふたと部屋を出て、廊下を走って行った。

浅見は課長の言ったことが気になった。阿部美果は「だめだった」らしい。ということは、うまいこと脱出したのだろうか？　だとしたら、なにも慌てて出頭してくることはなかったのだ。

（しまった──）

早トチリもいいところだ。大急ぎでホテルを引き払ったが、ひょっとすると、いまごろは美果がホテルに連絡してきているのかもしれない。

とはいっても、いまさら逃げ出すわけにもいかない。身にかかる火の粉は払わなければならないのである。浅見は腹も据え、腰も据える覚悟になった。

複数の足音が近づいて、ドアの向こうから課長の顔が覗《のぞ》いた。浅見がちゃんといてくれたことに大いに満足したように、ニッコリと笑って、入ってきた。

「やあやあ、お待たせしました。じつはですなあ、おたくさんを探しておったところでしてね。ご紹介します、当捜査本部の主任捜査官を務める京都府警の東谷警部です」

課長の後ろから少し痩《や》せ型の中年男が入ってきた。浅見が立って挨拶《あいさつ》しようとするのを制して、「すみませんが、こっちに来てくれませんか」と顎《あご》をしゃくるようにした。

刑事には大きく分けて二つのタイプがあって、人情派といわれる、泣き落とし型と、理論的にグイグイ押しまくるタイプと、である。東谷の場合は、明らかに、後者で、被疑者とのあいだに私情の入り込むのを極端に嫌う性質にちがいない。

東谷警部が先導し、浅見がつづき、その後ろから二人の部下、そして刑事防犯課長が従う恰好《かっこう》で、取調室に入った。主任警部どのみずから事情聴取に当たるつもりのようだ。ということは、よほど材料不足の状態なのだろう。

お定まりの人定質問のようなことから始まった。浅見はすぐに名刺を出したが、いつの場合でも、肩書のない名刺には、警察の連中は満足しない。

そういう体質は何も警察官にかぎったことではなく、日本人は誰でも、相手の氏素性を確かめたがる。銀座のクラブへ行っても、テーブルについた女性に、ひととおりの「人定質問」をしないと気がすまない。どこに住んでるの？　生まれ故郷は？　兄弟は？　親の職業は？　恋人は？　結婚は？　子供は？　生年月日は？　どうしてこの世界に入ったの？　趣味は？　収入は？　服装代は？　やってける？　パトロンいるの？　車は何？　ゴルフのハンディは？　ｅｔｃ．……これで「前科は？」と訊けば、立派な刑事だ。

肩書のない名刺などは、名刺とは認められない。

「あんた、何をしているの？　職業は何なの？」

東谷警部は、貰《もら》った名刺でテーブルを叩きながら、言った。

「フリーのルポライターのようなことをやっています」

「ふーん、ルポライターかね」

東谷はジロリと冷たい目を浅見に向けた。

警察にとって、マスコミだのルポライターだのは犯罪者以上に天敵である。いや、犯罪者は警察のお得意さまだから大切にしなければならない存在だ。この世の中から犯罪が無くなれば、警察官は全員失業しなければならない。病人が無くなると医者や病院が、戦争が無くなると、軍人や軍需産業が失業するのと同じである。

だから、警察官が犯罪者を憎んだり、医者が病気を憎んだり、軍人が戦争を憎んだりするのは、はなはだしい自己矛盾なのだ。

「ところで、あんた、野平さんとはどういう知り合いです？」

「知り合いというほどのことはありません。京都でたまたまお会いして、娘さんを探しているというので、一緒に探して上げようとしたというだけの間柄です」

「では、阿部美果さんとは？」

「阿部さんとも同じような知り合いです」

浅見はそれから、野平隆夫と阿部美果との関係について積極的に話した。

京都大覚寺の写経の最中に、野平が現れて、写経の束から娘の名前を探し出したいと言ったところから、宝ケ池プリンスホテルで美果と一緒に「野平繁子」の行方を探したところまで——そのかぎりではべつにどうというほどの疑惑は感じられない出来事であった。

「けったいな話ですなあ」

東谷警部は、折角の長い物語にも満足しなかったらしく、冷やかに言った。

「まったくですね」

浅見も東谷に調子を合わせるように、深刻な顔を作って、言った。

「そもそも、大覚寺の写経の束の中から、娘さんの名前を見つけ出そうというのが、かなりけったいな話だったのです。そこへもってきて、なんと、野平なる人物は、まったくの贋者《にせもの》だったのですから、驚くより、呆《あき》れるし腹が立ちます」

「あんたねえ」

東谷はうんざりした顔で手を挙げ、浅見の饒舌《じょうぜつ》にストップをかけた。

「野平という人物が贋者だったというのを、いったいどうして知ったのです？」

「ああ、それは僕ではなく、阿部さんが調べたのですよ。野平さんの会社に電話してですね、京都のホテルでお会いした——というようなことを言ったら、ぜんぜん様子が違うらしい。彼女は、野平氏のほうに何か具合の悪いことがあるのではないか、と言ってましたが、僕ははっきり贋者だったのだと思っています」

「その阿部美果さんだが、いまどこにおるのです？」

「は？　いや、それをお聞きしたいのは僕のほうです。彼女のところに電話をかけたら、いま刑事さんが来たみたい——というようなことを言ってましたから、てっきりこちらの捜査本部に連れて来られていると思っていたのですが、そうではなかったのですか」

「残念ながらそうではないのです。要するに、阿部さんは刑事を騙《だま》して逃走しました」

「逃走？　……というと、何か彼女が容疑者のように聞こえますが」

「まあそういうことになるでしょうな。後ろめたいことがあるから逃げたのでしょう」

「そうとは限りませんよ、刑事さんは市民の身柄を拘束する権利を有するかもしれませんが、同様に、市民の側には、わが身の自由を守る権利がありますからね。阿部さんにしたって、折角の休暇を警察で過ごすよりは、春浅い奈良見物で過ごしたほうが、よほどいいに決まってます」

「しかしですな、市民には警察の捜査に協力する義務もあるわけでしょうが」

「そんなものは知りませんよ。もっとも、僕は自発的に、こうして協力するために警察に伺いましたけどね」

「なるほど、それは殊勝な心掛けですな。それではあらためて訊きますが、阿部さんはいま、どこにいます？」

「またそれですか。どうして警察は、同じことを何度も訊きたがるのですかねえ。とにかく、いま現在、僕は彼女がどこにいるのか、知りませんよ。それから、ついでに言っておきますが、野平さんとも野平さんの娘さんとも、それに野平さんの贋者とも、個人的な関係は一切ありませんので、その件については二度と訊かないでください」

「ほほう、あんた、前科はあるのかね？」

「そんなもの、ありませんよ」

「それにしちゃ、なかなか警察慣れしとるようだがなあ……まあいいとしますか。それじゃ、今度のははじめての質問だから、ちゃんと答えてくださいよ」

「ええ、ちゃんと答えます」

「あんた、浅見さん、今月の十日から十二日までの三日間、どこにおりました？」

「は？　……ああ、なるほど、ホトケ谷の被害者の死亡推定日ですか。やれやれ、どうしても容疑者扱いをしたいのですかねえ。まったく無駄な作業なのに……」

「無駄か無駄でないかなど、訊いてはおらんですよ」

「分かりました。えーと、十日から十二日までですか……その頃は東京を離れていませんから、たぶん自宅でワープロを打っているか、出かけたとしても、せいぜい都内の出版社でしょう」

「証明できますか？」

「できると思いますよ。僕は大抵、車で動き回りますが、奈良までだと往復十五、六時間ですか。そんなに長く家にいなければ、いくら居候の厄介者でも、多少は気にしてくれるでしょうからね」

「家族以外の人はどうです？」

「それはだめです。僕はあまり付き合いのいいほうではありませんからね。ことに仕事のある場合には、夜は滅多に外へ出ることはありません」

「そうだとすると、あんたはきわめて不利な状況にあると言わざるを得ませんな」

「そんなばかな……」

浅見は失笑した。

「ばかとはなんです？」

東谷警部は気を悪くしたらしい。

「アリバイの有無は、容疑を確定する重要な決め手であるのです」

「それは分かりますが……それじゃ警部さん、あなたの当日のアリバイはどうなっていますか？」

「あほらしい」

「あほとはなんです？」

浅見が言い返し、東谷と睨《にら》みあった。

2

夕日地蔵の丸い頭が、春の陽射しを浴びて光っていた。そろそろ午《ひる》近く、気温も上がって、奈良坂界隈《かいわい》はのどかな気配である。

美果はバスを降りて、ゆっくりと歩いて行った。約束の「二時間後」までは、まだ少し余裕がある。急ぐことはなかったし、それに、いまになって、美果の中では気後れがしだいに強まっていった。

考えてみると、あの「香薬師仏の男」の素性も知らず、ほんとうに香薬師仏があるのかどうかも、確信があるわけではない。

第一、迎えに来るという人物がいったい何者なのかだって、ずいぶん胡散臭《うさんくさ》いことではあった。

猿沢池のほとりで、あの男に「見ますか」と言われたときは、気軽にすっと乗せられる気分ではあった。しかし、こういうのを「魔がさす」というのかもしれない。比叡山で殺された女性も、ホトケ谷で殺された女性も、きっかけはこんなふうに、何の気なしに誘われて、取返しのつかないことになったのかもしれない。

（もしかすると、私はばかなことをしようとしているのかな――）

香薬師仏に会える――という大きな期待感を目の前にして、一歩ごとに、美果は後ろ髪を引かれるような悔恨と闘っていた。

せめて、浅見に相談ぐらいはしてから決めるべきだった、とも思った。

（でも、もとはといえば、あの人が時間どおりに電話してくれなかったのがいけないんだわ――）

八時の約束が二十四分遅れた。その二十四分で、すべてがチグハグに動きはじめてしまった。

（それなのに、「逮捕されなさい」などと、よくもあんな冗談が言えたものだ。自分こそ警察に捕まって、いっそ死刑にでもなればいいんだわ――）

そういえば、あの浅見にしたって、香薬師仏の男と大同小異、得体の知れない人物ということになるのかもしれない。知り合ったのだって、つい四日前のことなのだ。

美果は、ずいぶん軽率に浅見を信用していることを、いまさらのように反省した。

相手は青年というには、少しトウが立っているかな――とも思える男性である。独身の居候だとか言っているけれど、ほんとうのところは確かめたわけでもない。

（もしかすると、奥さんも子供さんもいたりして――）

そんなことも、ちっとも疑ってみようとしなかったのが不思議なくらいだ。こうしてあらためて考え直してみるまで、まったくと言っていいほど警戒心が起きなかった。

（おかしなひと――）

浅見の坊ちゃん坊ちゃんした風貌《ふうぼう》を思い浮かべるだけで、美果はなんだか懐かしさに似た気持ちになる。逮捕されてしまえだの、死刑にはならないだの、ずいぶんひどいことを言いながら、心の奥底のほうでは、こっちの身を気づかってくれる優しさのあることが伝わってくる。

いま、いちばん傍にいてほしい人は？――と訊かれたら、「浅見さん」と口走ってしまうかもしれない。

そう思って、美果は誰かに見られていないかと、慌てて辺りを見回した。

奈良坂は人通りが途絶えていた。陽の当たるところからはかすかに陽炎《かげろう》さえもえるような、のどかな春の日であった。

坂道を登りながら、もう何度めか、腕時計を覗いた。

あと十分――。

夕日地蔵の前を通り過ぎ、奈良坂を登りつめて立ち止まった。「たねや」の看板のある花や種を売る店の前である。ここからほんの少し先へ行った右側に、般若寺《はんにゃじ》の国宝の楼門《ろうもん》がある。

はじめて般若寺へ行ったとき、その国宝に会う期待で胸がときめいたものだ。奈良坂を登り、この道を歩いて、古くて汚らしい山門の前を通り過ぎて、「般若寺」の標識が立つ小路を入った。右手一帯が般若寺の境内である。小路の突き当たりの受付で拝観料を払って、案内板に従って本堂をグルッとめぐって、「楼門」のところへ行った。そして美果は、「ははは……」と一人で笑ってしまった。ついさっき前を通り過ぎてきた、古くて汚らしい「山門」が、じつは目指す国宝の楼門であったというわけだ。これなら表通りから見るほうがよほどいい。内側から見ると、背景は殺風景な街の民家だけれど、表通りの側から見ると、二層の楼門のちょうど中央を通して、中庭にある重文の石塔が姿よく望むこともできて、そのまま絵はがきにもなっているほどだ。

なんだか詐欺にあった――というと叱《しか》られるけれど、手品にひっかかった――ような気分がしたものである。

しかし、おかしなもので、これが「国宝」と思って見ると、汚らしい楼門がひどく立派なものに見えてくる。人間の美意識なんて、いいかげんなものだ。ゴッホの絵に百億も出したからといって、ほんとうにその絵を美しいと思ったかどうかは疑わしい。ゴッホだから——と、その名前に百億を払うのである。そこには美しいものに出会えた感動などというものは微塵《みじん》も存在しない。あるのは株の買占めと似たような動機だけだ。

それと較べようもないけれど、美果が弥勒菩薩《みろくぼさつ》像に会ったときの感動には、少なくとも金銭的な感覚で計ることのできない純粋さがあった。その感動の虜になったのが、仏像を求めて彷徨《さまよ》い歩く、美果の性癖のきっかけである。

（もう一度、会いたい——）

その熱き想いは、弥勒菩薩像やほかの沢山の仏像たちにばかりではなく、古い寺院やそして、やがては奈良そのもののたたずまいや、そこに集う人々にも向けられていった。それは、あたかも、まだ見ぬ人への憧《あこが》れにも通じる。

もっとも、いまのところ、美果にとっての「まだ見ぬ人」は仏像なのかもしれない。これほど奈良・京都巡りをつづけていながら、まだ見ぬ仏像は数えきれないほどもある。門外不出はもちろん、拝観不能の秘仏も少なくない。そうして、いわば話でしか知りえないような究極のところに、香薬師仏の名前があった。

香薬師仏は、美果のように、奈良や仏像に魅せられた人々の誰もが懐《いだ》く幻想のかなたにあった。その行方や所在には諸説があって、まことしやかな風説が、「通」といわれる人々のあいだでささやかれている。「見た」という人もあれば、「見たが偽物だった」という人もいる。そういう風説が流れるからには、多くの人が香薬師仏の噂に振り回されていることはたしかだ。

あの不可解な初老の紳士風の男が、はたして信ずるに足る人物なのかどうか、猿沢池のほとりで男と別れた直後まで、美果は疑う気持ちがなかった。

時間が経つにつれて、常識という厄介な智恵が頭をもたげはじめた。疑いはじめると、さまざまな疑惑が湧いてくる。

ほんとうに香薬師仏はあるのだろうか？

もしあるものなら、なぜいままで世に出なかったのだろう？

なぜ私が選ばれたのだろう？

なぜあの紳士が自分で案内しないのだろう？

なぜ夕日地蔵なのだろう？

疑惑と期待の狭間《はざま》で、美果は絶体絶命のときが刻々と迫ってくるような、切羽詰まった気分になっていった。

あと五分——。

腕時計から上げた視線の先に、二人連れの男がこっちへ向かって来るのが見えた。

（刑事——）

美果はピンときた。

一人は背広、一人はブルゾンだが、二人とも上着の袖《そで》をたくし上げている。そして少し前屈みになって歩く癖は、けさ日吉館を訪れた刑事とそっくりだ。

二人の男は、般若寺の入口へ曲がる小路の少し先の民家から出て、すぐ隣にある運送会社の事務所に入った。そうやって、軒並み聞き込んで歩いているのだろう。

美果は踵《きびす》を返し、早足でいま来た坂を下った。

怪しまれないように、振り返りはしなかったが、夕日地蔵へ戻るころは、彼らはまだ「たねや」のあたりで聞き込みをしているにちがいない。

あと一分――チラッと見上げた坂の上のほうに、思ったより早く、さっきの刑事らしき二人の男が現れた。二人はやはり一軒一軒、聞き込みをつづけているのだが、途中の民家は留守のところが多いのか、軒を入ってすぐに出てくる。

約束の時刻を過ぎた。二分、五分、八分……。

迎えの者は現れない。美果は苛立った。何かのアクシデントで遅れているのかもしれない。もっとも、あの香薬師仏の男が「二時間後」と言ったのは、ひとつの目安であって、多少の前後は止むを得ないことなのかもしれない。

坂の下のT字路を曲がって、黒い乗用車が登ってくるのが見えた。車の通行の少ない坂である。(あれかな?――)と思った。

フロントガラスを透かして、二人の男が乗っているのが見えた。

車は美果の目の前で停まり、助手席側のドアが開いて、三十前後の男が降りた。明らかに美果に用がある顔をこっちに向けて、「おたくさん……」と話しかけてきた。美果がそれに答えようと、一歩を踏み出したとき、その男の視線が、美果の斜め右後ろ——坂上の方角に転じた。

男はギョッとしたように言葉を止め、半開きのドアに頭を突っ込み、運転席の男に何か言っている。運転席の男も坂上のほうを見て、ひと言ふた言、早口で喋《しやべ》った。

美果も反射的に背後を振り返った。

さっきの刑事らしい二人の男が、小走りにこっちへ下ってくる。

「なんや、あんた、サシたんか！」

いきなり、車の男が怒鳴った。低い声だったが、ドスのきいた河内《かわち》弁であった。

「サシた？……」

美果が男の言った意味を問い返そうとしたとたん、男はドアの中にもぐり込み、車は発進した。二人の刑事と擦れ違って、あっというまに般若寺の前を抜け、走り去った。

美果はすぐに事情を理解した。車の男は刑事が来るのを美果が密告したせいだと思い込んだのだ。だから「サシた」と言った。

美果は「誤解よ！」と叫びたかったが、同時に、気の抜けたような安堵《あんど》感もあった。これでよかった——という気持ちと、折角の香薬師仏が遠のいたことを惜しむ気持ちとが錯綜《さくそう》した。

放心したように佇《たたず》む背後に、二人の男の足音が近づいた。いまにも声がかかるのを予期しながら、美果は急ぐでもなく夕日地蔵の前を離れた。

「ここか……」

男の声が聞こえた。

「そのようですね」

少し若い男が応じた。

美果は振り返らず、坂を下った。

「ちょっとすんません、あんた、待ってくれませんか」

男の声が呼んだ。

美果は自分のこととは思わない様子を装いながら、それでもゆっくりと振り返った。いくぶん年配のほうの男がこっちに手を差し延べて、歩み寄ってきた。美果の心臓は爆発しそうに大きく鼓動した。

「ちょっと聞きますが……」

男は二、三メートルのところで足を止め、ペコリと頭を下げた。

「おたくさんは観光客ですか？」

「ええ、そうですけど」

「どちらから見えました？」

「東京です」

心臓はいよいよ息苦しい。刑事の次の質問は「阿部美果さんですか？」だと思い、そう訊かれたら誰の名前を騙《かた》ってやろうか――と、あれこれ思い巡らせた。

「東京から来て、この夕日地蔵さんというのですか、ここに来るいうのは珍しいのとちがいますか？」

刑事の質問は、美果の予想と違った。

「さあ、どうかしら、私はガイドブックに書いてあったもんで、どんなところか見たかったのですけど」

「そうですか……いや、どうもありがとうさんでした」

それだけであった。刑事はまた小さく会釈して、同僚のいる夕日地蔵の前に戻って行った。

（ばっかみたい――）

美果は歩きはじめながら、腹の中で舌を出した。ひと言、「阿部美果さんですか？」と訊けば、こっちは素人で動揺しているところだもの、偽名を名乗ったってすぐにバレちゃうと思うのに――。

しかし、考えてみると、刑事が聞き込み捜査をしているのは、ぜんぜんべつの事件のことなのかもしれない。第一、何もしていない若い女性観光客に対して、いきなり職務質問なんかはできないものなのだろう。

ともあれ、美果の「危機」が去ったことはたしかだ。

(これでよかったのだ——)

もう一度、そう思った。思ったけれど、あの黒い車と一緒に、香薬師仏も永遠に去ってしまったことを考えると、やはり大きな落とし物をしたような悔いが残った。

3

捜査本部に新しい情報が入ってきた。午《ひる》少し前に、奈良坂方面で聞き込みをつづけていた刑事から、ホトケ谷の殺人があったと思われる日に、奈良坂の夕日地蔵の前に、被害者とよく似た女がいた——という情報がもたらされた。

そのとき、東谷警部はちょうど浅見と喧嘩腰《けんかごし》で向かいあっていたところだった。デスクの警部補に呼ばれて捜査本部室に戻ってその情報を聞いた。

「夕日地蔵近くの民家の主婦が、雨の中で傘もささずに立っている若い女をみかけたと言っておるのですが」

刑事はそう言っていた。

「傘もささずに立って」いた姿は、浄瑠璃寺の山門にいた女を連想させた。

「歳恰好や着衣等も、被害者の印象とほぼ似た感じです」

「しかし、それだけではははっきりせんなあ。最近の若い女性は、ヘアスタイルから服装にいたるまで、どことなく似通っている」

「はあ、即断するわけにはいきませんが」

「その女はその後どうしたか分かっているのかね？」

「はあ、現在までに、目撃者を二名発見したのですが、そのうちの一人は、その女が夕日地蔵さんの前に立っとってから、坂を登って木津のほうへ向かって行ったのを見たと言うとります」

「ふーん、奈良坂を越えて行ったということか……そうすると、たしか、木津の側から登ってゆく途中の三叉路《さんさろ》のところに、バス停があったな」

「はい」

「そこでバスに乗ったと考えられるな」

「いえ、それがですね、もう一人、バス停前の店の婆さんが、それらしい若い女が濡《ぬ》れねずみになりながら、木津のほうへ坂を下って行ったのを見た言うとるのです」

小雨のそぼ降る中、若い女が独り、雨に濡れそぼって奈良坂を越え、下って行ったというのである。婆さんの記憶にも残るほどだから、かなり印象的な光景だったのだろう。東谷は自分が雨の冷たさを感じたように、思わず体をすくめた。

奈良坂を木津の方角へ下って行き、途中で右へ折れると、加茂《かも》町の浄瑠璃寺方面へ行く道になる。ふつうは歩く距離ではないが、かといって、歩けないほどの距離でもない。むかしの学生たちは、ハイキングがてら奈良市街の東大寺あたりから、般若寺、浄瑠璃寺を経て、岩船寺《がんせんじ》まで歩いたものだ。

「これは臭いな……」

東谷は独り言のように言った。

「は？」

電話の向こうで、刑事が問い返した。

「分かった、一応、その女を被害者と想定して、その後の足取り捜査を続行してくれんか。ただちに応援を差し向ける」

その直後、東谷は各方面に散っている捜査員に指令を発した。同時に、捜査本部内にいた十数名もあわせて、奈良坂から浄瑠璃寺へ向かう道筋の聞き込みに投入させた。

浅見は取調室で冷たくなったほっかほか弁当を食べながら、かすかに聞こえてくる捜査本部の慌ただしい動きに、神経を集中させていた。

取調室にはもう一人、若い刑事が、面白くもなさそうに、「容疑者」の茶碗に出涸《でが》らしのお茶を注いだりしている。東谷警部は呼び出されて出て行ったきり、顔を見せない。その代わりにほっかほか弁当が運び込まれたというわけだ。

「東谷警部も食事ですかねえ？」

浅見は弁当を平らげ、お茶で口をすすぎながら訊いた。須美子が見たら「汚い！」と叱られそうだ。

「そうでしょうな」

刑事は素っ気ない返事をした。

「あなたはこんなところにいて、いいのですか？」

「はあ？」

「いや、何かあったみたいですからね」

「何かって、何です？」

刑事は表情のない目をこっちに向けた。捜査本部の動きから忘れられたように、こんなところにいるのだから、あまり優秀でない刑事なのかもしれない。

「東谷警部が目の色を変えて飛び出して行った感じからいって、新しい動きがあったのじゃないですか。ほら、なんだか騒がしいと思いませんか？」

浅見に言われて、刑事は耳を傾けていたが、「べつに、何も聞こえませんよ」と、まったく無感動だ。

「いや、何かあった気配ですよ。ひょっとすると、犯人が捕まったのかもしれません」

「そんなあほな……」

刑事はようやく片頬《ほお》を歪《ゆが》めて、笑った。

「犯人逮捕ならパトカーが出るでしょうが」

「それじゃ、また死体でも出たのかもしれません」

「それだってパトカーが出ます」

何を言っても張合いがない。

「ところで、僕はいつまでこうしてなきゃいけないのですかねえ？」

「そりゃ、あんたが事情聴取に素直に応じてくれれば、すぐにすむやろな」

「素直に応じているじゃないですか」

「さあ、どうやろかな。あんたはそう言うけれど、警部はそうは思うてないのとちがうかな」

「それは警部さんのほうが素直じゃないのですよ。僕は正直に何でも話しているのに、信じようとしない。まあ、人を疑うのは警察の仕事みたいなものだから、仕方はありませんけどね。しかし、頭から疑ってかかるのは困ったものです。あなただってそうでしょう、本当のことを言っているのに、誰も信じてくれなかったら、どんなに悲しいか知れませんよね。警察官や検事や裁判官が、その悲しみを分かる人ばかりなら、冤罪《えんざい》事件なんて起きないはずなんですがねえ」

「あんた、少し黙っといてくれんか」

刑事はうるさそうに脇を向いた。

浅見も刑事の希望に応えて三分ばかり沈黙を守ったが、また我慢できなくなったように、口を開いた。

「一つだけお聞きしたいのですが、東京のほうへは、ちゃんと捜査員が行っているのでしょうね？」

「東京？」

「ええ、野平さんという人のところへの聞き込みですが」

「そんなもん、おれは知らんがな」

「えっ、まさか、同じ捜査本部にいて、知らないはずはないでしょう」

「知らんものは知らんです」

事実、知らないのか、それともとぼけているのか、刑事はすげない態度だ。

浅見は冗談でなく、心配になってきた。知らないのならともかく、捜査員がまだ東京へ行ってない可能性もある。

まさかとは思うが、野平家に対する聞き込みの作業が遅れているとなると、浅見や阿部美果の立場がすっきりするまで、まだ当分はかかりそうだ。

(そういえば、阿部美果はどうなったのだろう?——)

浅見の苛立ちも知らぬげに、刑事は大口を開けて欠伸《あくび》をした。

「すみませんが」と浅見は立ち上がった。

「帰りますよ」

真っ直ぐドアに向かうので、刑事が椅子から落ちそうになって飛びかかった。

「待たんかい、どこへ行くんや!」

「だから、東京へ帰るのです」

「東京へって……あんたなあ、取り調べ中やで、勝手なことしてもろたらかなわんな」

「しかし、べつに逮捕されたわけじゃないし、こっちが勝手に来たのだから、勝手に帰ったって構わないでしょう」

「そういうわけにゆくかいな」

「だったら、早く警部を連れてきてくれませんかね。ほったらかしにされたのでは、たまったものじゃない」

噂をすれば――というけれど、まさにそのタイミングで東谷が入ってきた。

「ほったらかしにしとるわけではないです。目下、あんたの身元についての確認を急いでおるところです」

顎をしゃくって、浅見を椅子に座らせ、自分も前のとおりに椅子に腰を下ろしながら、東谷は言った。

「困りますよ、それは」

浅見はうろたえぎみに言った。

「身元なら、さっきから何度もお話ししているじゃありませんか」

「しかし、ウラを取るのが、われわれ捜査員としての常識なのです。それとも、何か不都合でもありますか？　まさか嘘《うそ》をついていたわけではないでしょうな」

「嘘なんかついてませんよ。まあ、確認するのはいいですが、家族の者に訊いたりはしないでくださいよ、よけいな心配をかけることになりますからね」

「そりゃ、むこうの所轄のやり方しだいでしょうな。なんたって警視庁管内ですからなあ、自分らはお願いする立場からいっても、いちいち指図はできません」

「それはまずいですよ、大いにまずいなあ」

「へへー……」

東谷は浅見の狼狽《ろうばい》を小気味よさそうに眺めて、肩を揺すってせせら笑った。

「なんか知らんが、よほど具合の悪いことがある様子ですなあ」

「ええ、具合が悪いのです。母が心配性でしてね、心配性の上に心臓弁膜症でもあるのです。僕が警察にいるなんて知れたら、ショックのあまり発作が起きて、死ぬかもしれません。そうなったら警部さん、あなたは業務上過失致死罪ですからね」

「ははは、おかしなことを言う人だ」

「いや、笑いごとではありませんよ。とにかく、そうならない前に、僕を帰してやってくれませんか」

「まあまあ、待ちなさい。いずれにしても、間もなくあんたの身元は証明されるわけですからな。それまでは本官にお付き合いいただかねばならん。で、あらためて訊きますが、浅見さん、あんたの十日から十二日にかけての行動を言ってくれませんか」

「またそれですか……」

浅見はガックリと肩を落とし、両手で「お手上げ」のポーズを作った。

「何度訊かれても同じ答えですよ。それより警部さん、そんな見当違いをしていないで、大覚寺と宝ケ池のホテルに現れた野平という人物の洗い出しを急いだらいかがですか？　東京の野平さんとその娘さんの写真を電送して、大覚寺のお坊さんとホテル従業員の確認を取ったほうがいいでしょう。いや、もちろんその写真は僕にも見せてください。そして、京都に現れた野平氏父娘が偽者だと分かったら、その人物がホトケ谷の殺人事件に重大な関係があると断定していいでしょう。もっとも、ホトケ谷の被害者が誰なのか、それがはっきりした上での話ですが。そうそう、そもそもどうなのですか？　被害者は野平さんの娘さんではないことは確定しているのですか？　いや、それならどうして僕や阿部さんを追いかけたりしたか分からなくなっちゃうな……ということは、やはり野平繁子さんだったのですか？　それとも、べつの野平さんだったのかな？……」

「あんた……」

東谷警部は怒鳴りかけた言葉が喉《のど》に詰まったらしい。

「ええかげんで黙らんかいな！」

取調室の窓ガラスがビリビリいうほどの甲高い声だった。

「まあ、よう喋る人やな。警察いうところは、もっぱら刑事のほうが喋って、被疑者は黙っとるものだが、これやったら、どっちが刑事か分からへん。頼むから黙って、こっちの質問にだけ答えてくれんかね」

「しかし、警部さんの質問は、いつまで経っても、十日から十二日までのアリバイはどうなっている？　――という、そればっかりでしょう、もうそんな問題はどうでもいいことですよ。さっきも話したように、事件はもっと複雑怪奇な内容なのです」

「それはもう分かっとる。野平隆夫という人は、本人が京都へなんぞ行っておらんと言うのだから、もしそれが事実であるなら、あんたが言う大覚寺だとか宝ヶ池のホテルに行った男は、明らかに野平氏の名前を騙った偽者ということになる」

「だったら、僕の言ったとおりじゃないですか。それにもかかわらず、僕や阿部さんにこだわるのは、ホトケ谷の被害者が野平という名前だったのですか？」

「そういうことですな」

東谷は憮然《ぶぜん》とした顔で、言った。

「それは昨夜のニュースで流したことだが、あんた、テレビを見なかったのかね」

「見ませんでした。たまたま、その時間は日吉館にいましたからね。あそこではテレビは見られないのです……しかし、東京の自宅に警察から電話があったというので、これはもしかすると、被害者の身元が分かって、宝ケ池のホテルあたりから、僕や阿部さんのことを聞き込んだに違いないと……」

「ちょっと待ってくれんか。東京に電話したことは事実だが、警察とは名乗っておらんはずだ。そうだったな？」

東谷警部は後ろにいる刑事を顧みて、確かめた。

「いや、それがだめなのですよ」

浅見は苦笑した。

「うちのお手伝いは動物的勘というのか、警察アレルギーというのか、いくら誤魔化しても、警察からの電話だと、ちゃんと分かっちゃうのです。そういうわけだから、面倒に巻き込まれないうちに、逃げ出したほうがいいと思いましてね。阿部さんにも電話してやったら、ちょうどそこに刑事さんが来たというので、てっきりこちらにお邪魔しているのではないかと思っていたのですが……」

浅見の長広舌を聞きながら、東谷はしきりに首を振りはじめた。

「あんたの話はどこまでが本当で、どこから嘘なのか、さっぱり見当がつかんなあ……」

「嘘なんてありませんよ。全部事実だけをお話ししているのです」

「しかしねえ、警察アレルギーのお手伝いだとか、そんなことを信じられるかね」

「信じられなくても、ほんとにそうなのだから、仕方がないでしょう」

「それに、その大覚寺に現れた野平と名乗る男のことかて、どういう目的で偽名を使い、おまけにありもしない娘の失踪《しつそう》を演じてみせたりしたのかね」

「だから、まさに不思議な事件だと言っているのですよ」

浅見は重々しい口調で言った。

「不思議はそればかりじゃありません。贋の野平氏のほうが、大覚寺では写経の山の中から娘の名前を探したい、などと、思いつめた様子を真に迫って演じている一方で、ホテルにはたしかに野平繁子が宿泊しているのですからね。しかも、父も娘も、名前はもちろん、本物の住所をきちんとさせている。ただのいたずらにしては、手が込みすぎていると思いませんか？ いったい、これは何だったのですかねえ？ その贋の野平隆夫は何のためにそんな嘘をつき、あちこちと歩き回ってまで、贋の娘を探さなければならなかったのか……いや、探すふりをしてみせたのか、妙な話です。しかもですよ、その贋野平氏の贋娘さんが失踪したと言っていた日と、ほぼ同じころに、ホトケ谷で若い女性が殺されていたというのだから……そうそう、その件をまだはっきり聞いていませんでしたが、ホトケ谷の被害者が野平という名前だったというのは、どうして分かったのですか？」

一気呵成《いっきかせい》に喋りまくって、いきなり訊いたので、東谷は反射的に「ブルゾンのクリーニング店の縫い取りに、片仮名でノヒラと……」と答えてしまった。答えてから、いまいましそうに舌打ちをした。

「へえー、クリーニング店の縫い取りですか、それは面白いですねえ……」

浅見は嬉《うれ》しそうに両手をこすり合わせた。

「面白いって、何が面白いのかね？」

東谷は対照的に不愉快きわまる顔だ。不愉快だが、知らず知らずのうちに、浅見の話術に引き込まれている。

「だってそうじゃないですか、ホトケ谷の現場には、身元を示すような遺留品はなかったのでしょう。つまり、犯人は身元を隠そうとした——と誰でも考えます。ところが、ブルゾンに縫い取りがあった……それを見逃すとは、きわめて初歩的なミスです。いや、初歩的なミスを犯したように見えます」

「見えますって、事実、初歩的なミスそのものやないかね」

「ミスだとしたら初歩的ですが、わざと見逃したのだとすると、きわめて狡猾《こうかつ》です」

「わざと見逃した？　それはまた、どういう意味かね？」

「要するに、何かの目的があってそうした可能性があるということです。たとえば、ある時期に被害者の身元を明らかにする必要があったのかもしれません」

「何のために？」

「知りませんよ、そんなこと」

浅見は呆れて、突き放すように言った。

「第一、僕がそんなことまで知っていると答えたら、今度こそ逮捕されちゃうじゃありませんか」

「本当は知っとるのとちがうのかね？」

東谷は椅子から腰を浮かせて、浅見を睨みつけた。

「どうも、あんたは調子に乗って喋り過ぎたな。えてして、真犯人は自分の犯罪を誇示したくなるものや。幼児誘拐殺人の犯人もそうやった。一種の愉快犯というやっちゃ。どうやらあんたもそのクチのようだな」

背後の部下たちに目配せをして、「留置するわけにはいかんが、一応、確保しておくように」と命じた。

4

東谷警部は捜査本部室に戻って、自分のデスクに座るやいなや、舌打ちをした。

「けったくそ悪い事件やな」

部下たちは少し離れたところから、警部の不機嫌を傍観している。

東谷よりもしばらく遅れて、吉本刑事防犯課長が入ってきた。

「何やら、けったいな男やそうですなあ」

東谷に気の毒そうに言った。

「ん？ ああ、あの男ですか。まったく、わけの分からんやつです」

「しかし、いま、土山《つちやま》君から聞いてきたかぎりでは、言っていることは、割とまともなように思いますがねえ。ことに、犯人がわざとクリーニング店の縫い取りを見逃したいうのなんかは、ちょっと面白い発想や思いませんか」

「なんや、吉本さんまでが、そんなことを言うてもらったら困るなあ。犯人がなんで、わざと手掛かりになるようなものを残すというのです？」

「それは自分には分かりませんが……しかし、捜査を混乱させるとか、間違った方向へ誘導するとか、いろいろ考えられるのとちがいますか？」

「それだったら、いっそ何も残さんほうが、よっぽどよろしいでしょうが。どういう目的にもせよ、手掛かりを残すというのは、犯人としては得策ではないです」

「なるほど、それもそうですなあ。所詮《しょせん》は素人の思いつきというわけですか」

吉本課長は、府警のエリート警部との論戦は望まなかった。元来が百戦百勝主義の東谷のことだ、部下の手前もあるし、かりにも捜査主任としては主張を曲げるはずもない。

「そんなことより吉本さん、警視庁にあの浅見という男の身元調査を頼んだのは、その後、どうなったのです？」

東谷は吉本の撤退に、追い撃ちをかけるように訊いた。

「あれはまだ何も言って寄越しません」

「ふーん、まったく、のんびりしたもんですなあ」

東谷は露骨に焦《じ》れったそうに言った。「のんびり」しているのが警視庁とも吉本とも受け取れる言い方だった。しかし、さすがに吉本が気を悪くしたと察したのか、すぐに言い足した。

「警視庁の連中は、ローカルの事件なんか、構っておれん、言いたいのとちがいますか。なんぼなんでも遅すぎまっせ」

「そうですなあ、ちょっと催促してみますかね」

吉本は捜査本部のある会議室を出て行ったが、ものの三、四分で引き返してきた。それも、慌てふためいた感じで、声も上擦《うわず》っていた。

「ちょっと、東谷さん、ちょっと来てもらえませんか」

ドアのところで手招きして、さっさと廊下を歩いて行く。階段の上で立ち止まり、東谷が追いつくのを待って、深刻そうに声をひそめて、

「まずいことになりました」と言った。

「まずい？　どうしたのです？」

「あの浅見という人ですが、どこかで聞いた名前やと思ったのです。そしたらあんた、警察庁刑事局長の名前と一緒やないですか」

「ああ、そう言われればそうですな……ということは、刑事局長の身内？……」

「そうですがな、弟さんやそうです」

「そんなあほな……」

「あほな言うても、事実やからしようがないでしょう」

吉本はムッとした顔になった。

「しかし、吉本さん、局長の弟が殺人事件に関係しとるいうことになると、これは厄介ですぞ」

東谷は腕組みをして言った。

「まさか……東谷さん、何を言うてますねん、浅見局長さんの弟さんが、殺人事件に関係しとるわけ、ないでしょう。何かの間違いに決まっとりますがな」

「間違い？　それこそ何を言うとるのです。現にあの男は、野平いう男の偽者と贋の娘と接触しとるやないですか。それだけでも、無関係いうことはないでしょうが」

「そやから、それはたまたま事件に巻き込まれたいう……」

「吉本さん、あんた、あの男が主張しとる、あんなけったいな話を丸飲みしとるのですか？　他人の名前を騙った女と、その娘の父親の名前を騙った男がいて、女は失踪して、男は……とにかく、こんなややこしい話をでっち上げただけでも、大いに怪しい。そこへもってきて、ホトケ谷の捜査が始まるやいなや、いち早く警察の動きを察知して阿部美果いう女を逃がした。これだけ疑わしい材料が揃っておるのですぞ」

「そしたら東谷さんは、どうしても浅見……いや、浅見さんに対する容疑を撤回せん、言うのですか？」

「もちろんです。どういう狙《ねら》いか知らんが、捜査本部に出頭してきおった以上、とことんハタくつもりです」

「そんなに張り切ってから……かなわんなあ、自分はどうなっても知りませんで」

「そういう……あんた、知らんとか知っとるとかいう問題やないでしょう。なんぼ刑事局長の弟でも、容疑者は容疑者です。警察は常に公正であって、捜査に手心を加えるわけにいかんです」

「そんな、無茶苦茶言うなあ。東谷さん、前から気にはしとったのだが、あんたのやり方はいささか強引すぎるところがあるのとちがいますか」

「何を……このような時に、何を言い出すのですか。身内同士で喧嘩しとったって、しようがないでしょう」

「いや、自分はご注意申し上げとるのです。どうもあんたは、相手の言うこともろくに聞かんと、高飛車に決めつけたがる。浅見さんは見るからに正直そうで、好青年やないですか。それを殺人犯人やなどと……とにかく、これ以上、その姿勢をつづける言わはるのやったら、自分は手を引かせてもらいます。署長にもそう言うつもりです。いや、署長かて、手を引く、言うと思いますがな」

「なんちゅうことを！……」

東谷は階段の手すりを叩いて言った。

「事件捜査の所轄の刑事課長が、事件から手を引いてどうするのです？」

「いや、事件から手を引くとは言うてませんがな。要するに、浅見さんを容疑の対象にするということは出来ん、言うとるのです」

「よろしい、勝手に手を引くなら引いてください。とにかく、相手が誰であろうと、自分は徹底的に調べるつもりです」

「しかし、孤立しまっせ」

「孤立？　そんなもん、自分の後ろには京都府警がついてますがな。おたくこそ、そんな日和見《ひよりみ》主義をしとったら、府警本部長が嘆きますよ」

「日和見とは何ですか！」

「そうではないですか、あんただって、あの男は怪しいと思っとったでしょうが」

「あの男という言い方はやめるべきです。浅見さんと言ってもらいたい。かりにも刑事局長さんの弟さんでっせ」

「あんたこそ何を言うとるのか……」

はじめのうちは声をひそめていたのだが、しだいに激高してくるにつれて、周囲を気にすることも忘れた。次長の関山が飛んできて、ようやく論争は収まったが、東谷の気持ちは収まらない。

「とにかく、自分が捜査指揮を取っておるからには、相手が誰であろうと、捜査は厳正に行います。よろしいですな」

「弱ったなあ……」

関山次長は吉本と顔を見合わせて、頭を抱え込んだ。次長も階級は吉本や東谷と同じ警部である。年齢だけははるかに上で、おそらく署長にならないまま、定年を迎えることになるだろう。あとわずか、大過なく勤め上げれば、恩給もついて、悠々自適の老後を送れるというものだ。

「いま署長が出掛けておるので、ちょっと待っとってくれませんかね」

若い東谷にお伺いを立てるような言い方をしている。

「そんな、待つ余裕なんかないでしょう。ポケットベルで呼び出せないのですか？」

「いや、そうしたいところだが、まだ連絡が入ってこんいうわけです」

「それじゃ、自分は取調室のほうにおりますので、連絡が取れしだい、すぐに呼んでください」

東谷は取調室に戻って、浅見と向かいあう椅子にドシンと腰を下ろした。

「浅見さん、あんた、刑事局長さんの弟さんいうのは、ほんまですか？」

「えっ……」

浅見は心臓に釘をぶちこまれたようなショックを受けた。浮気がばれた亭主——という実感はないが、寝小便がばれた小学生ほどの心境だ。

「はあ、まあ……」

とたんに浅見は元気を喪失した。

「しかし、お兄さんが何であろうと、自分は手心を加えるつもりはありませんので、そこのところ、よろしく」

「当然です」

浅見はムッとして応じた。

「僕にしたって、兄のことを持ち出されるのは大いに迷惑ですよ。だから、東京の家族のことは放っておいてくれって、あれほど頼んだじゃないですか。ただでさえ、肩身の狭い居候の身なんですからね、帰ったら何を言われるか分かったものじゃありませんよ。とくにおふくろ……」

言いかけて、あとは愚痴になるだけなのでやめた。その代わり、深い溜《た》め息が出た。

「おふくろさんがどうかしましたか？」

東谷が興味深そうに言った。

「たしか、心臓弁膜症だとか言ってましたっけか」

「いや、あれは嘘ですよ」

「嘘？……」

「ええ、それくらいならいいのだけれど、心臓も頭も、それに口のほうもいたって元気でして、出来の悪い次男坊の失態は、いつだって、完膚なきまで、叩き伏せられるというわけです。まして、刑事局長の弟が警察のお世話になったなどという図は、マンガにもなりませんよ。僕にとって——というより、浅見家にとって最悪のパターンです」

「ほほう……」

東谷は笑い出したいのを我慢している。浅見容疑者が憤懣やるかたない気持ちを吐露すればするほど、東谷の御機嫌は急速に回復するのであった。

「なるほどねえ、エリートの弟さんというのも、なかなか辛い立場なのですなあ」

「いまごろ同情されたって……」

浅見はドッと疲れが出た。

「すみませんが、留置場、空いていませんか？」

「留置場？　どうするのです？」

「いや、空いていれば、ちょっと休ませてもらいたいと思って」

「ははあ……これはいい、いやあ、あんた、浅見さん、愉快な人やなあ」

東谷は込み上げてくる笑いを抑えきれずに、苦しそうに身をよじった。

第五章　消えた「本物」

1

電話に出た母親が、いきなり「美果ちゃん、あなた、どうしたの？　何があったの？」と、せき込んで訊《き》いた。

「何がって、何が？」

「何がじゃないでしょう。昨日から警察が何度も電話してきて……いったい何があったっていうの？」

「ああ……」

美果はどう答えるべきか、頭をフル回転させた。

「京都で女の人が行方不明になったのよ。その人のこと、少し知っていたものだから、いろいろ訊かれたりして……つまりそういうことなのよ。心配することはないわ」

「心配するわよ……」

母親は泣きそうな声を出した。

「そんなことだったらいいのだけれど、警察は理由を何も言わないでしょう、だから、あれこれと気を回して……ほら、比叡山で若い女の人が殺された事件のこともあるし、他人事じゃないのよ」

「分かってるわよ、でもごめんなさい、心配かけて。あすはなるべく早く帰るから」

「そう、大丈夫なのね、気をつけてね」

電話を切りかけて、「あ、ちょっと待って」と言った。

「警察のほかにも電話があったの……いいえ、やっぱり警察なのかな？　警察に電話してくれっておっしゃっていたから」

「ふーん、どこから？」

「浅見さんていう人、男の方よ。会社の方じゃないみたいだったけれど、どういうお知り合いなの？　お付き合いしてるの？　感じのよさそうな方だったわ。どういう人？　奥さんいらっしゃるの？」

「いやだなあ、何考えてるのよ」

美果は吹き出した。

「京都で知り合って、まだ五日目の人よ。たまたま、奈良でもぶつかって……そんなことはどうでもいいけど、浅見さん、何だって言ってたの？」

「だから、警察にいるから電話をくださいっておっしゃってたわ」

「警察って、どこの警察？」

「ああ、そう、木津《きづ》警察署ですって。木津って、樹木の木に大津の津」

「分かるわよ、そんなことぐらい。じゃあ、電話してみる」

母親の「気をつけるのですよ」という言葉を半分だけ聞いて、美果は受話器を置いた。すぐにカードを入れ直して、木津警察署の番号を訊いた。その間にいろいろな想像が頭の中を駆け巡った。

浅見が警察にいるということは、それこそ逮捕されてしまったのかもしれない。

（いい気味、ひとを呪《のろ》わば穴二つよ――）

自分こそ、死刑にならないようにすればいいのだ。

電話番号をメモってから、（どうしようかしら――）と迷った。浅見が逮捕されたのだとすると、これはもしかするとワナなのかもしれない。電話を逆探知して、刑事がやって来るのかもしれない――などと、いろいろ考えたが、結局、電話することにした。

電話がかかってから浅見が出てくるまで、ずいぶん時間がかかった。時間かせぎをしておいて、逆探知をしているのじゃないかしら——などと、むやみに妄想が湧《わ》いてくる。

「やあ、阿部さんですか、浅見です」

いきなり陽気そうな声が飛び出した。

そのとたん、どうしたことだろう、美果はふっと涙ぐんで、「いやだ……」と思わず呟《つぶや》いた。

「いやだって……ひどいご挨拶《あいさつ》だなあ、僕は阿部さんを救出するために警察に来たのですよ」

浅見は恨めしそうに言った。

「あ、そういう意味じゃないんです。だけど、警察にいるっていうことは、浅見さん、捕まっちゃったんですか？　それで、死刑執行はいつですか？」

「ははは、死刑執行よりも、もっと過酷なお仕置が東京に待っていますよ。しかし、連絡が取れてよかった。あなたが刑事をまいたと聞いて、かえって心配になったのです。なんだか、とてもいやな予感がしたもので」

「いやな予感て、何ですか？」

「うーん……ちょっと説明はできないけれど、比叡山の事件のことなんかが、いろいろ頭を過《よぎ》ったりして……そんなことより、いま、どこですか？」

「般若寺《はんにゃじ》の近くです、夕日地蔵から奈良のほうへ少し行ったところ」

「じゃあ、夕日地蔵のところにいてください。これからすぐに、そっちへ向かいます。いいですね、今度は逃げだしたりしないでくださいよ」

電話が切れて、しばらくのあいだ、美果は受話器を握っていた。浅見のぬくもりが、電話線を伝わって、こっちの掌にポトリと落ちそうな気がした。

刑事に捕まったと思い込んで、警察に出頭したという浅見の優しさが、美果の疲れを癒してくれた。

夕日地蔵の前に行くと、お賽銭《さいせん》に百円玉を奮発して、長いお祈りをした。まだ陽は高いけれど、夕日を背にしたようなあったかい気分であった。

夕日地蔵の前でぼんやり佇《たたず》む美果が、浅見にはひどく心許《こころもと》なく見えた。

助手席の窓を開けると、わざと大きな声で、「乗った乗った」と叫んだ。

美果はパッと花が開いたような笑顔を見せて、後部ドアを開け、鹿のようにすばやく乗り込んできた。

「ははは、いたいた、よかったよかった」

浅見は心底ほっとして、はしゃぎたい気分をそのままに口に出した。

「警察だから、パトカーが来ると思っていたんです」

美果も嬉《うれ》しさで声を弾ませている。

「まさか、パトカーで迎えに来るはずがないでしょう。こちら、捜査本部の主任捜査官、東谷警部です。警部みずからマイカーを出してくれたんだから、大感謝です」

「よろしく」と、東谷と美果は挨拶を交わした。

「浅見さんて、警察があまり好きじゃないみたいでしたけど、割と仲良くやってるじゃないですか」

「えっ、あはは、まずいなあ、そんな裏ばなしをバラしちゃ」

「いや、われわれ刑事は嫌われるのには慣れていますよ」

東谷警部は気を悪くした様子もなく、ニコニコ顔でハンドルを操作している。東谷と浅見とのあいだであったスッタモンダを知らない美果には、二人の男が十年の知己のように親しい間柄としか見えないだろう。

「阿部さんはうまく逃げたそうですね。日吉館の一件、聞きましたよ、刑事さんを騙《だま》しちゃいけないなあ」

「あら、だって、逃げろって言ったのは浅見さんじゃないですか。私は必死だったんですから。それより、浅見さんはあれからどうしたんですか？　警察に捕まって、死刑になるんじゃなかったんですか？」

「ははは、まったくあなたはかわゆくないことを平気で言うひとですね。いや、僕のことより、阿部さんこそどこでどうしていたのですか？」

「私は……」

美果は口ごもった。浅見が振り返ると、困ったような美果の目とぶつかった。東谷警部がいては具合の悪い何か――を浅見は察知した。

「逃亡生活数時間の顚末《てんまつ》を、ぜひ聞かせてもらいたいなあ。そうそう、お昼ご飯、まだなんじゃないですか？」

「ええ、そうなんですけど、でも、どうして分かったのかしら？」

「飢えた動物の目は、異常に光っているものですよ。警部、そういうわけですから、どこかその辺のラーメン屋か何かで下ろしてくれませんか」

「じゃあ、少し先にレストランがありますから、そこにしましょう。ただし、あとで必ず捜査本部に来てくださいよ。でないと、今度こそ逮捕状を請求します」

東谷もすっかり打ち解けて、この男にしては珍しく、軽口を叩《たた》いた。

昔の洋食屋のようなレストランであった。二人はカレーライスを注文した。浅見はほっかほか弁当を食べているのだが、美果に合わせて無理に詰め込んだ。

「不思議なことがあったのです」

カレーを半分食べたところで、美果はそれこそ、腹ふくるる心地がして黙っていられなくなったように、喋《しゃべ》りだした。

「あれから、猿沢池のところで、あの人に会ったんです。ほら、香薬師仏のこと話したでしょう、そのときの男の人」

「ほう……」

浅見は興味津々の目を向けた。浅見のほうは元々、腹はふくれているから、スプーンの手を休めた。

美果は喋っては食べ、水を飲み、また喋った。美果の話は実際、意外性に富んでいて、浅見をグイグイ引き込んだ。

最後に夕日地蔵の前で、ハプニングがあったところで、美果の話は終わった。

「まったく、あんなときに刑事が現れるなんて、ほんとについていないんだから」

「いや、それは違うでしょう」

浅見は真面目な顔で言った。

「その刑事のお蔭で、あなたはこうして無事でいるのかもしれない」

「そうでしょうか？」

「そうですとも、きわめて軽率だったと思いますよ」

「すみません」

美果が思わず謝るほど、浅見はきびしい目をして美果をたしなめた。

「それで、車のナンバーは？」

「え？」

「逃げた車のナンバープレートは見たのでしょう？」

「それは……視野には入っていましたけど、番号までは憶えていませんよ」

「思い出してください」

「だめですよ、そんなの無理ですよ、思い出せませんよ」

「無理でも思い出すのです。あなたの頭の中のスクリーンには、一瞬ではあっても、その番号がたしかに映し出されていたのですから、思い出せないはずがないのです」

「そんなこと言われたって……」

美果は呆《あき》れて、怯《ひる》んだ顔になった。

「怖いわ、浅見さん」

「えっ？　僕が、ですか？……」

浅見は慌てて頰《ほ》っぺたに飯粒でもついているように、顔のあちこちを触った。

「目が、なんだか怒っているみたいで」

「怒ってなんかいませんよ」

「でもそう見えるんです。鳶《とび》色の目って、ちょっと怖い」

「鳶色なんですか、僕の目？」

浅見は文字どおり目のやり場に困って、天井を向いた。それから、その視線をあらために美果に向けながら、言った。

「じつは、なぜ思い出して欲しいかって言うと、ホトケ谷で殺された被害者と思われる女性が、ほぼ死亡推定日と同じ日、夕日地蔵のところに立っていたという情報があるからなのです」

「えっ……」

さすがに、美果は顔色を変えた。

「雨がしとしと降る中で、傘もささずにかなり長いこと立っていたのだそうですよ」

「それで、やっぱり車が来たのですか？」

「いや、車は来なかったらしい。それで、諦《あきら》めたように……というのは、多少、主観が入っていますが、とにかく歩きだして、そのあと、般若寺の前の道を通って、奈良坂を木津の方角へ下って行ったというのです」

「雨の降る中を、ですか……」

美果は黙って、その情景を想像している目になった。

しばらく経って、美果は「それって……」と低い声で言った。

「もしかすると、私がその人と同じようになっていた可能性もあるっていう意味なのですか？」

「少なくとも、僕はそう信じていますよ」

「でも、私なんかを連れて行って、何になるのかしら？　それに、その彼女は待ちぼうけを食って、結局、車には乗らなかったのでしょう。だのに殺されたのだから、香薬師仏の話とは関係ないのじゃありません？」

「そう、それは僕も否定しません。あるいは関係がないのかもしれない。関係があると思うのは、単に僕の勘です。外れる可能性のほうが大きいのでしょう。もしこのまま何事も起こらなければ、です」

「えっ？　じゃあ、何か起こるかもしれないってことですか？」

「たぶん」

「たぶんて……何が起こるんですか？」

「第二の殺人です」

「えーっ……」

美果は悲鳴のような声を上げた。店の人間と客が数人、いっせいにこっちを向いた。

美果はもちろん、浅見も慌ててテーブルの上に身を伏せるようにして、突き刺さる視線を避けた。

「あの……」と、美果は上目遣いに浅見を見て、恐る恐る訊いた。

「その第二の殺人ですけど、被害者っていうのは、もしかすると、わ・た・し？」

「そうです」

浅見は身を起こしながら、真顔で言った。

「ただし、本来ならば――という意味です。しかし、実際に殺されるのは、あなたの香薬師仏の紳士ですよ」

「うそ……」

美果はまた悲鳴を上げそうになるのを、かろうじて堪《こら》えた。

「いや、もし僕の予想どおり、第二の殺人事件が起きるとすれば、被害者は間違いなく香薬師仏の紳士です」

浅見は冷酷な執達吏《しったつり》のように、同じ口調で繰り返した。

「もっとも、いま言ったように、本来なら被害者があなたであって不思議はないのですよ。ところがテキは阿部さんの素性を知らない。香薬師仏の紳士でさえ、あなたの名前すら知らないのでしょう？　となると、結論はただ一つ、殺されるのは香薬師仏の紳士しかいません」

「だけど、なぜですか？　なぜあの人が殺されなければならないのですか？」

「それは、もちろん、手掛かりを消すために決まってますよ。香薬師仏の紳士は阿部さんにしっかり顔を見られていますからね」

「でも、殺す理由なんて……私はピンピンしているのだし、香薬師仏がほんとにあるのかどうかさえ、分かっていないのに」

「そう、大抵の場合、冷静に考えれば、何も殺すほどのことはないものなのですよ。しかし現実に殺人は行われる。殺される前に殺す——というのが、殺人者の論理です」

「そんな……私だってあの人だって、殺す気なんかぜんぜんありませんよ。いいえ、あの人もそんな恐ろしいことを考えませんよ、きっと」

「しかし、もしあなたが誰かに香薬師仏の話をしたら……いや、現に僕に話したじゃないですか、僕は臆病《おくびょう》だから何もしませんが、もしほかの誰か——たとえば東谷警部がキャッチしたとしたら、あの功名心旺盛《おうせい》な警察官はすぐに行動を起こすでしょうね。そして香薬師仏の紳士を探し出す……あとはイモヅル式に関係者がゾロゾロと……」

「だから……ですから、私は東谷警部には話さなかったのじゃないですか」

「そう、あれは非常に賢明な処置でした。しかし、彼らはそのことを知りようがありません。かといって、奈良中をスピーカーで、私は何も喋っていませんと触れ回るわけにもいかないでしょう」

「…………」

美果は浅見の意地の悪い言い方に頰《ほお》を膨らませて、沈黙した。

「そんなに深刻にならないでください」

浅見は思わず笑ってしまった。

「これはあくまでも僕の仮説を言っているにすぎませんからね。阿部さんが言ったように、本当はホトケ谷の事件とはぜんぜん無関係なのかもしれないし、香薬師仏の紳士も殺されないのかもしれませんよ」

「でも、関係があるかもしれないっていうことでしょう？　それに、あの紳士も殺されるかもしれないっていう……」

「まあ、それはそうです」

「冷たい言い方……どうにかできないんですか？　事件を未然に防ぐ方法は、何かないんですか？」

「一つだけあるにはあります」

「だったら、早くその方法を教えてくださいよ」

「だから言ったでしょう、車のナンバーを思い出してくださいって」

「…………」

今度は本当に、美果は沈黙した。

2

千葉県市川市は千葉県の西部にあって、京葉工業地帯の一角にあり、また、東京のベッドタウンとして早くから人口の増加傾向が見られたところである。現在、人口は四十六万、もはや単独でも大型の都市といっていい。

野平隆夫の家は市川市国府台《こうのだい》にある。比較的新しい住宅団地の中に、十五年ほど前に家を建てた。そう大きくない二階家だが、一応、4LDKはあるのだそうだ。

当時はまだまだ地価が安かったが、それでもローンを組んで、清水の舞台から飛び下りるような覚悟で買った家だ——などと、野平はくどくどと、まるで税務署に弁解するような話し方をした。

野平家を訪れたのは、京都府警の中頭《なかがみ》部長刑事と木津署の石塚《いしづか》刑事の二人である。会社のほうへ行くつもりで電話したところ、「会社が終わってから自宅に来てください」と言われて市川までやって来た。不案内の土地をはるばる、夕方の帰宅ラッシュに揉《も》まれて来ただけに、二人とも口をきくのも億劫なほど疲れていた。

野平家は野平隆夫と妻の清子《きよこ》、それに一人娘の繁子《しげこ》の三人暮らしだという。清子はニコニコと愛想のいい小柄な女だが、人見知りするたちだとかで、紅茶を運んできてすぐに引っ込んだきり、顔を出さない。

警察の用件はすでに伝えてあった。

「京都など、ここ数年、まったく行ったことがありません」

野平は神経質そうに、指先でソファーの肘掛けを叩きながら、言った。

「妙な電話をもらって、びっくりしましたが、そうですか、私の名前を騙った者がいたのですか。それではあの女性に申し訳ないことをしました。いや、そんなこととは知らず、てっきりいたずら電話かと思いまして、突慳貪《つっけんどん》に怒鳴るような言い方をしたかもしれませんので、はい」

こっちが訊かないうちに、先へ先へと用向きを斟酌《しんしゃく》して、じつによく喋る。抑揚に乏しい喋り方なので、若い石塚などは、お経を聞いているように、眠気に襲われた。

もっとも、時刻は午後八時を回ろうとしている。東京の会社から戻るのは、どんなに早くても七時を過ぎるのだそうだ。片道一時間半の通勤を一年中つづけるという感覚は、京都の人間にはピンとこない。

「お嬢さんもここしばらく、京都や奈良には行ってないのですね？」

中頭が事務的に訊いた。

「はい、もちろんです。しかも、何ですか、娘の名前を騙った女性が、京都のホテルに泊まったとか、浄瑠璃《じょうるり》寺の近くで殺されていたなどと、気味の悪いことですなあ。

いったいこれは、どういうことなのですか？」

「それがさっぱり分からないので苦労しておるのです。ただ、何もないのにお宅さんの名前を騙るいうことも考えにくいので、何か野平さんに恨みがあるとか、そういった心当たりはありませんかなあ」

「ありません」

野平は言下に答えた。

「私など、大会社の庶務課でコツコツやってきただけの人間ですからね、人に恨まれるとか、そんな甲斐性《かいしょう》はまったくありませんよ。いや、こんなことは自慢にも何にもなりませんがね」

「そうでしょうなあ」

うっかりそう言ってしまうほど、まったく、野平は風采《ふうさい》も上がらなければ、毒にも薬にもなりそうにない男のように思える。

「しかし、それはそれとしても、野平さんやお嬢さんを知っている人間がやらかしたことであるのは確かなのです。しかも、殺された女性の名前も野平さんですからなあ。親戚《しんせき》の方だとかそれに該当するような人はいませんか？」

「いや、それらしい歳恰好《としかっこう》の者はおりませんねえ。それに、かりにいたとしても、もし行方不明になったりした者がおれば、何か言ってくるはずですからなあ」

「どないでしょうか、お嬢さんはこの件について、何か心当たりがあるとか、そういった話はしていませんか？」

「いや、それがまったくないのだそうです。もっとも、あってもらったのでは困りますがね。何しろ、娘は嫁入り前の体ですからな、妙な噂《うわさ》でも立ってはおおごとです」

「今日はお嬢さんはお留守ですか？」

「はあ、まだ戻っておりません。たぶん友人とどこかへ繰り込んでいるのでしょう。最近の若い連中は、ディスコだとかなんだとか、遊ぶ場所にこと欠きませんのでねえ。親の気も知らないで、夜遅くまでほっつき歩いている。まったく困ったものです」

ほかには聞くべきこともなかった。

「恐縮ですが、野平さんとお嬢さんが写っている写真を一枚、お借りしたいのですが」

「分かりました……しかし、あまり新しいのはありませんよ。娘ぐらいの年齢になると、親父と一緒に写真を撮るのを嫌うものでしてねえ」

野平は「ちょっとお待ちください」と引っ込んで、じきに写真を持って戻って来た。

「こんなものでよろしいでしょうか」

野平は手札判《てふだばん》の写真を出した。「こんなもの」と言いながら、本人は気に入ってい
る写真らしい。どこかの公園だろうか、緑の植え込みをバックに父と娘が立って、レ
ンズを見ている。野平はスーツ姿で、なかなかよく撮れていた。
野平繁子はおとなしいブルーの水玉模様のワンピース姿で、父親の右脇に、寄り添
うように立っている。
一見して、中頭は（ちがうな――）と思った。死後十日前後を経た被害者だが、繁
子のどちらかというと痩《や》せ型の容姿とは差がありすぎる。
写真をバッグに仕舞って、二人の刑事は席を立った。

その写真は、その夜のうちに京都府警に電送されている。

翌朝、浅見と美果は木津警察署に顔を出して、応接室で、東谷警部から野平父娘の
写真を見せられた。

「ちがいますね」

二人とも同時に言った。

野平隆夫は二人が大覚寺で会った男とはまったくの別人であった。

「そうですか」

東谷警部はあらためて写真を眺めた。

「じつは、先程、宝ケ池のホテルでもそういう答えだったという報告がありました。父親のほうもですが、娘もやはり似ても似つかぬ顔だそうです。フロント係が言うところによると、写真の野平繁子さんのほうは、美人は美人でも、ちょっと寂しそうな陰のある感じであるのに対して、野平繁子の名前でホテルに泊まった女性のほうは、おでこが丸くて、かわいい感じの美人だったそうです」

「なるほど、かわいい美人ですか」

浅見はチラッと美果のほうを見た。美果は気付かないふりを装った。

「野平家に聞き込みに行った刑事さんですが、まだ戻って来てませんか」

浅見は聞いた。

「いや、つい今し方、戻って来ました。ここに呼びましょう」

東谷は部下に、二人を呼びにやった。

中頭と石塚は浅見の素性を聞いているから、初対面ということもあって、いくぶん緊張ぎみであった。

「申し訳ありませんが、野平さんのお宅を訪問されたときの状況を、最初から教えていただけませんか」

浅見は低姿勢で頼んだ。いくら刑事局長の弟だからといって、こっちは一介のルポライターである。彼らのようにしゃっちょこばられては、心苦しくて仕方がない。

中頭の口から、二人が野平家を訪ね、野平隆夫から事情聴取をしたときの一部始終が語られた。浅見はよく耳を傾けて聞き、必要に応じて問い返した。

「よく分かりました」

話を聞き終わって、浅見はお辞儀をした。

「念のために、二つだけ聞かせていただきたいのですが。野平さんは会社やその近くで会うのではなく、わざわざ自宅まで来て欲しいと言ったのですね？」

「そうです」

「なぜなのでしょうか？」

「会社では、ちょっと具合が悪いという話でした。まあ、その近くでも自宅でも同じだと解釈して、先方の言うとおりにしたのですが……何か問題でもありますか？」

「いえ、そうではなくて、千葉県のあの辺りは、地理がややこしくて、行きにくかったのじゃないかと思ったものですから」

「それはたしかにそのとおりでした。大まかな地理は聞いておったのですが、何度も道を訊きながら辿《たど》りついたようなことで」

「それから、娘さんはその晩、遅かったのですかねえ？」

「遅かったようです。われわれが野平家を出たのが、かれこれ十時近かったですが、まだ戻っておりませんでしたのでね」

「もっとも、東京の感覚でいうと、十時ではまだ遅いぶんには入りませんね」

「そのようですね、野平さんもあまり心配している様子は見られなかったですが」

それだけで、浅見の質問は終わった。

中頭と石塚、それにほかの部下たちが出ていって、応接室には東谷警部と浅見と美果の三人だけが残った。

「阿部さんは何時の列車ですか？」

浅見は訊いた。とたんに美果は寂しそうな顔になった。

「べつに決めてません、何時でもいいんです。今日中に東京に帰りさえすれば。それより、浅見さんは何時に帰るんですか？」

「いや、浅見さんはもうちょっと残ってくれるのでしょう？」

東谷が浅見の機先を制するように、すばやく言った。

「いえ、僕も東京に帰ります。本職のほうの締切が迫ってますし、それに、そろそろ旅費のほうが危ないのです」

「そんなもん……」

言いかけたが、東谷は口ごもった。警察に民間人の「捜査費用」など、出せるあても前例もなかった。

「一つだけお願いしておきたいことがあるのですが」

浅見はメモの紙切れを出して、東谷に渡した。数字が飛び飛びに書いてある。

――3??5　セドリック（黒）――

「この番号の車を探していただけないでしょうか」

「は？　何ですか、これは？」

「じつは、阿部さんが目撃した車のナンバーなのです。一瞬のことなので、たったこれだけの数字でも、やっとのことで思い出してもらったのですが……しかし、これだけでは、かなり難しいでしょうね」

「うーん……」

「奈良ナンバーの車であったことは確かだそうですが、やはりだめですか？」

「いや、それはまあ、やってやれないことはありませんが。しかし、この車はいったい何なのですか？　轢《ひ》き逃げとか、何かの事件に関係しとるのでしょうか？」

「いまのところ何もありません。ただし、これから事件が起きた場合には、関係してくる可能性があります」

「は？　……どういう意味ですか？」

「これは僕の勘でしかないので、気がひけるのですが、阿部さんから聞いた話から類推すると、どうやら殺人事件が起きる可能性があるのです。被害者になるのは六十歳ぐらいの男の人で、古美術などに詳しい人物です。もしそういう人物が殺されるか、それとも不審な死に方をしていたら、間違いなくその車に乗っていた連中がからむ殺人事件だと思ってください」

「ちょっと待ってくれませんか」

東谷は驚いた。

「殺人事件て……いや、そんなことが起きると分かっているのなら、未然に措置しなければならんですよ。手をつかねて、事件が起きるのを待っているわけにはいきません」

「もちろん、そのとおりですが、いま言ったように、これはあくまでも僕の勘で、実際に殺人が行われるかどうか、断言できる根拠はありません。それに第一、その人物がどこの誰なのか、阿部さんはぜんぜん知らないのだそうです」

「うーん……そうすると、もし浅見さんが言うとおりに殺人事件が起きるとしても、われわれはただ待っているしか能がないというわけですか」

「はあ、残念ながら……むしろ、僕の勘が外れることを祈るのみです。ただ、不幸にして事件が起きた場合、それが都道府県のどこで起きたとしても——つまり、死体発見現場や事件発生現場がどこであっても、さっき僕が言ったような条件に該当する人物が被害者だったら、そのナンバーの車との関連を想定して、東谷さんに積極的に関与していただきたいのです」

「分かりました。しかし、それはいつごろ起きると考えているのです？」

「明日か、明後日か……今日か……それともすでに起きているか……」

東谷も美果も声を失った。

3

近鉄特急は西大寺《さいだいじ》駅を出ると、情け容赦もなく、京都までノンストップで突っ走る。

このところ、奈良—京都間も急速に都市化が進み、人家が建ち並んできつつあるけれど、奈良県の外れ・秋篠《あきしの》の里のあたりからしばらくのあいだには、まだ雑木林や、筍《たけのこ》の採れる竹藪《たけやぶ》などもあり、わずかに田園の風情が残っている。「秋篠」は新しい宮家の称号になった地名でもある。

夕暮れ近く、田園のそこかしこから、何を焼くのか、うっすらと青みがかった煙が立ちのぼり、霞《かすみ》のようにたなびいている。

青丹よし　平城山越えて　離かるとも
夢にし見えこ　若草の山

阿部美果の胸に、また会津八一のこの歌が浮かんだ。しかし、いつものような寂寥《せきりよう》の想いを伴ってはいなかった。

隣の席に浅見光彦がいる。

ただそれだけのことで、美果はまだ旅のつづき——というより、これから旅が始まるような、ときめくものを感じていた。

「じつに奇妙な事件ですね」

浅見は唐突に言い出した。それまで、ずっと黙りこくっていたのは、そのことを考えていたためなのだろう。

「ええ、そうみたいですね」

美果は曖昧《あいまい》に答えた。事件に深く関わっている——という実感はあるけれど、浅見のように心を奪われるほどには傾斜してゆけない。それは男と女の差なのか、それとも浅見の並外れた好奇心のせいなのだろうか。

「そうみたいって、奇妙だとは思いませんか？」

浅見は体ごと向き直って、非難するような目で美果を見つめた。

「いえ、不思議な出来事の連続ですよ、たしかに」

美果はおかしくなって、笑いだしたいのをようやく堪えた。

「そうでしょう、そもそも、大覚寺の写経を見せてくれなんていうのからして、まったく奇妙な話だったのです」

「ええ、ほんと」

「いくら娘の失踪《しっそう》で気が動転したからって、そんな……写経の山を一枚一枚調べたところで、何も分かるはずはないのに」

「そうですよね」

「それから、ホテルへ行っても、フロントでちょっと話を聞いただけで、あっさり引き上げてしまったのでしょう」

「ええ」

「僕でさえ、レストランや喫茶ルームまで調べたのに、かりにも父親がです、そんないいかげんな調べ方でことを済ませるなんて、よほどどうかしている」

「ほんとだわ……でも、それって、何か意味のあることなんですか？」

「どうも、わざとらしい。そうは思いませんか、いかにもこれ見よがしみたいな感じがするでしょう」

「それはたしかに、そうだけど……」

「そう、スタンドプレイと言ってもいいかもしれない。いかにも、父親が一生懸命、娘の行方を探し歩いている——という演技をしている。ところが、実際には父親も娘も贋者《にせもの》だったというのだから、呆れてしまう。何のためにそんな厄介な芝居を演じて見せなければならなかったのか、じつに奇妙です」

「何のためなのかしら？」

「その猿芝居に目的があるとしたら、その目的はたった一つしか考えられませんね」

「？……」

「要するに、野平繁子という女性が行方不明になったことを、善意の第三者に記憶させたかったということです。いや、ついでに、その女性を可哀相な父親が探して歩いていることも、です。そうしておいて、死体が発見され、その死体の着衣に『ノヒラ』というクリーニング店のネームが残っていれば、すぐに野平繁子さんが被害者だ――という騒ぎになるでしょう。大覚寺で二人のお人好しが引っ掛かって、宝ケ池のホテルにまでのこのこ出掛けて行ったというような、あんな奇妙な話が警察に持ち込まれれば、誰だってそう思いますよ」

「でも、被害者は野平繁子さんじゃなかったのですよ」

「そこがまた奇妙――大奇妙です。おまけに、野平さんも娘さんもピンピンしていて、京都なんかにはぜんぜん行ってないというのだから、大々奇妙ですよねえ」

浅見の口振りに、美果はついに笑いだしてしまった。浅見も唇を歪《ゆが》めて、笑いを我慢している。

「いや、笑うような面白い話ではないのですよ」

「だって、浅見さんの言い方は不真面目なんですもの」

「僕は完全に真面目ですよ。とにかく、野平さん父娘の贋者は何者で、何が目的のパフォーマンスだったのか、これが一つ」

浅見は人差指を立てた。

「そして、もう一つの大奇妙な話は、夕日地蔵の前で雨に濡《ぬ》れていた女性です。氷雨といってもいい陽気だったそうですが、彼女は傘もささずに佇んでいた。そして、やがて奈良坂を越え、浄瑠璃寺へ向かい、ホトケ谷で殺された——というのだから、これもまた、ちょっとしたパフォーマンスですよねえ」

「そんな……それはひどい言い方だわ。その女性はかりにも被害者ですよ」

まかり間違えば、自分もまた、その女性と同じ運命を辿りかねなかった美果としては、浅見の軽い言い方は許せない。

「阿部さんだったらどうします？」

浅見は美果の非難を察知して、ピンポンの玉を打ち返すように言った。

「自分が彼女の立場になったとして、氷雨降る中に立ち尽くしますか？　奈良坂を越えて、歩いて行きますか？」

「それは……」

美果はたじろいだ。首筋に当たる氷雨の冷たさや、肌にしみてくる憂鬱《ゆううつ》なジトッとした冬の名残のような気配を感じた。

「その女性が置かれた立場になってみないと、何とも言えませんよ。そうしなければならなかった、何かの理由があるのかもしれないでしょう」

「どんな理由があるにしても、です。僕だったら絶対にそんな馬鹿な真似はしませんね。いや、一つだけ例外があるかな……」

「例外って、何ですか？」

「死ぬ気になった場合です。彼女が自殺を考えていたのだとすると、その愚かな行為が、たいへんよく理解できます」

「自殺……」

「そうですよ、それ以外には考えられませんね」

「だけど、自殺するにしても、そんなの、おかしいなあ……」

寒いし、草臥《くたび》れるし——と言いたかったのだが、なんだか、浅見以上に軽いと思われそうなので、やめた。

「そう、おかしいのです、断然、おかしい。自殺する気なら、最初からホトケ谷でも華厳の滝へでも行けばいい」

「華厳の滝？」

「いや、もののたとえですよ。要するに、夕日地蔵の前や、浄瑠璃寺の山門の下にいたって、永久に死ねないのです。まさか風邪で死ぬとか、凍死するのを待つつもりでもなかったでしょうしね」

ジョークとも受け取られかねない言い方だけれど、浅見は真剣そのもののような顔だった。

「でも、誰かと約束があって、待ちに待っていたのかもしれないじゃありませんか」

「ほう、いったい、誰とどんな約束があれば、そんな決死的な待ち方ができるものなのですかねえ」

「それは、たとえば、恋人とか……」

「恋人……ですか……」

浅見は当惑ぎみに、頭を抱えた。

「僕には、残念ながら、そんなふうにしてまで待っていてくれるような女性がいたためしがないものだから、なんとも理解できないけど、しかし、いるものですかねえ、そういう女性が？」

「いませんよ、いまどきそんなひと」

美果は怒ったように言った。もしいたとしたら、八裂きにしてやりたい——と、本気で思った。そのくせ、そんなふうにして待ちつづけたくなるような相手が出てくればいいな――という願望も、気持ちのどこかにありそうだった。

「でしょう、いませんよねえ。いや、夕日地蔵のところで待つぐらいのことはするかもしれないが、そこから浄瑠璃寺まで歩いて行くなんてことは、絶対にないし、第一、そうしなければならない必然性が理解できないでしょう」

「それはそうだけど……じゃあ、浅見さんは、その女性はいったいなぜそんなばかげたことをしていたのだと思うのですか？」

「だから、パフォーマンスだって言っているのです」

「そんなの……」

「あり得ないって言うのですか？　そうです、そのとおり、あり得ないことですよ。ただし、常識で判断すると、です。しかし、この事件の場合には常識は通用しないのですよ。もっとも、彼女の場合、氷雨が降るという事態は、とんだ計算外だったかもしれない。結果的に演出効果を高めることにはなったけれど、本人にしてみれば、辛いかぎりだったでしょうね。まったく、死ぬより辛い難行苦行だったにちがいありませんよ」

「死ぬより辛い、だなんて……」

美果は浅見がどこまでが真面目で、どこからが面白半分なのか、分からなくなった。

「浅見さんはもう、奈良を離れたら、この事件ともさよならしちゃうんですか？」

「いや、離れられっこありませんよ、こんな面白い……と言うとまた叱《しか》られそうだけど、とにかく、こんなに不思議な事件を目の前にして、素通りしろというのが無理です」

「それで、これから、どうするつもりなんですか？」

「道は一つしかありませんよ」

浅見は怒ったような目を、窓の外のあらぬところに向けて、言った。いや、ほんとうに怒っているのかもしれないと思わせる憤懣《ふんまん》が、白皙《はくせき》の顔にほの見えた。

「一つって……」

美果は質問するのも気がひけて、思わず小声になった。

「決まっているのです、野平氏をとことん追及するしかないのですよ」

「野平氏って……どっちの野平氏ですか？」

「ん？　……ああ、それはもちろん、実在する野平氏です。M商事の野平隆夫氏ですよ」

「だけど、その人を追及したって、何も出そうにないのでしょう？　警察だって、刑事さんが聞き込みに行って戻って、それっきりみたいじゃないですか」

「そう、それがね、どうも物足りないんですよねえ」

浅見は慨嘆した。

「聞き込みに行ってきた刑事さんたちに気の毒だから、あの場所では言わなかったけれど、どうして野平氏をもっと追及しないのか、納得できません」

「でも、野平氏は単に名前を使われたというだけの、それこそ善意の第三者なんでしょう？　何を訊かれたって分かりっこないんじゃないですか？」

「しかし、とにもかくにも、大覚寺の野平氏は野平隆夫の名刺を使っているのですよ。しかも娘さんの名前もちゃんと合っている。ここまで野平氏と野平氏の家庭の事情に通じている人間が、野平氏とぜんぜん無関係とは思えませんよ」

「だけど、野平さんの名前や家のことなんか、誰でも知っているんじゃないかしら」

「誰でも？……」

「いえ、誰でもっていうのは言葉のアヤみたいなものだけど、大勢の人が知っていることだと思いますよ」

「大勢……何人ぐらいですか？」

「何人て、不特定多数っていう意味です」

「だいたい何人ぐらいだと思います？」

「そんなの、分かりませんよ」

「百人くらい？」

「もっと多いわ」

「じゃあ、千人くらい」

「そんなの……いちがいには言えないけれど、野平さんの会社は従業員が何千でしょう、その中の古株なのだから、野平さんを知っている社員はもっと多いでしょうね」

「そうですね、顔見知り程度の人を入れれば、相当な人数かもしれないな。しかし、野平氏の自宅のことや家族構成——ことに娘さんのことまで詳しく知っているとなると、はたしてどうですか？」

「……………」

美果は言い負かされた恰好で、黙ってしまった。

「ははは、元気がなくなっちゃいましたね。しかし、ほんとのところは、必ずしも野平氏のことを知っている必要はないのですよ。名刺だってたまたま拾ったものかもしれないし、社員名簿を見れば、野平氏のことはある程度分かります。娘さんのことだって、年齢だけ分かれば、あとは適当に性格づけすればいい。たとえば、仏像を見るのが趣味だなんていうのも、ぜんぜん出鱈目《でたらめ》でいいわけです。最初に名刺を手に入れて、それから野平氏にターゲットをしぼったと考えることもできますよね」

「なーんだ……」

美果は恨めしそうに浅見を睨《にら》んだ。

「こっちは本気になって、いったい何人ぐらいの人が知っているのか考えていたのに」

「とはいっても、野平氏の名前を使ったのは現実に重大な謎ですよ。いまは、たまたまという言い方をしたけれど、誰でもよかったはずはない。たとえば僕や阿部さんではいけないように、です。よりによって、なぜ野平氏の名前を騙ったのか——野平氏でなければならなかったという、その理由が必ずあるはずなのです」

「そうでしょうねえ。そうなんだわ、やっぱり……だとすると、私と同じくらいの年齢のお嬢さんがいることが、第一の条件かもしれません」

「ふーん、なるほど……それじゃ、もしかすると、阿部さんと阿部さんのお父さんが狙《ねら》われても不思議はないわけですか」

「えっ？　父が、ですか？　……そうか、そうですよねえ、私にもその資格があったのかもしれませんよねえ」

美果は突然、深刻なものを抱え込んだ想いがした。

「しかし、もしそうなら、それと同じ条件を備えた父と娘なんて、それこそいくらでもいるってことになりますよ」

浅見は美果の緊張した表情を眺めながら、微笑を浮かべて言った。

「私は二十五歳でしょう。父は五十一かな、二だったかしら？　……そうですよね、私の友人たちだって、大抵は似たり寄ったりだと思うわ」

「その無数の父と娘の中から、野平さん父娘が選ばれたのは、単なる偶然ですかねえ」

「そうとも思えませんよねえ。でも、選ばれた根拠があるのだとしたら、それはどういう条件だったのかしら？」

「それです、問題は」

浅見は物事を見通す、怜悧《れいり》できびしい目になった。その目で見つめられると、美果は思わず視線を逸らさずにはいられない。

「野平氏父娘の持っている条件の、何と何が一般的ではないのか、それを突き止めれば、自然に謎はほぐれてきそうな気がします」

「そうすると、浅見さんは野平さんの家を訪ねるのですか？」

「家も、会社も、です。刑事が野平氏の言いなりになって、会社を訪れなかったのは失敗だったような気がするのです」

「でも、東谷さんは、野平さんは単に名前を使われただけの、いわば被害者側だからって言ってましたけど」

「そう、そこにね、刑事さんも遠慮があったのじゃないかな。しかし、本質を見極めるにはそこのところのカラクリを抉《えぐ》らないと、何も見えてきませんよ」

浅見は警察の失態を嘆くように、しきりに首を横に振っていた。

4

新宿副都心の超高層ビルはすでに十五を数える。浅見はここに来て、林立するビルを仰ぐたびに、身も心も萎縮《いしゆく》する想いだ。こんなものを建てて、神様が気を悪くしなければいいが――などと考える。高さがわずか九十メートルのバベルの塔でさえ、神は怒って破壊し、人間の言葉を通じ合わなくしてしまったというではないか。神様はともかく、高所恐怖症の浅見は、なろうことなら近づきたくないエリアではあった。この不安定な気持ちを思いあわせると、阿部美果が奈良に心惹《ひ》かれる理由が分かるような気がする。

ガウディを思わせる東京都庁ビルと通りを隔てた斜め向かいの超高層ビルに、M商事本社はあった。

五十二階あるビルの十階から二十一階までを、M商事が使用していて、受付は十二階にあった。

浅見が「野平庶務課長代理を」と言うと、受付の女性は電話でどこかへ連絡を取っていたが、しばらく待たされたあげく、「たいへん申し訳ありませんが、野平はただいま会議中でございます。あらためまして、あらかじめお電話でアポイントメントをお取りくださるようにとのことです」と慇懃《いんぎん》に言った。

「それではいつお邪魔すればいいのか、野平さんに決めていただきたいのですが」

浅見は受付の前を動かずに、言った。睨みつけるような目になっていたのだろう、受付の女性は笑顔をこわばらせて、ふたたび受話器を握り、浅見から顔を背けるようにして小声で話をしていた。

「申し訳ございませんが、ご用件をおっしゃってくださるようにとのことです」

受話器を置き、振り向いた女性の顔からは、笑顔が完全に消えていた。

「用件は、何度も電話しているはずですよ。僕ではないが、阿部美果さんという女性が電話して、京都のことでお詫《わ》びがしたいし、その事情についてお話がしたいと……もう十数度も電話しているのです。それで埒《らち》があかないから、こうして僕が来たのです」

浅見の言ったことは嘘《うそ》ではなかった。昨日から、美果は野平のところに電話のしつづけなのだ。ほぼ一時間置きに電話を入れている。そのつど、交換かデスクの女性が、「ただいま会議中です」か、「席をはずしております」かのどちらかで答えた。

「頭にきちゃうわ。あれは逃げてるんですよ、絶対に」

美果は腹立たしさをそのまま浅見にぶつけた。

「そうでしょう」

浅見は美果の報告を聞いて、むしろ嬉しそうに言った。

「そうやって逃げをうつところは、ますます怪しい。こうなったら意地でも、どんどん電話してください」

「だけど、いいかげん気がひけます」

美果は憂鬱そうに言った。

「なに、そんなの気にすることはありませんよ。むこうが逃げるのが悪いのです。無言電話やいたずら電話じゃないのですからね。こんど断られたら、その相手に事情を説明して、少し怒ってやるといい。こっちだって忙しい時間を割いて電話しているのに、いつも断るなんて失礼じゃないかって」

「そんなこと、言えませんよ、私には」

「うーん……よし、それじゃ、これから先は僕がやりましょう」

そして、こうして浅見が乗り込んだ――というわけである。

多少の演技もあるけれど、浅見の口調にきびしいものを感じたのだろう、女性は顔色を変えて隣の同僚に視線を送った。

受付には三人の女性が詰めていて、そこから少し離れたところにガードマンが佇んでいる。過激派や右翼の企業襲撃事件などという物騒なことがあって、それぞれの大会社は、自衛手段を講じている。

浅見はどう見ても過激派という印象はない。三人の受付嬢は鳩首《きゅうしゅ》協議の結果、もう一度、庶務課に連絡したらしかった。

しかし、野平の返事は進展がなかった。

「おそれいりますが、やっぱりご用件をおっしゃってくださいと申しておりますが」

受付の女性も半分は野平に腹を立てている。なぜ来客に対して、避けるようなことをするのか分からないと言いたげだ。

「それじゃ、こうおっしゃってください。香薬師さんはどこにいますかって」

「は？……」

女性は「香薬師」が聞き取れなかったらしい。

「どなた、とおっしゃいましたか？」

「ははは、どなたというのはおかしいです。香薬師――香る薬師さんですよ。ほら、西武新宿線《せいぶしんじゅくせん》の駅に新井薬師《あらいやくし》ってあるでしょう、その薬師さんです」

「コウヤクシ、ですね？」

女性は片仮名でメモを取って、電話をかけている。

「……香薬師さんはどちらにいらっしゃるかと……ええ、そうです、香るに、新井……えっ？　……いいって……いいのですか？　……でもそれが……はい」

最後に何かきつい言葉を言われたのか、女性はビクッとして、しばらくボーッとしていてから、受話器を置いた。顔から血の気が失《う》せ、目が点のようになっていた。

「叱られましたね」

浅見は気の毒そうに言った。

「えっ？　……ええ……」

女性は思いがけない優しい言葉を聞いて、戸惑ったように視線を揺らせた。白くなっていた顔が、ポッと上気した。

「野平さん、何て言ってました？」

「あの……」

女性はしばらく躊躇《ためら》ってから、同僚のほうを見て、思い切ったように言った。

「いいからって……いいから、余計なことを言うなって……そう言われました」

「なるほど、香薬師さんのことを言ったのが気に障ったのじゃないですか？」

「そうかもしれません」

「しかし、野平さん、びっくりしてたでしょう、香薬師さんのことを言ったときは」

「ええ、そんな感じでしたけど……あの、香薬師さんて、どういう方なのですか？」

「元々は奈良にいたのですよ。それがいつのまにか、東京に来ているらしい。有名な方なのですが、なかなか姿を見せないのです。野平さんはどこにいらっしゃるか、ご存じみたいですね」

「ええ、私もそう思いました」

野平に叱られたぶん、彼女は浅見という、一見、育ちのよさそうな青年に気持ちを傾けはじめているのだろう、さっきまでとはうって変わった、どことなく親しみのある口調になっていた。

「あなたにあまり不愉快な思いをさせちゃ、お気の毒です。それじゃ、これで失礼することにします」

浅見は潮時を察して、女性に頭を下げた。

「すみませんでした」

女性も頭を下げた。いかめしいビルの中の、文字どおり四角四面の世界にまぎれ込んだトンボみたいな男に、かすかな好感をいだいたのかもしれない。

浅見が受付のカウンターの前を離れかけたとき、彼女の前の電話が鳴った。

十歩ばかり歩きだした浅見に、「あの、浅見様、少々お待ちください」と、声がかかった。振り返ると、嬉しそうな笑顔で言った。

「野平がお目にかかると申しております」

「ほう、それはありがたい」

女性はカウンターを出て、浅見を先導してエレベーターホールの奥にあるいくつかの応接室のひとつに案内してくれた。

「こちらでしばらくお待ちくださるようにとのことです」

ドアの脇のカードを「使用中」にして、彼女は立ち去った。浅見は精一杯の感謝をこめて、彼女の後ろ姿に頭を下げた。

小さいがなかなか立派な応接室だ。黒檀《こくたん》のテーブルに革張りの椅子《いす》、さり気なく飾ってある絵も、そう安いものではない。ただ、正面にある飾り戸棚の奥で、ガラス器の陰にかくれて、小さなレンズがこっちを睨んでいるのが気に入らない。

「しばらく」と言っていたが、実際には十八分、待たされた。途中、さっきとはべつの女性がコーヒーを運んで来てくれた。

部屋の隅の棚にM商事のPR関係の資料が並んでいた。現在、流れているテレビCMの紹介や、新製品の紹介、国内・海外での企業や社員の活動ぶりを示す新聞記事を収録したもの、社内報等々、かなりの量である。

浅見は棚の前に立ち、新聞記事を転載したニューズレリーフを、見るともなしにパラパラとめくっていて、ふと「奈良」の文字に惹かれるように視線を停めた。

それは経済紙から転載したもので、財界人のインタビュー・シリーズらしい。『忙中有閑』と題したコラムにM商事の橋口《はしぐち》社長が登場していた。

『奈良に憩うひととき――』

昨年暮れに奈良郊外に建てた別荘「香夢庵《こうむあん》」が、M商事社長橋口亮二《りょうじ》氏のまたとないオアシスである。

学生時代から半世紀にわたって奈良に惚《ほ》れ抜いてきた橋口氏にとって、東大寺を望む場所に起居することは、永年の夢であった。「香夢庵」の名にその想いが込められている。

篠竹に囲まれた山荘風の建物だが、中に一点豪華主義のギャラリーを備え、お気に入りの美術品を飾って、終日眺め暮らすのが最大の楽しみとか。

もっとも、目下のところ経済界きっての「おいそが氏」とあって、橋口氏の奈良詣《もう》では週末の一泊二日、それも月に二度が精一杯だという。

「あと五年、いや、せめてあと七年もすれば、ここでのんびり暮らせる日々がやってくるでしょう」

と言う橋口氏だが、中東情勢が緊迫化する折から、M商事の総帥である氏にはまだ当分、「夢」に浸れる日々の訪れは望めそうにない。

記事と同じ程度のスペースを割いて、篠竹の庭を背景に、大きな笑みをたたえた橋口亮二社長のポートレートが載っている。銀縁の眼鏡の奥に細められた目は、この男の柔和なイメージを演出していて、どこからも「遣《や》り手」の雰囲気は感じ取れなかった。

ドアをノックして、初老といっていい年配の、眼鏡をかけた男が入ってきた。

「いやあ、すっかりお待たせして、申し訳ありません。当社のようなところでも、近頃は人手不足ぎみで、何でもやらなければならないものですから」

言い訳じみたことをマクラのように言って、「野平です」と名刺を差し出した。チラッと見ただけで、京都大覚寺に現れた「野平隆夫」の物とまったく同じ物であることは間違いないように思えた。

浅見も例の肩書のない名刺を出した。

「ああ、お名前は承知しております。先日、警察の人が家に来ましてね、あなたのことや、それから、えーと、阿部さんでしたか、その方のことなどを訊かれました。何とも妙な話でしたなあ」

「はあ、じつに奇妙なことに巻き込まれました」

浅見は大きく頷《うなず》いた。

「ことに野平さんにはずいぶんご迷惑をおかけしたのではないかと思います。僕も阿部さんも、決して悪意があったわけではないのですが、そのへんのところを、阿部さんは気にしておられます。で、何とか野平さんにお目にかかってお詫びがしたいということですので、僕が阿部さんに成り代わってお詫びにまいりました」

もう一度、深々と頭を下げた。

「なんのなんの、ご迷惑はそちらも同じでしょう。元は好意でなさったことが、とんでもない厄介な事件に巻き込まれてしまったそうですなあ。名前を使われた当方も迷惑だが、実害ということになると、そちらのお二人のほうがきついのですからなあ。いや、とにかくご同情申し上げますよ」

野平も頭を下げ、これですべてが終わった——という顔になった。

浅見も大役がすんだようにほっとしてみせて、「それでは……」と立ち上がった。

二人とも、猿芝居を演じている。

先に芝居を中断したのは、野平のほうであった。

「あ、そうそう……」

ドアに向かいかけて、野平はすっかり忘れていたことを思い出して、どうでもいいのだが——という口振りで言った。

「さっき、受付の者が言っておりましたが、何か香薬師さんがどうしたとかおっしゃっていたようですが？」

「ああ、そうでした」

「それ……香薬師さんですか、それは何のことなのですか？」

「あれっ？　野平さんは香薬師さんのことをご存じないのですか？」

「え？　ああ、知りませんが……」

「そうですか……いえ、それならいいのです、失礼しました」

「いや、ちょっとお待ちください。そうおっしゃられると妙に気になりますなあ。いったいその、香薬師さんというのは、何者なのですか？」

「困ったなあ……」

浅見は立ったまま、当惑げに腕組みをし、天井を睨んだ。

一分、二分……浅見は胸のうちで三分間の時を刻んでから、おもむろに言い出した。

「じつは、ある人から香薬師のことを聞きましてね、いまどこにあるか——といったようなことを、です」

「はあ……」

三分間、じっと動かずにいた野平の表情が、微妙に変化した。

「どういうことなのです、それは？」

「要するに、香薬師の所在が明らかになったのです」

「……と言われても、よく分かりませんがなあ」

「そうでしょうか？」

浅見は不思議そうな目で、野平の眼鏡の奥を見つめた。

「野平さんは何でもご存じかと思っていたのですが」

「え？　知っていると言われると……何のことでしょうかな？」

「もちろん、香薬師さんのことですよ」

「いいや、知りませんよ、何のことやらさっぱり分かりません」

「そうでしょうか？」

浅見はニヤリと笑った。

「さっき、受付の女性に香薬師さんと言ったら、『それはどなたですか？』と訊かれたのですよ。なるほど、知らない人がいきなり香薬師さんと言われると、人の名前か何かと勘違いするものなのですねえ。そういえば、僕なんか『講釈師』だと思いました。野平さんも最初はそんなふうに思われているように見えました。ところが、僕が、香薬師はどこにあるか——と言ったとき、その直前まで、香薬師さんとはどなたのことか——と言っておられた野平さんが、べつに何の抵抗も感じた様子がなかったのですが、どうしてですか？」

「えっ、そんなことを言われましたかな」

野平はとぼけたが、一瞬、狼狽《ろうばい》の色が浮かんだのは隠せなかった。元来が凡庸の人間が柄にもなく猿芝居を打って、それがバレたときは醜態である。

浅見はわざといやらしげな笑いを浮かべながら、しばらく野平の狼狽ぶりを眺めてから、いきなり切り込むように言った。

「見せていただくわけにはいかないでしょうか」

「えっ、見せるって、何を、です？」

「もちろん香薬師仏をですよ」

「そ、そんなもの、知らないと言ったでしょう」

空調の効いた部屋であるにもかかわらず、野平は額にじっとりと汗を滲《にじ》ませている。

「そうですか……」

浅見は肩を落として、吐息をついた。

「ご存じないのですか……じゃあ、彼の言ったことは出《で》鱈目《たらめ》だったのですかねえ」

「そう、まあそういうことでしょうなあ」

野平はほっとしたような声になった。

「どうやらそのようですね。ところで……」

浅見はニッコリ笑って頭を下げた。

「ご昇進、おめでとうございます」

「えっ、いや、どうも……」

野平は照れて、右手で首筋の後ろを叩くようにしながらお辞儀を返して、不思議そうに「よくご存じですなあ」と言った。

そう言ってから、その「不思議」が尋常のものでないことに気付いたのだろう、明らかに脅えた目になって、窺《うかが》うように浅見を見つめた。

「あの、どうして昇進のこと、知っておられるのですか？」

「それは、野平さんが僕の素性を知っていらっしゃるのと、似たようなものです」

「えっ、そんな……私はべつに……浅見さんのことを……」

野平は慌てて浅見の名刺を見直した。

「そうですよ、その名刺です。僕の肩書が何も印刷されていない名刺を見て、おまえの職業は何かと訊かなかった人は、これまで、ただの一人もいませんでした。野平さんの立場の方なら、なおのこと相手の素性を確かめたがるはずなのに、名刺を一瞥《いちべつ》しただけで何の興味も示さなかったのは、あらかじめ僕の素性を確認しておいたからでしょう」

「い、いや、そんなことは……」

弁明の方策を模索しようとして、野平はじきに諦めた。

「そうですな、おっしゃるとおりです。正直申し上げて、私の仕事のある部分は、そういった雑務を遂行することにもあるわけでして、失礼とは思いましたが、浅見さんのご身分も調べさせていただきました。それというのも、あなたのご名刺に何も肩書がないものですから、いささか心配な面もございましてね。なにぶん、ご承知のように、当社ほどの企業になりますと、ことに株主総会を控えております時期には、いろいろな方面の方々が接触して参りまして、それなりに備えておかなければならないことが多いもので……しかし、浅見さんの場合はお兄上が警察庁の刑事局長さんということですから、かえって、お付き合いが出来ますことは、当社としては大歓迎させていただくという次第です」

野平は喋りだすと、平板な口調で流暢《りゅうちょう》すぎる長広舌を展開する。

「それにしても、たった二十分足らずの時間で、一民間人の素性を洗い出すのですから、さすがM商事の調査能力は優秀ですねえ」

浅見はカマをかけて、受付ですったもんだをしていた、約二十分間のことを言ったのだが、野平がべつに否定しなかったところを見ると、それは的を射ていたらしい。

「ははは、そんなふうにおっしゃられると、いたみいりますなあ」

野平は笑って、ちょっと背を反らすようにして、得意げに言った。

「しかし、たしかに社員である私の口から申すのもなんですが、大会社というものは、一個人の想像を絶するような力を持っておるものでして、はい」

その途端、浅見は野平と野平の背後にあるものに対して、勃然《ぼつぜん》とした闘志を覚えた。

応接室を出てエレベーターホールに佇んでいると、最前の受付の女性がやってきた。どこかの応接室に来客を案内して戻ってきたところらしい。浅見は「やあ、先程はどうも」と頭を下げた。

「もうご用はおすみですか？」

女性は微笑を浮かべて、愛想よくお辞儀を返すと、浅見より少し下がったところに立って、エレベーターの運行表示パネルを見上げた。

エレベーターはまだ遠い階にあった。

「あの野平さんですが、庶務課長代理というと、どういうお仕事をしていらっしゃるのですか？」

浅見は訊いてみた。

「そうですねえ……」

女性は当惑げに首をかしげてから、エレベーターがやって来る寸前、「口の悪い人の中には、引っ越し屋さんなんて言う人もいますけど」と言った。さっき叱られたことへの、鬱憤晴らしのつもりもあるらしい。

浅見が問い返そうとしたとき、エレベーターのドアが開いた。人は乗っていない。

「引っ越し屋さんというと、どういう意味ですか？」

浅見は早口で訊いた。

「転勤なんかで、社員の引っ越しがあるでしょう。そんなとき、いろいろ手配したり、上の方ですと、お手伝いにも行ったりするのだそうですけど」

女性はエレベーターに浅見を送って、「失礼いたします」と頭を下げた。

「引っ越し屋か……」

浅見は独り、呟いた。

野平が言っていた「仕事」とは、ずいぶんかけ離れたイメージである。野平はたとえば総会前の時期など、会社に接触してくる不審な人物をチェックするような役割──といったことを強調していたのだ。しかし、実態は受付の彼女が言っていたようなところなのかもしれない。

それにしても、「引っ越し屋」で出世するのはなかなか難しそうに思えないこともなかった。

5

帰宅するのと同時くらいに、タイミングよく東谷警部から電話がかかった。ほぼ一日置きのように捜査状況についての報告をしてきてくれる。

「本日もまだ、どこからも情報が入っておりません」

東谷は憂鬱そうに言っている。

香薬師仏の男の「死体発見」の情報のことである。

「もっとも、日本は狭いようでけっこう広いですのでねえ、発見されずにいても不思議はないことはたしかですが」

東谷の言うとおりかもしれない——と浅見も思った。日本でここ十五年間に身元不明のまま荼毘《だび》に付された、いわゆる無縁仏の数は、およそ一万体だそうだ。実数ということになると、それをはるかに上回るはずだ。毎年何百人何千人もの行方不明者が、人知れず野末の露と消えているにちがいない。

富士の裾《すそ》野の青木《あおき》ケ原《がはら》樹海では、毎年行われる捜索作業で、平均三十体の変死者が発見される。すでに白骨化したものも多く、そのほとんどは自殺として処理されるけれど、厳密にいえば、他殺死体が含まれている可能性だってないとはいえない。

ホトケ谷の「ノヒラ」という女性も、たまたま早期に発見されたものの、あと少しして夏草が繁茂してからでは、永久に発見されずじまいだったかもしれない。また、発見されたとしても、自殺か事故死で処理される可能性があったのだ。

「奈良市街でのパトロールの成果も上がりませんか？」

「それについても、いちおう、阿部さんの話に基づいて、簡単な人相書を作り、聞き込みをつづけておるのですが、目下のところどうもそれらしい人物にぶつからんし、そういう人物を見たという話も聞けません」

「奈良の住人ではないのかもしれませんね」

浅見はしだいに望み薄の気分になっていった。

「そちらはどうです？　野平氏のほうは」

東谷は訊いた。

「そのことでご連絡しようと思っていたところです」

浅見はM商事でのことを話した。

「テキは明らかに香薬師仏について何かを知っているような反応を示しました。野平氏本人が香薬師仏に関わっているかどうかははっきりしませんが、香薬師仏をめぐる事件について、何か知っている可能性はあります。それと、京都での贋者事件や、ホトケ谷の被害者のことを思い併せると、何らかの裏の事情があることは間違いなさそうです。それで警部に提案ですが、野平氏の身辺を徹底的にマークしてみたらいかがでしょうか。野平氏を追い詰めれば、何か事態が進展すると思うのですが」

「なるほど、要するにあぶり出しいうやつですな。いいでしょう」

東谷は言下に力強く言った。

「早速、腕ききの刑事を四名、東京に送り込みますよ。必要があればさらに増員してもよろしい。おっしゃるように、徹底的にやります。ただし浅見さん、あなたも応援してくれな困りまっせ。あれからいろいろ入手したデータによれば、浅見さんは名探偵と言われる人やそうですなあ。それが分かっとったら、最初から捜査に参加してもろうたものを、惜しいことしました」

「いや、僕なんかただの素人ですからね、応援なんて出来ませんよ」

「そんなご謙遜《けんそん》を言うてる場合ではありませんがな。野平氏の家に聞き込みに行った刑事かて、いいかげんあしらわれて戻ってきたようなものですのでね、今回はひとつ、そういうことのないよう、ご指導をお願いしたいものですなあ」

「ご指導なんて、とんでもない。それに、目下のところ僕には原稿書きの仕事が溜《た》まってますから、当分のあいだ本業のほうに精を出さなければならないのです」

「うーん……まあ、無理にお願いするわけにもいきませんが、いよいよの場合には、ぜひともお頼みしますよ」

東谷は電話の向こう側で、しきりに頭を下げている気配であった。

その日のうちに京都からの捜査員が到着した。東谷からは折にふれて報告がある。それによると、刑事たちは二交替で野平の動向を監視するいっぽう、自宅周辺、会社関係など、野平の身辺をかなり露骨に調べ回っているらしかった。

そういった警察の動きは、当然、間接的に野平の耳に達するだろう。野平が事件にどう関わっているのかは分からないが、ふつうの感覚の人間であるなら、とてものこと、じっとしてはいられなくなるはずだ。まさに東谷の言った「あぶり出し」である。

浅見はそっちのほうにも大いに関心があったが、東谷に言ったことは嘘でなく、『旅と歴史』に依頼された日吉館の話のほかに、それ以前から抱えている雛《ひな》人形と門跡尼寺にまつわる話など、いくつもの仕事を消化しなければならなかった。

一週間、十日と、日にちばかりがどんどん過ぎて、四月も半ばを越えようとしていた。

そして、異変が起きた。

その朝、浅見は昨夜遅くまでかかって原稿を仕上げ、ファックスで送り、綿のように疲れて眠り込んでいた。

例によって須美子のけたたましい声で起こされた。ドアを叩いて「坊ちゃま、電話ですよ」と怒鳴っている。「早く専用電話をお買いになればいいのに」とぼやく声も聞こえた。そういう結構な物が買える身分になりたいものだ——と夢うつつに思ったら、とたんに目が冴《さ》えてきた。

電話は東谷からであった。

「野平氏が消えたようです」

緊張した口調で言った。

「消えた？」

「一昨夜から帰宅した気配がなく、昨日の朝、野平家に行ってみたところ、留守になっておりまして、以後ずっと、誰も戻っておらんようです」

「誰も、というと、じゃあ家族三人とも留守になっちゃったんですか」

「そういうことのようです」

「どうしちゃったのだろう……」

浅見は野平一家が消えたことと、それを見逃した刑事たちの失態の両方にかけて、疑問を投げたつもりなのだが、東谷には通じなかったようだ。

「それでですね、浅見さんにうちの連中と合流していただきたいのですがなあ。いや、もちろんお忙しいことは承知しとりますが、どうも東京のことはさっぱり分かりませんのでねえ、このあいだもお願いしたように、ここはなんとかひとつご指導をですな……」

「分かりました」

浅見は東谷のためというより、自分の強い好奇心に負けた。それに、仕事のほうも一段落ついてもいた。

「えっ、ほんまに引き受けてもらえますのんか？　それはありがたいですなあ」

「それで、どこへ行ってどうすれば、皆さんに会えるのでしょうか？」

「そんなもん、浅見さんのお宅の前にちょっと出てもらえれば、全員揃《そろ》ってますがな」

「えっ……」

浅見は受話器を置いて、リビングルームの窓を開けた。塀越しに四人の男が所在なげに佇んでいるのが見えた。浅見も知っている土山・中頭の両部長刑事と石塚刑事の顔もあった。

（やられた――）

浅見はあの真面目くさった東谷の顔を思い浮かべて苦笑した。四角四面、まるっきり融通のきかないような顔をしていて、いつの間にかスルリと入り込んでくるような抜け目なさのある男だ。

それからの毎日は、浅見と彼のソアラにとって、もっとも多忙をきわめた日々になった。大抵は四人の刑事のうち交替で二人が浅見と行動を共にした。場合によっては、四人が同乗して重量感たっぷりに走り回ることもあった。

浅見は刑事たちと手分けして、野平家の周辺の聞き込みと、会社での事情聴取。それと野平繁子の勤務先での事情聴取などを、効率的に推し進めた。

その結果、世にも不思議な事実が浮かび上がってくることになった。

なんと、野平繁子は浅見と美果が大覚寺でおかしな「野平」と会った十日以上も前に、会社を辞めているというのである。

野平繁子の勤務先・白山物産《はくさん》は新橋駅からレンガ通りを西へ少し行った、小さなビルの四階にあった。事情聴取には繁子の上司である営業課長が応対した。

「最初は無断欠勤しておりまして、三日目になって、当方から自宅のほうに電話したところ、熱を出して寝込んでいるということでした」

課長は警察の事情聴取などはじめての経験だとかで、緊張しきっていた。四十代半ばのごく平凡なサラリーマンタイプの男だ。痩せて眼鏡をかけて——このままあと数年もすれば、野平繁子の父親そっくりの印象の持ち主になるかもしれない。

「ところが、それから三、四日しますと、野平繁子の退職願が郵送されてきました。退職願の文面はなかなかの達筆で、どうやら父親が代筆したものらしいのですが、それには手紙も添えられていて、しばらく温泉に行って休養させたいと書いてありました」

「病気は何だったのですか？」

中頭部長刑事が訊いた。

「はあ、それなのですが……」

課長はしばらく躊躇《ためら》ってから、言った。

「どうも、様子から察すると、心の病ではないかと思ったのでありますが」

「つまり、精神的なものですか」

「まあそうです。それで、温泉というのは口実で、要するにそういった施設なり病院に入ることになったのかなと……いや、これは当方の勝手な推測でそう思いまして、それで、あまりしつこくお聞きするのもどうかなと、そう考えて、退職願を受理することになったような次第です」

「しかし、それ以前からそれらしい兆候はあったのですか？」

「はい、同僚の者から聞いたところによりますと、そのしばらく前から、野平君は様子がおかしかったということです。じつは、彼女には社内に恋人といっていい男性がおりまして、その彼もそう言っています」

早速、その「恋人」が呼ばれた。井原《いはら》という青年で、二十五歳、野平繁子とは同期の入社だったそうだ。その関係で親しくなって、たぶん――という注釈つきながら、近い将来、結婚するつもりだったと言っている。

「一週間ばかり前から、たしかに様子が変でした。すごく陽気になっていたかと思うと、急に浮かない顔になったり、『ああ、やんなっちゃうな』とか口走ったり。どうしたんだって訊くと、『何でもない』って怒ったように言って……とにかくちょっとふつうじゃないなっていう感じでした」

「野平さんが会社を辞めたと聞いて、井原さんは何もしなかったのですか？」

「何もっていうと？」

「たとえば、野平さんの自宅を訪ねるとか、そういったことを、です」

「訪ねたっていないことが分かってましたからね。それに、病気じゃ、どうしようもないでしょう」

井原は顔をしかめて言った。中頭も石塚も、苦い顔をして脇を向いた。

「この写真の女性、ご存じですか？」

浅見は井原に、中頭たちが野平隆夫からもらってきた「野平父娘」が写っている写真を見せた。

井原は「いや」と首を横に振った。

「えっ、知らないって……」

中頭と石塚は嚙《か》みつきそうな顔をして、井原と写真を交互に見た。

「まあまあ」と、浅見は二人を抑えた。

「つまりそういうことなのですよ」

「そういうことって、どういうことなのですか？」

「この写真に写っている女性は、野平繁子さんではないということです」

「そんなあほな……」

中頭も石塚も、ポカーンと口を開け、間抜けな声を発した。

その二人に構わず、浅見は井原に言った。

「野平さんが写っている写真があったら、お借りしたいのですが」

「これでよければ……」

井原は定期入れに挟んであった写真を出して、浅見に手渡した。二人の刑事は左右から覗《のぞ》き込んで、異口同音に「違う！」と叫んだ。

浅見は声には出さなかったが、二人とは逆に（似ている――）と思った。本物の野平繁子はホテルのフロント係がそう言っていたように、確かに可愛らしいタイプの美人で、どことなく弥勒菩薩《みろくぼさつ》の面影に似通っている。それは同時に阿部美果のそれと共通する面差しなのであった。

「あのォ、この女性は誰なのでしょうか？」

井原が三人の緊迫した様子に脅えながら、おずおずと訊いた。

「いや、それはまだ分かっていません」

浅見は素っ気なく言って、「それじゃ、失礼しましょうか」と二人の刑事を促した。

「どないなっとるんです？」

外に出たとたん、中頭は怒鳴るように訊いた。

「この前、石塚君と自分が野平家に行ったとき、娘は会社からまだ戻っておらんと、野平氏が言うとったのですぞ」

「ですから、要するに、野平氏は中頭さんたちに出鱈目を言ったのでしょうね」

浅見は解説口調で言った。

「出鱈目って……何でそんな出鱈目を言わなならんかったのです？」

「娘の縁談に差し障るからでないことだけはたしかなようです」

「そんな冗談を言うとる場合じゃありませんがな」

中頭は本気で怒っている。浅見は苦笑して、「失礼」と謝った。

「野平繁子さんは、会社を辞めなければならない事情があったのです」

浅見は今度は真面目な顔で言った。

「何ですか、その事情とは？」

「死んだからです」

「死んだ……」

中頭はまた悪い冗談かと思ったらしい。石塚と顔を見合わせて、鼻の頭に皺《しわ》を寄せた。

第六章　日本美術全集

1

奈良から帰ると、ほとんど待ったなしのように、配置転換が行なわれ、阿部美果の新しい仕事が始まることになった。日本美術全集の第一回配本『東大寺と平城京』の製作が最後の追い込みに入っている段階で、編纂《へんさん》室はそれこそネコの手も借りたい状態だったのと、ちょうど年度替わりという時期でもあったせいだ。

美果は慣れないセクションでいきなり「戦力」として働かなければならなかった。弱音や不平を垂れているひまもなく、無我夢中の毎日がどんどん過ぎてゆく。ホトケ谷の事件どころではなくなった。

思ったとおり――あるいは恐れたとおり、美術全集の編集者とは、なかなかに辛い稼業ではあった。というより、出版社の中で、雑誌や文芸関係のほとんどの編集者だ。

が、いかに気儘《きまま》な仕事ぶりであるかを、いまさらのように認識できた。
もっとも、すでに編纂に携わっている「先輩」によれば、それ以前の、全集の基本プランニングに関わらなかった分だけ、美果などはまだしも恵まれているのだそうだ。

ひと口に「美術全集」といっても、何をどの程度網羅するかは、なかなかに難しい問題でもあるし、それをどのようなルートで取材し、どういった学者先生の解説を頂戴《ちょうだい》するかが、これまた、厄介なことであるという。
美術全集刊行にかけるK出版の意欲から説き起こし、文化や学術にこの事業がいかに貢献するかを述べ、出版への協力をお願いし、学者先生には原稿執筆を、取材先には撮影の許可をもらう。

美果が参入した時点では、それらの根回し作業は終了して、現実的な実務である取材と原稿取りの仕事もかなり進みつつあるといった状況だった。美果はすでに敷かれたレールの上を走ればいいのだから、作業そのものとしては、それほど難しいものではなかった。

とはいえ、それはそれできちんとした姿勢で臨まなければならないことばかりだ。精密なスケジュールを立て、学者や取材先の都合を伺い、訪問・面接をお願いするところから作業が始まる。

こうして先方の了解を取り付けると、今度は取材スタッフのスケジュール調整だ。すべての関係者のスケジュールが一致するように、段取りを決めるのもひと苦労。取材先へ行ったら行ったで、条件の難しい場所での撮影に、また苦労する。

なにしろ相手はほとんどが国宝クラスの仏像等である。傷をつけることはもちろん、ライトの熱で金箔《きんぱく》が剝《は》がれたりしただけでも、一大事である。

「いままでのG誌の編集にいたときのような、多少のミスは許されるという、甘い考えは通用しないと思ってもらいたい」

編纂室長の小泉《こいずみ》に冒頭から釘を刺された。しかし、仕事とは元来、そのようなものなのかもしれない。たしかに、文芸誌の執筆者たちの中には、女性編集者に甘い作家もいてくれるし、とくに美果が担当していたU氏などは、たとえ編集ミスがあっても、鼻声のひとつも出せば、コロッと忘れてくれたりもするのだ。

学者先生にはそういうナアナア主義は通用しない。句読点の一つを間違えただけで、猛烈なカミナリが落ちると思わなければならないものらしい。

○○大学研究室、国立博物館、○○寺宝物館、○○文化財団、○○美術館……と、訪問先はすべていかめしい建物ばかりだし、その中で会う人々も、おしなべてその道の最高権威をもって知られている人ばかりだ。毎日が緊張の連続で、いつ失策をするか、そんなことばかりを考えていた。

第一回配本の校了が終わって、ほっと息をついた夜、美果は同僚の男性と四人で新宿に飲みに出た。美果は大飯食らいであると同時に、かなりの酒豪でもあった。もともと、K出版には酒豪の女性が多い。入社の条件に酒が飲めることという一項があるのではないか——などと言われるほどだ。

雑誌編集部の連中と違って、打ち上げのつもりで飲みに出たくせに、パアーッと何もかも忘れ——という具合にはいかないものらしい。それぞれの取材の苦労ばなしや、国宝を間近に見て感動した話等々、比較的、真面目な話題に終始して、なんだかお通夜みたいな気分であった。午後十時を過ぎて、そろそろおひらきにしようかというところ、室長の小泉から電話が入った。

小泉は電話に出たマスターに、「うちの美果が行ってるだろう」と、きつい声で言ったらしい。「なんだか機嫌が悪そうですよ」と、マスターは受話器を渡しながら、首をすくめていた。

「すぐに細岡《ほそおか》先生のお宅へ行け！」

小泉はいきなり怒鳴った。「行け！」と、言ったときには、鼓膜が「プキャッ」と破けそうな音を立てた。

「どうしたのですか？　何かあったのですか？」

「何かあったどころじゃねえだろう。とにかく行って平謝りに謝ってこい」

「そりゃ、謝れっておっしゃるのなら、謝りに行きますよ。行きますけど、何をどう謝ればいいのか分からなくちゃ、謝りようがないじゃないですか」

美果も校了の解放感に加えてアルコールの勢いがあるから、負けてはいない。

「伎楽面《ぎがくめん》だよ伎楽面」

自分だけが分かっていることを、断片的に言うのは、小泉の癖である。

「伎楽面がどうかしたんですか？」

「写真を見ろよ、写真を」

「写真?……」

見ろといわれたって、こんなところに伎楽面の写真があるわけがない。

「右も左も分からねえのかよ。頼むよ、まったく……」

小泉は泣いているのじゃないか——と思えるような情けない声を出した。どうやら並大抵の怒り方ではないらしい。

「室長、落ち着いてください」

美果はゆっくりした口調で、駄々っ子をあやすように言った。

「ばかやろう！　これが落ち着いていられますかっていうんだ！」

小泉はついに禁句とされている「ばかやろう」まで叫んだ。

「いいか、よく聞け、細岡先生はだな、原稿をすべて破棄してくれとまでおっしゃっているのだ。あの先生は強情だからな、一旦、ツムジを曲げたが最後、テコでも動かなくなる。おれがお詫《わ》びに行くと言ったら、来るなというんだ。社長が来たって会わないそうだ。あとは美果しかいねえだろ。とにかく、美果みたいな痩《や》せっぽちでも女は女だからな。万に一つ、情にほだされるかもしれない。とにかく、すぐに行け。分かったな」

景気よくガチャリと電話は切れた。

「何なのよ、これ……」

美果は愛想のない電子音を立てる受話器を握ったまま、茫然《ぼうぜん》と佇《たたず》んだ。

「伎楽面がどうしたとか言っていたな」

同僚の一人が面白そうに言った。

「ええ、伎楽面の写真がどうかしたとか……ああ、右も左も分からないのかとも言ってました」

「それって、もしかするとウラ焼きしちまったんじゃないのか？」

「え、ウラ焼き……」

美果は（あっ――）と思い当たった。

あり得ることではあった。

「伎楽面」の伎楽というのは、古代インド・チベットで発生した仮面劇のことである。その面は能面の原型とも考えられるけれど、能面よりグロテスクで、後頭部まで覆うような大きさと形状をしている。

国立博物館の名誉顧問である細岡英太郎《えいたろう》博士が執筆した『奈良時代の彫塑像《ちようそ》』の中に伎楽面の項目があり、一枚だけモノクロ写真が使用されている。それが左右を取り違えた印刷になった可能性は、十分考えられた。

何しろ、面はほとんどシンメトリック（左右対称）なものだから、素人はもちろん、知識のある人間ですら、かなり注意して見ても区別がつかない。少し前、あるグラビア雑誌が、皇室写真をウラ焼きして、全部を回収するという騒ぎを引き起こしたが、誤りの重要性という点では、こっちのほうも遜色《そんしよく》（？）はないものかもしれない。

美果は青くなった。細岡博士の論文の校正作業には、美果が携わった。文章については、博士にも朱をいれてもらいながら、それこそ細心の注意を払って万全を期した。しかし写真は盲点であった。

もちろん、使用する写真が間違っているかいないかぐらいは判断できる。しかし、伎楽面のウラ焼きには気づかなかった。校了したあと青焼きのゲラを届けたときには、細岡博士も気づかなかったほどなのだ。

たぶん、その後、たまたまゲラを眺めていて、（おや？——）となったにちがいない。まさに間一髪で、そのまま出版されるところであった。そうなったらまさか全部を回収するというわけにもいかないから、細岡博士の論文には疵《きず》がついたまま、書店に流れることになったはずである。その意味では幸運といえるが、博士にしてみれば許しがたいミスにちがいない。

「私、行く……」

美果は酔い心地も醒《さ》め果てて、バーを飛び出した。

間の悪いときには仕方がないもので、街には空車が走ってなかった。たまにあっても、「代々木上原《よよぎうえはら》」と地名を言ったとたん、邪険にドアを閉めて走り去ってしまう。新宿から代々木上原までは、小田急線の駅でたった四つめ、しかもラッシュの中を掻《か》き分けて行くようなところだ。タクシーにしてみれば、商売にならないと断るのも無理はない。

こうなったら、自分の足で走るほかはなかった。美果は歌舞伎町《かぶきちよう》から新宿駅まで走り、小田急線に乗って、代々木上原で降りると、坂道をまた走った。

この辺りは屋敷が多く、長い塀の内側には古い樹木が鬱蒼《うつそう》と繁っている。細岡博士の家も、そうした屋敷の一つといってよかった。

門は開いていた。もっとも、美果のために開けてあったわけでなく、いつでも門は開けてあるらしい。

十一時を過ぎようとしていた。

玄関脇のチャイムボタンを恐る恐る押すと、はるか遠くでチャイムが鳴り、「はい」と野太い男の声が応じた。なんと、運の悪いことは重なるものらしい。インターフォンに出たのは細岡博士本人であった。

「あ、先生、あの、K出版の阿部です。夜分恐れ入ります、お詫びに参上しました」

一気に言って、沈黙した。細岡がどう反応するか待つ態勢だ。いきなりドカンとくるか、それとも無視されるか……。

「ああ、きみか、ドアは開いてるよ、入りなさい」

「えっ……」

美果はわが耳を疑った。細岡の優しい口調が信じられなかった。むしろ、何か悪い夢でも見ているような気分でさえあった。

「外はまだ寒いだろう、早く入りなさい」

「は、はい……」

どうやら錯覚ではないらしい。美果はそれでもまだ、キツネにつままれたような気持ちで玄関に入った。

廊下を来る足音がして、細岡が現れた。和服の前合わせや裾《すそ》が着崩れして、帯の結びも解けかかっている。

「カミさんもお手伝いも寝ちまって、私だけ起きているんだ。書斎に来なさい。ただしお茶は出ないよ」

言うと、クルリと後ろを向いた。

「先生……」

美果はなるべく悲痛に聞こえるように、言った。

「ん？」

「申し訳ありませんでした」

式台の上に手をついて、おでこが床にくっつきそうになるまで低頭した。

「なんだ、あの写真のことならもういいんだ。小泉君が差し換えるよう手配すると言っていた」

「では、お許しいただけるので……」

「ああ、いいよ。それよか、早く来たまえ」

細岡はさっさと奥へ消えた。

（何なのよ、これは――）

美果は靴を脱ぎながら、何がどうなっているのか、分からなくなった。

（あんちきしょう、騙《だま》したのかな？――）

編纂室長のとぼけた顔が思い浮かんだ。しかし、いくらなんでも、ただの冗談でここまでやるとは思えない。夜中に押し掛けて、まかり間違えばそれこそ細岡博士を怒らせてしまう危険性があった。

美果はともかく、博士の消えた書斎をめがけて進むしかなかった。ことによると、博士のあの異様な優しさは、それこそ、伎楽面のように本性を隠す仮面なのかもしれない。ひょっとすると、仮面の下には野獣のような狂暴さが潜んでいて——などと、あらぬ想像が頭の中で渦を巻く。

(あわれ、美果ちゃんの清純も、今夜かぎりか——)

廊下の冷たさを踏みしめながら、美果はなかば本気でそんなことを考えた。

2

開いたままになっているドアの前に佇んでいると、部屋の中から細岡が呼んだ。

「おい、早く入れ、入ってそこを閉めてくれないか、寒くてしようがない」

書斎の座卓の前に坐って、寒そうに背中を丸くして手招いている。

「入れ」と言われても、書斎の中は足の踏み場もないほど、資料が散乱していた。美果は入ってすぐのところの足元を少し片づけて、なんとか正座する分のスペースを確保した。坐って、とにかく謝ろう——と思ったとき、細岡は言った。

「これ、きみのことだろう」

「は？……」

「これ、今日送ってきたばかりだが、日吉館のことを書いてあるもんで、読んでいたところだ。この弥勒菩薩にそっくりの女性というのは、きみのことじゃないのか？」

細岡は手に『旅と歴史』を持って、真ん中辺のページを広げていた。

「あ、浅見さんの……」

美果は思わず口に出してしまった。

「そうだ、浅見という人が書いている。やはりそうか、きみのことなのだな」

細岡は雑誌と美果を見比べて、「ははは」と笑った。

「日吉館の中を案内してくれた若い女性のことを、痩せっぽちで大酒飲みだが、弥勒菩薩のような不思議な魅力に包まれた女性——などと書いてある。どうやら、彼はきみに惚《ほ》れてるね」

「そんな……」

美果は抗議しようと口を尖《とが》らせたが、目の前にいるのが細岡博士であることを思い出して、小さくなった。

「そうだったのか、きみは日吉館の常連だったのだねえ」

細岡はしみじみした口調で言った。

「先生も日吉館をご存じなのですか?」

「ああ、知っているどころじゃない。会津八一さんと同宿したことが何度もある」

「えーっ、ほんとですか、すごい……」

「若いころから奈良が好きでね、その点、きみと同じだな」

「とんでもありません、先生と同じだなんて……私はただ、奈良が好きなだけで終わってしまいます」

「終わりはしないさ、すべては奈良が好きという、そこから始まるのだよ。きみにはほかの編集者と違う何かがあると思っていたが、そうか、奈良に惚れているわけか」

しばらく焦点の定まらない目を宙に向けていたが、「そういえば、ここに書いてあるのだが、日吉館が無くなるという話があったのかね?」と訊《き》いた。

「ええ、消防法だとかいろいろあって、営業してはいけないことになりかけたとかいう話があったそうです」

「ということは、無くなりはしないという意味かな」

「はい、たぶん大丈夫なのでしょう」

「そう、それはよかったね」

細岡の「よかったね」という言い方には、仲間に対する親しみがあった。ことによると、伎楽面のウラ焼きの一件を許してくれたのは、その親しい感情のせいだったのかもしれない。いや、きっとそうなのだろう。

細岡は『旅と歴史』の上に視線を落としながら、呟《つぶや》くように言った。

「僕が最後に日吉館に行ったのは戦争中のことだったから、かれこれ半世紀前のことか」

「戦争中っておっしゃいますと、太平洋戦争のことですか？」

「ん？　あははは、まさか日露戦争ってことはないだろう。そうだよ、昭和十八年の春だった。学徒動員の波が押し寄せてきて、いつ兵隊に引っ張られるか分からないので、今生の名残に友人四人と奈良に遊んだのだがね。遊ぶといっても、物資も食い物も窮乏しているときだったが、日吉館ではひと晩だけ、すき焼を食わせてくれた。いま思うと、ひどい肉だったが、美味《うま》かったなあ……これで死んでもいいと思った」

細岡は白髪を揺すり上げるようにして、天井を向いた。笑うつもりが笑えなかったのだろう、遠い日を想う目には、光るものが浮かんだようにも見えた。

「二月堂のお水とりのころだったから、奈良はまだ寒くてね。しかし、夜中まで奈良を歩き回った。何のあてがあるわけでもないのだが、ただむやみに歩いたね」

「分かります、そのお気持ち」

美果は口走った。

「ん？　そうかね、分かるかね、そうだろうね、うん……」

老人と若い女は、しばらくじっと黙りこくった。

「悠久ということを信じたな」

細岡は静かに言った。

「この身は二十年の人生で果てるけれど、日本には悠久の生命体が存在していて、その細胞の一つに生まれ変わるのだ——と思った。奈良にいると、そう思えた。大和千二百年の歴史に較べると、二十年はあまりにも短すぎるけれど、その悠久を信じることで、自分は死ねるし、死ぬしかないのだと思った。もっとも、それは奇麗事《きれいごと》であって、中には自暴自棄になるやつもいないわけではなかった。私もその連中も、奈良を破壊し尽くして、奈良とともに死んでしまいたいなどとも言った。ただ、奈良には生きてふたたび戻る日はないのかもしれないと思う気持ちでは同じだった。事実、その夜、日吉館に泊まった人間の中の何人かは、その言葉どおり、還らなかった。彼らにとっては、文字どおり、奈良最後の夜になったわけだが、生き延びた私がそうなる確率だって、何分の一かはあったわけだ。それを思うと、その夜のことは、いまでも忘れられはしないのだよ」

感慨がそのまま口をついて出るのか、細岡はまるで台詞《せりふ》を暗唱するように、よどみなく喋《しゃべ》った。

細岡の話は美果の心に染み込むように伝わった。

（分かる、分かるなあ――）と幾度となく思った。

それはやはり、日吉館という同じ舞台を踏んだ者同士にだけ通じあう気持ちであるのかもしれなかった。

昭和十八年といえば、いまから半世紀前――美果が生まれる四半世紀もむかしのことである。しかし、ついこのあいだ美果が過ごしてきたように、時も同じ春浅い奈良・日吉館で、若い学徒が集《つど》い青春の哀歓を語りあった夜があったのだ。

感傷的な気分に浸っている中で、美果はふいに脈絡もなく閃《ひらめ》くものを感じた。ドキリとした。

その瞬間に、なぜか浅見の顔を思い浮かべた。いまここに彼がいてくれたら――と、切実に願う気持ちが湧《わ》いた。

昭和十八年――早春。

お水とり。

奈良を破壊して――。

断片的な言葉が次々に浮かび、消えた。

「あの……」と美果はようやく口を開いた。

「先生とご一緒だったお友だちの方々は、戦争が終わったとき、皆さんご無事だったのですか？」

「ああ、五人全員が生き延びたよ。戦争には三人が行ったが、生きて還った。もっとも、現在はその内の三人だけが生きているにすぎないけれどね」

「いまでもお付き合いなさっていらっしゃるのですか？」

「ん？　ああ、まあね。腐れ縁とでもいうのかな、いまでもときどき会うことにしているよ」

「やはり、ご専門は先生のような……」

「いや、それぞれ進んだ道は違ってしまった。一人は実業家、一人は美術商として一流の人間になった。いつまでも貧乏くさく学問をつづけたのは私だけだが、奈良に憧《あこが》れたころの情熱のようなものは、三人ともいまだに失っていないようだな」

「情熱とおっしゃると、奈良への——という意味ですか？」

「そうだね、広い意味ではそうなるが、しかし、たとえば美術商の男はより実践的に古美術にのめり込み、それを商売にしてしまったわけだし、実業家はM商事という大企業を経営するのと同じ程度のエネルギーを費して、蒐集《しゅうしゅう》に取りつかれている。私は……私はもっとも青臭いままでいることになるかな」

細岡は低く笑った。

「実業家とおっしゃるのは、M商事の社長さんなのですか！」

美果は驚きの声を発した。

「そう、M商事の社長……え？　きみ、知っているの？」

細岡も驚いて美果の顔を見つめた。

「いえ、直接は存じ上げませんけど、今度の仕事を通じて、M商事の社長さんがかなりいいものを蒐《あつ》めていらっしゃるとお聞きしたものですから」

喋りながら、このあいだ日吉館で刑事を撒《ま》いたときのことを思い併せて、美果は自分が詐欺師の素質を持っているのではないかと疑った。

「ふーん、なるほど、さすがだねえ、よく調べるものだ……しかし、彼はおそらく、本当にいいものは出さないだろう」

「ええ、出してはいただけないようでした。噂《うわさ》では、秘仏のようなものをお持ちと聞いたのですが」

「秘仏……ふーん、そんな噂があるのかね」

細岡はわずかに眉《まゆ》をひそめるようにして、美果の顔をじっと見つめた。

「はい、国宝クラスの金銅仏を持っていらっしゃるとか」

「誰？　そんな噂を聞いたのは、どこの誰からなの？」

「奈良で、名前も知らない男の人から聞きました」

「ふーん、名前も知らないのか……いくつぐらいの人？」

「たぶん、五十歳代なかばか、少し上かと思えるくらいです」

「そう、若いのだね……」

五十歳代なかばが「若い」とは思えない。細岡は何に対して——あるいは誰を想定して「若い」と言ったのか、そのことに美果は興味を惹《ひ》かれた。

「それで、その秘仏なるものは、いったい何だと言うのかね」

「詳しいことは聞けませんでしたけど、たとえば、新薬師寺の香薬師仏のようなものではないかと……」

「なにっ！……」

細岡は低く、しかし鋭く叫んだ。美果が思わずビクッと体を硬直させたほどだ。それに気付いて、細岡はゆっくりと身を起こしかげんにして、言った。

「香薬師仏はきみ、秘仏どころか、すでにこの世にないものだよ」

「ええ、その人もそんなことを言ってました。本来は、あってはならないものだとか」

「ほう、どういう意味でそう言っているのかね」

「香薬師仏は盗まれたのだそうです」

「そうだよ、盗まれたまま、この世から消えてしまったのだ」

「でも、盗まれたけれど、完全に無くなったわけではないそうです。焼けてしまったわけではないとか」

「それはまあ、そのとおりだが……すると、その人物は香薬師仏があると言っていたのかね？　もしそれが事実だとすると、当然、きみの社の美術全集に掲載されるべき価値のあるものだが」

「あるにはあるけれど、世に出すわけにはいかないのだそうです。それだからこそ秘仏なのだと言ってました」

「なるほど、それは理屈だな」

細岡はようやく顔の筋肉を緩めた。

「先生は香薬師仏をご覧になっていらっしゃるのですか？」

「私かね？　ああ、もちろん見たとも。美しい仏さまだったなあ……」

細岡は目の前のテーブルの上に、香薬師仏が立っているように、じっと視線を凝らしていた。

「最後にご覧になったのはいつですか？」

「ん？……」

細岡は思いがけない質問に戸惑ったのか、視線はそのままにして、焦点の定まらない目になった。

「そう、いつだったかな……」

「先生が最後に日吉館に泊まられたときじゃないのですか？」

「ああ、そうね、そうかもしれない……」

「昭和十八年三月二十日です」

「ああ……えっ？……」

細岡はギョッとして美果を見た。

「どういうこと、それ？」

「香薬師仏が盗まれたのはその日だったのだそうです」

「ああ、そう、そうだったの……じゃあ、私が拝観した直後に盗まれたということになるね。われわれはきわめて幸運だったというわけか」

「盗んだ人は、香薬師仏をどうしたのでしょうか？」

「さあねえ……香薬師仏はそれ以前に二度、盗難に遭っているのだが、そのときはどうやら、金無垢《きんむく》の仏さんだと思ったらしい。つまり、つぶして売ろうという魂胆だったのだろうな。一度目は右手首を失って戻った。二度目に戻ったときは両足首と台座がなかった。いずれも金無垢でないことが分かって、放り出したものと考えられる。そうして、香薬師仏は金無垢ではないことが、あまねく知られる結果になったあとの三度目の盗難だ。したがって、カネ目当ての盗みではないと考えてよさそうだね。むろん、仏さまのお姿の状態で売るわけにもいかないし、かといって、飾っておくわけにもいかない。蔵の中にでも仕舞って、独りで眺めて楽しむしかないだろうな。おそらく犯行は香薬師さんの魅力に惹かれての衝動的なものだったと、私は思う」

細岡は、重々しく「私は思う」と言った。それは「そう信じたい」という意図を秘めているように聞こえた。

「さあ、すっかり遅くなってしまった、もうお帰りなさい」

細岡は言葉をつづけて言った。高圧的な口調ではなかったけれど、抗しきれない響きがあった。

3

ほぼ一ヵ月ぶりで会った浅見光彦は、すっかり日焼けして見違えるほどだった。

「ゴルフですか？」

「えっ？　この黒いの？　違いますよ、奈良です、奈良」

ニッと笑うと、歯が異様に白い。

「奈良？……」

「そう、奈良の前には東京も千葉も……ずいぶん歩いたなあ。刑事なみに靴を二足、履きつぶしましたよ」

「じゃあ、事件のことで？」

「そう、刑事たちと一緒にね。奈良では東谷警部とほとんど行動をともにしました。もっとも、僕のほうが彼を引っ張り回したというべきかもしれないな」

「そうだったんですか。いつ電話してもお留守だから、ずいぶんお仕事、忙しいんだなって思ってました」

「ああ、仕事のほうはひどいことになってますよ。頼まれた原稿が一ヵ月も遅れたままになっている。この分だと、来月のソアラのローンが危ないのです」

冗談めかして言っているけれど、浅見の表情は深刻そうだ。

「奈良を歩き回ったっていうことは、私を乗せようとした、あの車のこと、調べたんですか？」

「いや、阿部さんを乗せかけた車については、僕が行く前に、すでに警察が持ち主に接触しました。あのナンバーに該当するセドリックは一台だけで、奈良市内の不動産屋が所有している車でした。しかし、先方はその車であの日、夕日地蔵のところへ行ったことはないと言っているのだそうですよ」

「そんなの嘘《うそ》に決まってますよ。なんだったら、私が行って確認してあげます」

「いや、阿部さんが見て、間違いないと言っても無駄でしょう。知らないと言われれば、それを覆す根拠がないですからね」

「それじゃ、どうすることも出来ないっていうわけですか？」

「いや、そんなことはない。警察は引続きその車の関係者を追っていますよ。そのうちに成果は上がるでしょう」

浅見は不満げな美果を慰めるように言って、「それで？」と首を傾《かし》げた。

「今日は何ですか？　突然呼び出してくれたりして」

「香薬師仏のことです」

「香薬師仏……何か分かったのですか？」

「ええ、じつは、昭和十八年三月二十日に、日吉館に泊まった人と会いました」

「十八年三月……というと、つまり、香薬師仏が盗まれた夜ですね」

「そうです」

美果は細岡英太郎博士を訪ねた夜のことを話した。浅見は視線を美果の口元に置いて、じっと耳を傾けた。時折、チラッと斜め遠くを見るのは、何か思索をまとめようとするときの、浅見の癖である。

美果が話し終えたとき、浅見ははじめて視線をまともに美果に向けて、「それから？」と言った。

「それだけです、遅いからお帰りって言われました」

「そう……」

浅見は落胆した様子もなく、また思索的な目になった。

「浅見さんのほうはどうだったのですか？」

美果は、浅見のあまりにも長い沈黙に耐え兼ねて、訊いた。

「奈良で何をしていたんですか？」

「捜し物です」

「捜し物って、何を？」

「死体」

「えっ？」

美果は眉をひそめた。

「じゃあ、また誰か死んだんですか？」

「かもしれないと思って、です」

「なあーんだ……脅かさないでください」

「脅かしでなく、本当にその可能性があるのです」

「それって、香薬師仏の紳士のことなのでしょう？」

「ああ、香薬師仏の男のことも捜しました。捜査本部の連中は、それ以前からずっと捜しているそうですけどね。しかしいまだに見つかっていません。というよりも、彼はすでに死んでいると考えていいでしょう。そうではなくて、べつの人たちのことが気掛かりなのです」

「べつの人たちっていうと？」

「野平家の人々です。野平さんの一家が、行方不明になっているのです」

「行方不明って……じゃあ、誘拐か何か？」

「それは分かりません。単に行方を晦《くら》ませているのかもしれないし。しかし、横浜の弁護士一家の例もあるから、いちおう誘拐の可能性も考えなければなりません。いや、それよりもきわめて奇妙な事実があるのですよ。このあいだ、野平氏が刑事に渡した写真があったでしょう」

「ええ、野平父娘が写っている写真でしょう？」

「そうそう、あの写真だけど、なんと驚くべきことに、あそこに写っていた娘さん――繁子さんは、じつは贋者《にせもの》だったのです」

「えーっ？　……うっそォ……まさか……」

「誰だってまさかと思いますよ。しかし事実なのだから驚きです」

浅見は野平繁子の勤務していた会社へ行って、写真の女性がまったくの別人であったことを説明した。

「だったら、あの女性はいったい誰だったんですか？」

「それが分からない。少なくとも繁子さんの会社の連中は誰も知らないと言ってます」

「それにしたって、何でそんなこと……私や警察がホトケ谷の被害者は娘さんじゃないかって、連絡しているのに、野平さんは自分の娘の安否が気にならなかったのかしら？　ふつうなら、むしろ、訪ねて来た刑事さんに、その話をするはずでしょう？　それもしないで、贋の娘さんをでっち上げたりして、どういうことだったのかしら？」

「少しずつ、いろいろなことが分かりつつあります。たとえば、野平氏と繁子さんは血の繋《つな》がりのない父娘であったとか」

「えっ？　そうなんですか？」

「彼女は野平氏の二番目の奥さんの連れ子だったのです。そして、彼女の本当のお母さんは六年前に亡くなり、すぐに三番目の奥さんが来た……」

「可哀相……」

美果は暗澹《あんたん》として、肩から力が抜けるような思いだった。

「じゃあ、繁子さんは父親――野平氏に殺されたんですか？」

「それがどうもはっきりしない。ホトケ谷の事件があったころ――つまり、夕日地蔵と浄瑠璃寺で女性が目撃された日の前後、野平氏が京都、奈良方面へ行った形跡はいまのところ、まったくないのです。それと、僕も野平氏に会いましたが、その印象からいうと、彼は小心で、とても人を殺せるような度胸はありませんね」

「よかった……」

血の繋がりがないにせよ、父親が娘を殺したなんて、美果には耐えられない。

「本当の繁子さんの写真を入手しましたが、見ますか？」

浅見は言って、手帳に挟んだ写真を美果に渡した。

「その顔ですが、誰かに似ていると思いませんか？」

おでこが広く、目元すずやかに、鼻筋が長く通った端整な顔立ちであった。唇の端にかすかに笑みを湛《たた》えているにもかかわらず、先入観で見るせいか、どことなく幸薄い感じを受ける。

「ほんと、どこかで見たような気がするけど……あ、そうだわ、広隆寺《こうりゅうじ》の弥勒菩薩さんに似てるみたい……」

広隆寺には二体の弥勒菩薩像があって、いずれも国宝だが、一般的に有名で美しいのは「宝冠弥勒」とよばれているほうだ。もう一つのほうは「泣き弥勒」とよばれ、むろん像自体の出来ばえも悪く、顔もさほど美しくはない。美果が思い描いたのは、むろん「宝冠弥勒」のほうである。

「ははは……」

浅見は笑い出した。不謹慎な――と、美果は浅見の日焼けした顔を睨《にら》んだ。

「そういえば、弥勒菩薩に似ているのでしたねえ、あなたは」

「えっ？……」

美果はギクッとして、あらためて写真に見入った。

（あっ——）と思った。浅見の言うとおり、野平繁子の面影は自分に似通ったところがありそうだった。鏡を見る正面の顔ではなく、少し左側から、すました顔を眺めると、写真の顔に近く見えるのかもしれない。

「いやだ、ほんと……」

美果は救いを求めるような目を浅見に向けた。浅見も笑いを引っ込めて、深刻な表情になった。

「香薬師仏の男があなたに声をかけたとき、たしか弥勒菩薩や中宮寺の思惟の像に似ていると言ったのじゃありませんか？」

「ええ、そうでした」

美果は、浅見がさらに何を言うのだろうと、なかば恐れるような気持ちで待った。

しかし浅見はそれきり、口を噤《つぐ》んだ。

「そのことと、野平繁子さんが失踪《しっそう》して、たぶんホトケ谷で殺されたことと、何か関係があるのですか？」

美果は待ちきれずに訊いた。

「まだ分からない。分からないけれど、大覚寺以来出会った、いろいろな人間の動きを眺めていると、何か得体の知れぬ大きな渦のようなものが、朦朧《もうろう》と形を現してくるのを感じませんか」

「…………」

そう言われて、美果はぼうっと遠くを見つめる視線になって、浅見の言う「朦朧とした渦のようなもの」を見きわめようとした。

大覚寺で出会った「野平」と名乗った男。

京都宝ケ池プリンスホテルに泊まった「野平繁子」と、彼女と一緒に食事をした人物。

香薬師仏の紳士。

黒いセドリックの二人の男。

本物の野平隆夫と、彼の三度目の妻と、そして野平と一緒に写真に写っていた「娘」。

国立博物館の細岡英太郎。

細岡と大学が同期で、青春時代に奈良日吉館に泊まった二人の仲間——M商事の社長と奈良の古美術商。

そして、平城山《ならやま》を越え、ホトケ谷で死んだと思われる女性。

美果の脳裏に、彼らのイメージが次々に浮かんでは消えていった。

ほんの短いあいだだというのに、じつにさまざまな群像が通り過ぎて行ったものだ。これらの「群像」はいったい何かの因縁の糸で繋がっているのだろうか？——ふと気がつくと、浅見の鳶色《とびいろ》の瞳が、じっとこっちを向いていた。たぶん、浅見の脳裏にも、自分と同じ群像が映し出されているのだろう——と美果は思った。

「大勢の人と会ったけれど……」と美果は溜《た》め息まじりに言った。

「浅見さんの言う渦の中で、この人たちがそれぞれ、おたがいに何か関わりあっているのかどうか、私には分かりません」

「関わりあっていると信じることですよ」

浅見は静かに言った。

「でも、明らかに繋がっている同士もいるし、ぜんぜん結びつきのなさそうな人だっているでしょう？」

「しかし、実際にはどこかで繋がっているのでしょうね。いや、そう信じるのです。信じれば、何かがきっと見えてきますよ」

「そうでしょうか……」

美果は首を横に振った。

「私には無理みたい。やっぱり浅見さんとでは頭の構造が違います。考えることは浅見さんに任せます」

美果は両手を左右に広げて、ギブアップの恰好《かっこう》をして見せた。そういう美果を励ますように、浅見は言った。

「一つだけ、あなたでなければできないことがあります」

「私でなければ？　……まさか、何ですか、それって？」

「細岡英太郎氏を追及することです」

「細岡博士を？　そんな、あの大先生を追及するなんてこと、出来っこありませんよ」

美果はブルブルッと頭を振った。『日本美術全集』編纂のブレーンでもあり、学界のトップにいる細岡博士を「追及」だなんて——そんなことをしたら、クビがいくつあっても足りやしない。

「いや、追及というと大袈裟《おおげさ》だけれど、細岡博士に接触して、それとなく探りを入れられるのは、阿部さんにしか出来ないことですからね」

「探りを入れるって、どんなことを探るんですか？」

「もちろん、M商事の社長と奈良の古美術商のことについてですよ」

浅見の鳶色の目が、またじっと美果を見つめる。美果は抵抗出来ないな——と思った。

4

『日本美術全集』の編纂はすでに第二回配本の第8巻『王朝絵巻と装飾経』が取材段階を終えて、解説文の校正に入っていた。細岡英太郎博士はいかにも学者らしい几帳《きちよう》面《めん》さで、一字一句はもちろん、句読点の置き方ひとつにも厳格に気を配る。美果が細岡を訪ねる機会は以前よりも多くなった。

しかし、細岡とのあいだに「香薬師仏」の話を出す雰囲気にはなかなかなりそうになかった。細岡の側からその話題を提示するはずもない。美果は——といえば、浅見に言われたために、かえって意識してしまい、「香薬師仏」のことは常に頭の中にありながら、むしろそこから遠ざかろうとする気持ちのほうが働いた。

再校のゲラを届けた日、細岡は美果を応接室に招きいれて、お茶を御馳走《ごちそう》してくれた。細岡夫人が自慢するコーヒーは、少し濃すぎるくらいだったが、美果は「美味しい！」と感動の声を上げた。

「これ、ブルーマウンテンでしょう？」

「あら、よくお分かりだこと」

「ええ、大好きなんです。でも、本物のブルマンなんて、ほんとに久し振り」

「まあ、本物だなんて……」

夫人はご機嫌だった。

「なかなかお世辞がうまいな」

細岡は夫人が引き下がったあと、ニヤニヤ笑いながら言った。

「あら、お世辞なんかじゃありません。ほんとうに美味しかったのですから」

「まあいいよ、とにかく褒《ほ》めてくれてありがとう」

細岡はゲラにざっと目を通して、「ときに……」と言った。

「このあいだの『旅と歴史』に日吉館のことを書いた浅見という人、彼はどういう人物かね」

「は？……」

美果はふいを衝かれて胸がズキンと痛んだ。幸い、細岡の視線はゲラに向いたままだったけれど、顔に血が昇るのも分かった。

「どうっておっしゃいますと？」

「いや、彼はただのもの書きではないという話を聞いたものだからね」

「えっ、違うのですか？」

美果はようやく態勢を立て直して、驚いた様子を装って、訊き返した。

「ああ、どうもそうらしい」

「でも、私がお会いしたときの感じでは、ただのフリーのライターという印象でしたけれど。それが本業ではないのですか？」

「そういう噂を聞いたよ。彼は私立探偵ではないのかね？」

「私立探偵……まさか、そんなはずはありませんよ」

これは美果の本心から出た言葉だ。浅見が探偵のような、あるいはそれ以上の恐ろしいほどの閃《ひらめ》きを見せることは知っているけれど、しかし浅見は私立探偵なんかではない。ただの探偵ごっこの好きなオジサンなのだ。

「ふーん、そうなのかい、探偵じゃないのかね」

細岡は不思議そうに美果の顔を眺めた。

「先生はどなたからそんな噂、お聞きになったのですか？」

「私かね、私は……」

細岡は言い淀《よど》んでいる。

「あ、分かりました」

美果は思いきった推測を言ってみることにした。

「それはあれじゃありませんか？　M商事の社長さんからお聞きになったのでしょう？」

「ん？……」

細岡は意表を衝かれて眉をひそめた。「いや……」と言いかけたが、隠しおおせないと判断したのだろう。

「そのとおりだが、それを察知した理由を聞いてみたいね」

「理由なんて言えるほどのものはありませんけど……」

「なるほど、そうか、きみはずっと浅見氏とコンタクトがあるというわけだな」

細岡博士の聡明《そうめい》な目に射すくめられて、美果は思わず俯《うつむ》いたが、すぐにその反動のように真っ直ぐ細岡を見返して言った。

「先生、日吉館で何があったのですか？」

「ん？　何だって？」

「昭和十八年三月二十日の夜、日吉館で何があったのか、それをお聞きしたいのです」

「何があったかって、その話はこのあいだしたのじゃなかったのかな」

「ええ、うかがいました。先生や先生のお友だちの青春の日の思い出ばなしですね。でも、その夜、香薬師仏が盗まれたことと、先生たちが日吉館に泊まられた日が重なっていることや、そのお友だちの中にM商事の社長さんがいらっしゃること、それに、いままでに起きている、いろいろな奇妙な出来事なんかを考え合わせると、先生が何かを知っていらっしゃるか、隠していらっしゃるとしか思えないのです」

「………」

細岡は苦い顔になって、脇を向いた。

「どうなんですか？　先生と四人のお友だちは、その夜どうしたのですか？　教えていただけませんか？」

「何のことか分からないな。きみは何を言いたいのかね？　はっきり言いなさい」

「では言わせていただきます。香薬師仏を盗んだのは、先生たちなのですか？」

「きみっ！……」

細岡は手を伸ばして、美果の口を塞《ふさ》ぐジェスチャーをした。むろん届きはしなかったが、細岡の不安げな視線は、廊下の向こうにいる家人たちの気配に向けられていた。

「盗んだなどと物騒なことを言うものではないよ、きみ」

辛うじて平静を装ったが、細岡の顔は動揺と怒りで赤くなった。

「すみません」

美果もさすがに暴言を謝った。

「そうか、きみにそんなことを言わせるのは、例の浅見氏だというわけだね」

細岡はあっさりと見抜いた。美果も否定はしなかった。

「なるほど、M商事の橋口社長が煙たがるのも当然といったところかな。橋口が部下から聞いた話によると、浅見氏はM商事へ出掛けて行って、しきりに香薬師仏のことを言っていたそうだ」

「それにはいろいろな事情があるからなのです」

「ほう、そうやって弁護するところを見ると、かなり浅見氏に肩入れしているな。余計なお節介かもしれんが、彼は独身かね？」

「そんなこと、関係ありません」

美果は憤然として言った。

「ははは、失礼。それはともかくとして、いちど、彼を連れて来てみないか」

「えっ……」

「驚くことはない。彼のほうも、たぶん私に会いたがっているにちがいないよ」

「ええ、そうなんです、浅見さんも細岡先生に興味を懐《いだ》いて……すみません、こんな言い方、でもほんとにそうなんです」

「ははは、そうか、興味をね。しかし、それは私にというより、香薬師仏にという意味じゃないのかな。その点はきみも同じ穴のムジナかもしれないがね」

細岡は皮肉な目で、ジロリと美果を見て、

「K出版がきみを私につけたのは、単なる偶然でしかないのかね？」

「は？　あの、それはどういう？……」

「いや、これは私の勝手な想像だがね、きみの異常ともいえる香薬師仏へのこだわりを見ていると、そんな気がしてくるのだが……そうだ、きみはひょっとすると、香薬師仏の所在を私が知ってでもいるかのように誤解しているのじゃないかな」

「違うのですか？」

美果は視線をひたと細岡に向けて、言った。

「先生は香薬師仏のことをご存じなのではありませんか？」

「ほほう、やはりそうか、それが狙《ねら》いだったのかね。しかし、きみの社も、ずいぶん姑息《こそく》なことをやるじゃないか。若くて美しい女性社員をつければ、ポロッと何か出るとでも思っているらしい」

「そんなこと……会社は何も関係ありません。香薬師仏のことなんか、誰も知らないのですから」

「そうは言っても、きみもまたK出版の社員であることは事実だよ」

細岡は冷やかに言った。

美果は心臓が爆発するのではないかと思った。血管という血管が膨れあがって、そのくせ顔面からは血の気が失《う》せているのが分かった。事態は急転直下、最悪の方向へと向かっている。編纂室長の小泉が「クビだ！」と怒鳴っている姿が目に浮かぶ。

「まあいい」

細岡は美果の動揺ぶりに、いささか辟易《へきえき》したのか、それとも多少は哀れんだのか、苦笑いをした。

「じつを言うとね、きみに言われて私も気にかかって、M商事の橋口社長に確かめてみたんだ。つまりその、きみの言うところの秘仏——香薬師仏が彼の手元にあるのかどうかかね。しかし答えはノーだ。門外不出の美術品はあるが、香薬師仏などというものはないと言っていたよ」

「…………」

「そういうわけだからして、今後はおかしな幻想を懐かないで、あまり犬のように嗅《か》ぎ回らないほうがいいな。正直言って、迷惑だ。橋口も大いに迷惑だと言っていたよ。ああ、そうそう、浅見探偵君にも、そう伝えてくれたまえ。橋口は浅見氏のことを恐喝者よばわりをしているのだ」

美果の頭の中に「幻想」「犬」「迷惑」「恐喝者」といった言葉が、ガンガンと反響した。

「人が……」

美果は舌がもつれた。口の中がカラカラに乾いて、凝縮した唾が接着ボンドのように粘った。

「……人が、死んだんです……」

「なに？」

「それも、何人も、です」

よほどひどい形相だったにちがいない。細岡はあぶないものを見るような目で、美果の顔を見つめた。

「きみ、大丈夫か？」

「は？　何がですか？」

「いや、気分でも悪いのじゃないのか？　冷たい飲物でももらおうかね」

「いいえ、ご心配なく。私は何でもありませんから」

「そうか、それならいいのだが。しかし言うことがおかしいぞ」

「何か変なこと言いましたか？」

「ああ、何だか知らんが、人が死んだとか言っていた」

「ええ、そう言いました。でも、それは事実を言っただけですから」

「そりゃまあ、事実は事実だろう。毎日のように人は死んでいるからね」

「そうじゃなくて、香薬師仏を巡って、人が死んだんです、それも何人もです、私もそうなったかもしれないんです。これから先も、まだ……」

「待ちたまえ」

細岡は手を挙げて美果を制した。

「人が死んだとは穏やかじゃないね。それも、香薬師仏を巡ってとは、どういうことなのかね。きみがそうなったかもしれないというのは？……」

美果は大きく息を吸って、椅子《いす》の上で背筋を伸ばした。このまま引き下がってもクビは避けられないだろう。そう思うと腹も据わった。細岡の視線は鋭かったが、それを避けることはしなかった。

「三月の半ばに京都と奈良へ行きました」

美果は気負いを抑えて、ゆっくりした口調で話しだした。細岡は美果がまた何を言い出すのかと、少し身を引いた。

「大覚寺で写経をしているとき、とても奇妙な出来事があったのです」

長い話になることは分かりきっていた。しかし、どうしてもそこから話をスタートさせなければ、肝心なことは何も伝わらないと思った。そして、細岡のほうも根気よく美果のお喋りに付き合ってくれた。いや、細岡自身、話の内容の不思議さに驚き、あるいは興味を惹かれて、途中で何度も「それから？」と、お伽噺《とぎばなし》をねだる幼児のように、話の先を催促さえした。

ホトケ谷の事件の被害者がM商事の社員・野平隆夫の娘であるらしいこと。それをなぜか、野平自身が隠蔽《いんぺい》しようとしたこと——と話が進むころには、細岡の表情は緊張と憂鬱に包まれていた。

美果は、香薬師仏の紳士に誘われて、夕日地蔵の前であやうく「誘拐」されそうになったことを、わざと話の最後のほうに持っていった。それは聞く側にとっては、きわめて効果的であったらしい。細岡は美果の話が終わっても、しばらくは物も言えずに考え込んでしまった。

美果はいったん話し終えたあと、やや間を置いて、物語りの続きを付け加えた。

「いま、野平さん一家の三人が行方不明になっています。自ら身を隠したのかもしれませんけど、浅見さんはそうじゃないだろうと言っているんです」

「そうじゃないというと？」

細岡はようやく口を開いた。

「たぶん、殺されているだろうって」

美果は当然、細岡が「まさか」と反論して笑うだろうと思ったが、細岡は深刻な顔をして、何も言わなかった。

長い沈黙の時が流れた。

「連れて来てくれませんか」

細岡は静かに言った。

「その浅見さんという人を」

第七章　菩薩を愛した男

1

京都府警からの依頼に基づいて、千葉県警市川《いちかわ》警察署は極秘裡《り》に野平隆夫の自宅を家宅捜索した。もっとも、極秘といっても、すでに事前の聞き込みなどで、近所では野平家が一家をあげて失踪《しっそう》していることが評判になっていたから、警察の動きは完全に隠密に行われることはなかった。

意外なのはむしろ、野平の親戚が失踪の事実を知らないでいたらしいことだ。野平隆夫は栃木県、妻の清子は茨城県の出身だが、日頃から親戚付き合いはいいほうではなかったそうだ。野平は結婚運も悪く、それが親類縁者との関係を疎遠にしている原因ではないか――という説も聞かれた。

野平家の捜索には京都府警の東谷警部も参加している。むしろ東谷の主導で捜索が進められたといってもいい。現に、野平家に入って実際の作業に従事した七名のうち、指紋の採取などにあたる鑑識係の三名を除くと、他の三名は東谷と中頭部長刑事と石塚刑事、いずれも木津《きづ》署の捜査本部の面々だ。そして残りの一名は浅見光彦であった。

浅見は捜査本部のある木津署の刑事という触れ込みになっていた。

東谷は野平一家の失踪が、外部の人間によって拉致《らち》されたものである可能性を、かなり期待していた。そのために、千葉県警の鑑識に対して、とくに血痕《けっこん》など、拉致を裏付ける痕跡がないかどうかに留意するよう、申し入れてある。

たしかに、横浜の弁護士一家の場合のように、明らかに拉致を物語るケースが、つい最近、起きている。まったく信じられないことだが、この文明社会・法治国家の、しかも平穏であるべき住宅街の真ん中で、一家三人が忽然《こつぜん》と攫《さら》われるような無法が、現実にあり得る世の中なのである。

浅見は家宅捜索に参加したとはいえ、ほとんど傍観者の立場を守った。東谷警部に「浅見さんも一緒に行ってくださいよ」と強引に連れられて来たものの、こういう実務的な作業となると、浅見はからきし、だめな男だ。西洋風名探偵のように、天眼鏡を片手に床のチリや窓枠のかすかなキズを発見して——などという名人芸とは縁が遠い。

野平家の室内には、荒らされたような形跡はそれほどなかった。ただし、机や戸棚、タンスなどの引出しに、書類を捜したか持ち出したかしたような、いくぶん引っ掻《か》きまわした形跡はあった。

「これは拉致されたことを物語るものだと思いますけどな」

東谷は言ったが、はたしてそうなのか、それとも、野平が失踪するにあたって、大慌てに慌てて、重要書類などを運び出したための乱雑なのか、どちらとも解釈できた。

現金や預金通帳、有価証券、貴金属といったもののうち、まとまったものはほとんど持ち去っているらしい。しかし、だからといって、必ずしも家族が運び出したと断定するわけにはいかない。

事実、二階の娘の部屋にあった宝石箱は、そのまま残されていた。もっとも、宝石といっても、中にあったのは安物ばかりで、あえて運び出す必要がなかったのかもしれないのだが。

十数年間も住み着いた家となると、住まいの垢《あか》のようなものが建物にしみついている。風通しの悪い部分には、実際、カビも密生していた。そして、おそらく家人ですら、その存在を忘れたような古い家財道具などが、とんでもない場所から出てきた。

その中に、野平の娘のものと思われる小物を入れた、ミカン箱があった。押入の奥の、ガラクタを積み上げた中に紛れ込むようにして仕舞われていたものだ。

東谷警部は鑑識係に、その中の品々について、とくに念入りに指紋を採取するよう依頼した。

浅見は主として、野平の書いた手紙やメモ、日記のたぐいがないかを重点的に見て回った。その結果、そういったものを注意深く持ち去っていることが分かってきた。少なくともここ十年以内に書かれたと思われる書類は完全に消えているらしかった。

「これは一日や二日の作業ではありませんなあ」

東谷は嘆息まじりに言った。

「われわれの作業もだが、これだけ完璧《かんぺき》に証拠になりそうな品を運び出すには、最低でも三日はかかりまっせ」

事実、警察の作業も丸三日を要した。その間、浅見は毎日、東谷たちと行動を共にしていた。

そして浅見は、野平の蔵書の山の中から、興味深いものを発見した。それは昭和八年に岩波書店から刊行された『図説日本美術史』という本である。そこに新薬師寺の薬師如来像（香薬師仏）の写真が掲載されていた。正面からの写真で、金銅仏特有のやわらかな光沢のある、端整な顔立ちの像であった。

浅見が興味を惹《ひ》かれたのは、もちろんその写真もそうだが、それよりも、香薬師仏の写真のページに栞《しおり》が挟んであったことだ。野平はこの写真に特別な関心を懐《いだ》いていたと考えられた。

奥付のあとの見返しを見ると、奈良の「有美堂《ゆうびどう》」という書店の名前がゴム印でおしてあり、その脇に鉛筆で小さく「千三百五十円」と書いてあった。「有美堂」というのはたぶん古書専門の本屋で、野平が奈良へ行った際に見つけて、購入したものだろう。

「野平氏も仏像に関心を持っていたのかもしれませんね」

浅見は東谷にその本を示して、言った。

「さあ、どうですかなあ。これまでわれわれが調べたかぎりでは、野平がそういうものに興味を持っておったいう事実は浮かんできてはおりませんが」

東谷は首をひねった。

だが、その直後、浅見はもう一つの重大な発見をした。

ミカン箱が入っていたのとは別の押入から、野平が学生時代に使った書類やノート、筆記具などの入った段ボール箱が出てきた。そのノートの一つに、夏休みを利用して奈良に研究旅行に出掛けた記録があった。奈良に滞在したのは昭和三十六年七月十日から七月十六日までの一週間。そして、奈良での宿が、なんと日吉館であった。

そこには奈良の神社仏閣を巡り、さまざまな国宝や重文と出会った感動が、若々しい文章で書き綴《つづ》られていた。日吉館での仲間や同宿の人々との交流についても、こと細かに記録してあって、野平隆夫という人物の几帳面《きちょうめん》な性格を読み取ることができる。

浅見はそのノートを読みながら、厳粛なものをおぼえた。

野平隆夫にも三十年前、あの日吉館に泊まり、青春を謳歌《おうか》した日々があったのだ。それはあたかも、阿部美果がいままさにそうであるように――である。

M商事という大会社ではあっても、ごく平凡な「庶務課課長代理」を務める、あのいかにも小市民的な男からは、そういうひたむきな学究の時期があったことなど、想像すらできない。

人はみな、そうして老いてゆくものなのかもしれない――などと、浅見は妙に湿っぽい気分に落ち込んでしまった。

(それにしても、庶務課長代理という職掌は、いったいどのような仕事をやるものなのだろう?)

まともなサラリーマン経験がほとんど無いといっていい浅見には、さっぱり見当がつかない。

「庶務課課長代理」など、いかにも窓際族を彷彿《ほうふつ》させるような名称ではあった。

野平家を引き揚げる車の中で、浅見は東谷警部にその話をした。

「さあねえ、何をしとるところですかなあ」

東谷警部も分からないらしかった。警察にはそういう職名はないそうだ。

「まあ、代理いうのですから、課長が不在の場合、その代理を務めるのでしょうな」

当たり前のことを言った。

「受付の女性に聞いたところによると、野平氏は社内で『引っ越し屋』などと呼ばれていたというのですが」

「ははは、引っ越し屋ですか。これはごつい言い方ですなあ。いうなれば窓際族と一緒ですか。野平は社内ではよほど人気がなかったいう感じですな。まあしかし、いちおう、何をしとったのか、明日の朝にでも、早速調べてみます」

そして、調べた結果、野平はほかの大多数の社員から、本当に窓際族と見做《みな》されていたことが分かった。

「浅見さんが言うてはった『引っ越し屋』いうのも、たしかに言われとったみたいで、野平はほんまに何もせんかったようです。それが証拠には、野平がおらんようになっても、職場はちっとも困っておらんいうのです。まったく、人間、あてにされんようになると、哀れなものですなあ」

電話で、東谷は冷酷な言い方をした。京都府警の花形警部として言える言葉かもしれないが、浅見家の居候には、いささか耳が痛かった。

「しかし、野平氏は最近、昇進しているはずですが」

浅見は野平の名誉を挽回《ばんかい》するような気持ちになって、言った。

「あ、浅見さん知っとったですか。じつはそうなのです。野平は四月から総務部次長に抜擢《ばってき》されたことになっとるのです」

「え？……」

浅見は東谷の言い回しがおかしいことに気付いた。

「いや、つまりですな、野平に総務部次長の辞令は出とったのですが、勤務はしばらく庶務課長代理のデスクにおることになっていたのやそうです。なんともけったいな話ですが、しかし、聞いたところによると、庶務課長代理から総務部の次長となると、いうなれば二階級特進なのだそうです」

「二階級特進……」

「そうですがな。われわれ警察でいえば、犯人逮捕の際に殉職でもせんことには、まずあり得ないことですわ」

「すると、野平氏は何か会社に対して大きな貢献をしたのでしょうか？」

「そうでしょうなあ。まさか犯人逮捕いうこともないでしょうが。ははは……」

東谷はあまり面白くもないジョークを言って、一人で笑った。

「しかし」と、浅見は笑わずに、ジョークを返した。

「殉職はしたのかもしれませんよ」

「えっ……」

「それも、一家三人が、です」

「うーん……」

東谷は黙ってしまった。

何の貢献もなしに、会社が野平のような凡庸な人物に二階級特進の栄誉を与えるはずがない。

野平は明らかに、M商事に対して重大な貢献をしたのである。それは二階級特進に見合うほどのものだ。

しかも、M商事はきわめて速やかにその人事を発令し、野平の「貢献」に報いる必要があったらしい。辞令だけが出て、移るべき「総務部次長」の席が用意されていないという、ばかげた慌ただしさが、そのことを物語っている。

会社は野平に対して、とりあえず「名」を与えた。いや、ひょっとすると、報酬の金額も引き上げ、「実」も与えたかもしれない。しかし、肝心の次長の椅子を与えられることもなく、野平は昇進レースを「棄権」したかのように、失踪してしまったのである。

（M商事は野平に、「名」を与え「実」を与える代わりに「死」を与えたのではないだろうか？――）

浅見は恐ろしい想像にとりつかれていた。

その直後、東谷からの連絡が入った。

「浅見さん、出ました出ました」

東谷は興奮した声で言った。

「野平家で押収した娘の繁子の小物が入ったミカン箱ですがね、あの中の品々から採取した指紋が、ホトケ谷の被害者のものと一致したのやそうですよ」

「そうですか、やはり」

浅見はあまり驚かなかった。それが東谷には不満だったらしい。

「なんや、知っとったのですか」

「いえ、いまはじめて聞きましたが、しかし、そのことは想像していましたから」

「そうですか……いや、そうなるとですな、野平の失踪の意味がこれまで考えていたようなことと、いささか違ってくるのやないでしょうか」

「と言いますと？」

「ことによると、野平は娘殺しがバレるのを恐れて、逃亡したとも考えられます」

「さあ、それはどうですかねえ。以前に調べた際、ホトケ谷の事件が起きた当時、野平氏は東京を離れていなかったのではなかったですか？」

「それはまあ、そうですけどね。しかし、何かカラクリがあるのかもしれんでしょう。とにかく、もう一度、洗い直してみることにしますよ」

さまざまな新事実が、次々に明らかになってきて、東谷警部は張り切っている。

東谷の電話を切ったとたん、けたたましくベルが鳴った。反動をつけるようにして受話器を耳に当てると、阿部美果の声が飛びこんできた。

美果はいきなり、「ああ、やっと通じた」と言った。

「何回も電話して、やっと通じたんです。ほんとに長い電話だったのですね」

ひと言文句を垂れてから、「浅見さん」と改まった声を出した。

「細岡英太郎博士が、浅見さんに会いたいのだそうです。できるだけ早くお連れするようにって言ってました」

「ほうっ……」

浅見は緊張と同時に、笑いが込み上げてくるような興奮を感じた。

「いよいよですね」

「いよいよ……なんですか？　あの、どんなふうにいよいよなのか、私には分かりませんけど」

「何があったのか、謎の扉を開く鍵は、細岡博士が握っているのですよ」

「そうなんですか？」

美果は飾ることを忘れた、幼女のような声になった。

2

細岡博士の書斎に三人が坐るだけのスペースが用意されていた。日頃の乱雑ぶりを知っている美果の目には、それは奇蹟としか映らなかった。

「家内は歌舞伎見物に行っていてね、したがって、お茶は出ないよ」

細岡は浅見との初対面の挨拶《あいさつ》がすむと、美果にそう言った。夫人を歌舞伎に送り出したのは、浅見と美果を招く前提であったらしいことを、若い二人は察知した。

「あの、もしよければ、私が紅茶ぐらいお入れしましょうか」

美果はおそるおそる提案した。

「いや、面倒だからいいよ。浅見さんもいらないでしょう？」

「はあ、僕はいりません」

というわけで、殺風景な書斎の畳に、座蒲団もなしに三人が坐り込んだ。

「阿部さんからいろいろと聞きました」

細岡は浅見と美果のちょうど中間の、何もない空間に視点を置いて、話しだした。

「それで、もはや余計な修飾はせずに、単刀直入、お話しすることにします。一九四三年——昭和十八年三月二十日の夜、奈良で何があったのか。あなた方が推察しているように、その晩、われわれ五人の仲間は、新薬師寺から香薬師仏を盗み出したのです」

細岡はあらかじめ、話の筋書を用意していたのか、文字どおりの単刀直入、抜き打ちのような話し方だった。

浅見も美果も、それに対しては、ただじっと聞いているほかはなかった。

「もっとも、実行に参加したのは四人で、臆病《おくびょう》な私は宿で酔いつぶれたふりをしていましたから、盗みの状況はその連中から聞かされた話ですがね」

四人の学生は日吉館を出ると、きびしい寒気の中を徒歩で新薬師寺へ向かった。その日は二月堂のお水取りのおこもりで、寺の若い連中があらかた出払っていることは分かっていた。また、事前に本堂の扉の施錠の仕組みを調べておいたので、忍び込みの手段にも自信があった。

思ったとおり、扉には二ヵ所に頑丈な錠がかかっていたが、扉を嵌《は》め込んだ枠全体を大柱から外すのは簡単だった。釘を二本ゆるめるだけで、難なく本堂に侵入することが出来た。

四人の学生は厨子《ずし》の中から香薬師仏を出すと、真綿で何重にもくるんで、その上から風呂敷で包んだ。

「連中は宿に引き揚げてくると、その風呂敷包みを開けたのだが、薄暗い電灯の光に、香薬師仏の肌が鈍い金色に光るのを見て、全員がブルブル震えていたよ」

細岡はそのときの光景を思い浮かべるのか、贖罪《しょくざい》よりも、むしろ懐かしさのほうが勝ったような表情になっていた。

「だけど、何のために盗み出したりしたのですか？」

美果は許せない——と言いたげに、強い口調で言った。

「愚行だろうね」

細岡はあっさり言った。

「いまとなって振り返ると、愚行としか言いようがない。特攻機に乗るのと、同じ程度の若さと愚かさ——などと言えば、特攻隊で散った人たちに叱《しか》られますか。しかしそのときは至極まじめな気持ちだった。深刻といってもいいかもしれない。私にはとても出来なかったが、四人はそれぞれ、至上命令を受けた青年将校のように、決死の形相で盗みを働いたのですよ」

「目的は何だったのですか？」ともう一度、美果は催促した。

「一人だけは、目的がはっきりしている。しかし、あとの三人はその男の情熱に引きずられた感がなくもないかな。その男は——かりにAとしておきますか——彼は香薬師仏に惑溺《わくでき》したのですよ」

「惑溺……」

「そう、もう少し美しく言えば、愛したのだね」

美果も浅見も、そのことについては多くを聞きたいとは思わなかった。美果はもちろんだが、浅見にも仏像に「惑溺」するマニアの心理は、理解とはいえないまでも知識としてはあった。

たとえば昭和三十五年八月に起きた、京都広隆寺の国宝「弥勒菩薩《みろくぼさつ》」の右手クスリ指が折られた事件などは、その典型的なものだ。犯人は京大法学部の学生で、動機は「弥勒さんに頰《ほお》ずりをしようとして、誤って折った」というものである。当時、心理学者の中には、この学生の行為を「倒錯した性的衝動」と評した者もいた。

「ちょっとお訊《き》きしてもいいですか？」

浅見は言った。

「ん？　何ですかな」

「そのとき、香薬師仏を真綿でくるんだとおっしゃいましたね」

「えっ？　ああ、まあ……」

細岡の顔に瞬間、驚きの色が流れた。

「その真綿は、いつどこで手に入れたのでしょうか？」

「ほうっ、驚きましたなあ……」

細岡は率直に感嘆の声を発した。

「あなたがそれに気付くとは、まったく考えておりませんでしたよ」

「あの……」と、美果が自分だけ除け者にされた不満を見せて、言った。

「それって、どういう意味なのですか？」

「ん？　真綿のことかね。だからさ、浅見さんはさすがに鋭いと、恐れ入ったのだが……つまり、香薬師仏をくるむ真綿を、Aがあらかじめ用意してあったということは、きわめて重要な意味を持つわけだよ」

そう言われても、美果にはまだピンとこない。細岡は苦笑して、説明を加えた。

「じつは、僕を含めて、A以外の四人は、その決行はごく偶発的に起きたものと受け止めていたのだが、あとになって考えると、Aには最初から香薬師仏を盗み出す魂胆があったような気がしたのだよ。それはまさに浅見さんが指摘されたとおり、Aがそのとき、ちゃんと真綿まで用意していたということからそう思ったのだよ。しかし、それに気付いたのはずっと後になって、盗みに関わった四人の一人が死んだときのことだったが……」

「えっ、亡くなったときというと、どういうことですか？」

浅見は眉《まゆ》をひそめた。

細岡はしばらく間を置いてから、淡々とした口調で語った。

「あのとき日吉館に泊まった五人のうち、三人は戦争に行ったのだが、全員無事に生き延びて帰還しました。私ともう一人、かりにBとしますか。この二人は戦争に行かなかった。そして、香薬師仏は戦争が終わるまでBの手元にあったのです。いや、もしBが徴兵されるようなことがあれば、僕が預かることになっていたのだが、幸か不幸か、そうはならなかった。で、終戦を迎え、大学に復帰した際、五人は再会し、当然、香薬師仏のことが問題になった。そのとき、Bは香薬師仏は返還すべきでないと言い出した。その理由は、もし返還すれば、占領軍の略奪に遭うだろうということだった。事実、終戦後のドサクサの際に、海外に持ち出された美術品は少なくなかったから、彼の言い分はわれわれにも素直に受け入れられました。ところが、それから間もなく、このBが、米軍の隠匿物資摘発に抵抗して、射殺されるという事件が起きたのです」

美果は「はっ」と口を覆った。浅見も全身が硬直するような緊張感に襲われた。

しかし、細岡の口調にはさほどの変化はなかった。四十何年も昔のことである。彼の内部ではすでに驚愕《きょうがく》も恐怖も風化しきっているのかもしれない。

「事件の報道だけでは詳しい事情は分からなかったのだが、Bの家は埼玉県志木《しき》付近の素封家で、秩父の山中に秘密倉庫を作って、かなりの量の物資を隠していたらしい。それを摘発に来た米軍のMPとやりあって射殺されたというのだが、真相は分かったものではない。MPでなく、不良GIによる単なる略奪だったのかもしれないし、米軍の仕業かどうかだって、はっきりしないのではないかと思う。その後かなり経ってから、僕はBが死んだという現場近くを訪れて、当時のことを知る村の人間に話を聞いたのだが、夜中にジープが来て、二、三発銃声が聞こえて、翌朝、恐る恐る現場を見に行ったところ、Bが死んでいて、山中の秘密倉庫の中はさんざんに引っ掻き回されていたのだそうです」

敗戦直後の混乱期には、何が起こっても不思議ではなかった。日本の警察は完全武装解除され、進駐軍に対してはまったくの無力だった。情報も正確には伝わらなかったし、新聞はもちろん、私信もすべてが米軍の検閲を受けた時代である。

「僕はBの死もさることながら、隠匿物資の中にあったであろう、香薬師仏の安否がまず気になった。それがいかに貴重な存在であるか、アメリカ人なんかに分かるはずがないと思った。どんなに乱暴な扱いを受けるか、ことによると、金むくと勘違いして、潰《つぶ》してしまいはしないか——などと、さまざまな妄想が頭の中を駆け巡ったものです。そして、せめてあの真綿にくるんだままで運んでくれたら——と思った瞬間、ふいに脈絡もなく、いま浅見さんが言われたのと同じ疑問が頭に浮かんだのですよ」

細岡は浅見の顔に真っ直ぐ視線を向けた。

「なぜあのとき、真綿があったのだろう——という疑問です。あの物資のない時代、しかも真綿など、旅先でおいそれと手に入るはずもない。盗みに行く前に、Aが真綿を求めて駆けずり回ったということもなかった。それなのに、なぜ——と思ったのです。つまり、Aは最初から、奈良へ行く計画の段階で、すでに香薬師仏を盗み出す目的があった——というより、その目的のためにわれわれを奈良へ誘ったのではないか——と、愕然と気がついたのです」

「それで、略奪事件のあと、香薬師仏はどうなったのですか？」

浅見は結論を急がせた。

「いや……」と、細岡は首を横に振った。

「それっきり、香薬師仏の消息は不明です。それ以後、僕が香薬師仏の噂《うわさ》を聞いたのは、阿部さんが今度の話を持ち込んで来たのが最初ですよ」

「そうだったんですか……」

美果は細岡の穏やかな視線を受けて、悄然《しょうぜん》と頷《うなず》いた。

「ただ……」と、細岡は美果を見つめたまま、言葉を繋《つな》いだ。

「きみが言っていたようなことが、絶対にあり得ないと断定はできないのだよ」

「え？」

「つまり、M商事の橋口が香薬師仏の所在を知っている可能性がまったくないとは、僕には言い切れない」

「それは」と浅見が口を挟んだ。「橋口社長がA氏だからですね？」

「そう、そのとおりです」

細岡は静かに頷いた。もはや浅見の言葉に驚かなくなっている。

「阿部さんから、死人が出ている話を聞くまでは、僕は橋口に対する彼女の疑惑を一笑に付すつもりだったのだが、しかし、何人もの死者や行方不明者が出ているらしいとあっては、ただごととは思えない。それどころか、香薬師仏のことを四十何年ものあいだ放置していたことは、友情に名を借りた怠慢とのそしりを免れないのではないか――という気持ちになったのです」

細岡は沈痛な顔で天井を見上げた。

「ということは、細岡先生はうすうす、Bさんの事件についても疑惑を懐いていたのですね」

「そうです……いや、あなたは人の先へ先へと思考が動いてゆくようですなあ。まさにおっしゃるとおりです。それだけに僕は忸怩《じくじ》たるものを覚えざるを得ない」

「えっ、えっ？……」

美果はまた焦って、声を発した。

「それって、どういう意味なんですか？　橋口社長がAさんだとか、Bさんの事件の疑惑だとか、何をおっしゃっているのか、教えてくれませんか」

「それはだから、いま細岡先生がおっしゃったじゃないですか」

浅見が当惑げに言った。

「おっしゃったって、何を？　……忸怩たるものを覚えたっていう、そのことですか？」

「いや、その前からずっとです」

「そうなんですか？　でも、私にはよく分かりませんよ。もっと平たく説明してくれてもいいと思いますけど」

「つまり……」

浅見は言いかけて、了解を求めるように細岡を見た。細岡は苦笑して、コックリと頷いてみせた。

「要するに、香薬師仏に惑溺して、盗み出しを計画した張本人のAさんは、現在の橋口社長だということですよ。それから、終戦後のドサクサまぎれに、Bさんを殺して香薬師仏を奪ったのもAさんの仕業ではないかと、そうおっしゃったのです」

「えーっ……」

美果は悲鳴のような声を出した。

「それじゃ、橋口社長は殺人犯……」

「いや、それは必ずしも事実かどうか分からないがね」

細岡は美果を宥《なだ》めるように言った。

「それに、かりにもしそうだとしても、四十年以上むかしの話だ。とっくに時効だよ」

「でも……」と、美果は顔の筋肉が引きつった。

「あの、ホトケ谷の女性や、それから、野平さん一家や、香薬師仏の紳士や……」

言いながら、美果は事件の余波が果てしなく広がって行くような不安を感じている。事実、美果自身だって、ことによるとホトケ谷の女性の二の舞いになっていたのかもしれないのだ。

「そのとおりだよ、だからこうして、きみや浅見さんに来てもらったのだ」

細岡博士は若い二人の顔を交互に見て、重々しく言った。

「浅見さん、僕が香薬師仏について知っていることはすべてお話しした。しかし、現在、香薬師仏がどこにあるのか、阿部さんがいま指摘したような殺人の可能性や、そのほかのもろもろの不審な出来事が、香薬師仏に関係して起きたことなのか、さらにいえば、それらの事件について、はたしてM商事の橋口が関与しているのか、僕にはまったく分からないのです。分からないけれど、非常に不安だ。もし僕が従来どおり、見ざる聞かざる言わざるを決め込んでいたら、事態はさらにとめどなく悪いほうへ進展してしまうのかもしれない。少なくとも、これ以上、犯罪が行われるのを防ぐために、あなたの力を借りるしかない――そう決意したのですよ」

細岡は話し終えて、じっと浅見の反応を待つ構えになった。

浅見は身動《みじろ》ぎもせずに話を聞いていたが、その後も動かず、ただ、胡座《あぐら》の膝《ひざ》に置いた指を、ピアノかワープロのキーを叩《たた》くように細かく動かしている。目は座禅のときのように半眼に開かれ、焦点の定まらない瞳で、どこか空間を見つめている。

長い沈黙であった。

耐えきれずに、美果が「警察に……」と言った。

「先生、警察に届けはしないのですか？」

「いや……」

細岡は浅見の思索を妨げることを恐れるように、声をひそめて言った。

「警察に届けて解決するとは、僕には考えられないのだよ。だから、すべてを浅見さんに期待するのだ」

「でも……」と、美果は浅見の動かないポーズを、焦《じ》れったそうに見た。

「とにかく警察にいまのことを話して、どう対応するかは警察に任せたほうがいいのじゃありませんか？　そうでないと、間に合わなくなってしまうかもしれない。ねえ、浅見さん、どうなんですか？　黙っていないで、何とか言ってください」

浅見はふと目覚めたように、美果を真っ直ぐに見た。深い憂愁のこもった、聡明《そうめい》な瞳に見据えられて、美果は思わずたじろぎ、視線を伏せた。

「警察はだめでしょう」

浅見は静かに言った。その答えを期待していたのか、細岡は「ほうっ……」と吐息をついて、満足げに頷いた。

「警察はだめって……どうしてだめなんですか？」

「この事件には、表面に現れた出来事だけで判断できない、いわば二重構造の底流のような背景があると思いますよ。それが事件全体を複雑にしているのです。いま警察が摑《つか》んでいるデータや、細岡先生にお聞きした、香薬師仏の盗難事件の真相だけでは、その二重底の下にあるものを見きわめることは、おそらくできないでしょう。たとえば、警察が橋口社長を追及しても、香薬師仏の存在すら解明されないかもしれない。野平一家の失踪の謎も解けないでしょう」

「じゃあ、どうすればいいのですか？　何も手の打ちようがないっていうことなのですか？」

「要するに、正攻法では問題は解決しないということです」

「そう、それなのだよ、阿部さん」

細岡は浅見を頼もしげに見て、大きな声で言った。

「だからこそ、僕は浅見さんを見込んで、話してみる気になったのだ。もし、きみが言うように、警察に事情を話して、それでことが足りるなら、何も躊躇《ためら》うことはない。だが、浅見さんが言ったとおり、正攻法では越えられない何かの壁があることは事実、僕も感じたのだよ。この僕ですら、橋口の頑強さを打ち砕くことができなかった。得体の知れぬオーラのようなものが、橋口を覆い隠しているとしか思えなかったなあ……」

細岡の嘆息には実感が籠《こも》っていた。

3

「この事件が二重構造性を持つことを象徴している点は、いままでに僕たちが出くわしたいくつかの奇妙な出来事を集約的に考えてみればよく分かりますよ」

浅見は美果に向けて言った。

「そうなんですか」

美果はただ浅見の言うことを、そのまま感心して聞くしかないという顔だ。

「京都の大覚寺で、贋《にせ》の野平氏に出会って以来、僕と阿部さんは一緒に、あるいはべつべつの場所で、いくつものおかしな出来事にぶつかっていますよね。しかし、それをおおまかに、二つの性質のものに分類すると、事件全体の持っている二面性がはっきりと浮き彫りにされてくるのですよ」

「二つの性質って、どういう？……」

「要するに、明と暗、陰と陽ですよ。もっと分かり易くいうと、片方では積極的なパフォーマンスがあるのに対して、逆の側では何かひた隠しに隠そうとしている。そのせめぎあいのようなところで、人が死んだり、行方不明になったりしているのです」

「ほんと……そういえば、たしかにそうですよねえ……」

美果もこれまでの経緯を一つ一つ辿《たど》ってみて、浅見の言葉に頷いた。

「大覚寺の男」や「贋の野平繁子」「夕日地蔵・浄瑠璃《じょうるり》寺の女」「香薬師仏の紳士」等々、目立ちたがり屋がさまざまなパフォーマンスを行っている反面、M商事の野平総務部次長や橋口社長は、何とかして隠したり隠れたりしようとしている。

「野平氏が突然、二階級特進を果たしたことも象徴的な出来事といっていいでしょう」

浅見は言った。

「いったい、野平氏がなぜ異例の抜擢を受けたのか。彼の業績を調べてみて、野平氏は社員から『引っ越し屋』などと陰口を言われるほどで、特別な活躍は何一つしていないことを知りました。ところが、そういう中でたった一度だけ、野平氏は重要な業務を遂行しているのでした」

「ほう、何をしたのですか?」

細岡が興味を惹かれて、身を乗り出した。

「ですから、その『引っ越し』です」

「?……」

細岡と美果は浅見が冗談でも言ったと思って、笑いそうな顔を見合わせた。しかし浅見が怖いくらい真剣そのものだったので、すぐに真顔に戻った。

「去年の暮、野平氏は彼の部下四名を引き連れて、橋口社長の家の引っ越しを手伝いに行ったのですよ。奈良市郊外に別荘が完成したのだそうですが、何しろ大変な荷物で、地下倉庫の美術品だけでもかなりの量だったといいます。そういうときこそ、まさに引っ越し屋さんの面目躍如たるものがあったと、野平氏の部下は話していました」

「あっ……」

浅見の言っている意味に、細岡はすぐに思い当たったのだが、美果は気付かない。

(それがどうかしたの?——)という目を浅見に向けていた。

「じつは、このあいだ、刑事と一緒に野平家の家宅捜索をしに行ったとき、野平氏の古い蔵書の中に、『図説日本美術史』という本があるのを発見しました。その本には新薬師寺の香薬師仏の写真が掲載されていたのです。しかも、そのページには、まだ新しい栞《しおり》が挟んでありました」

「えっ、じゃあ……」

美果もようやく気がついた。

「野平さんは、引っ越しの手伝いのとき、社長の家で香薬師仏を見て、それで、その本と照らし合わせてみたのですか？」

「たぶん……」

浅見は笑顔で頷いた。

「そうだったんですか……だったら、その結果、野平さんが抜擢されたっていうのは、よく分かります。そのことをチラつかせて、橋口社長を脅したんですね」

美果はがぜん勢いづいたが、すぐに憂鬱《ゆううつ》そうに顔をしかめた。

「でも、娘さんの繁子さんがホトケ谷で死んだことなんかは、どうなるのですか？」

「そう、そのへんはまだよく分かりません。いったい野平繁子さんはなぜ殺されなければならなかったのか。それもなぜホトケ谷で死んでいたのか……」

浅見は難しい顔をして、しばらく考えてから、「ただ、阿部さんが香薬師仏の紳士に誘われ、ことによると誘拐まがいの事件に巻き込まれかけたということは、きわめて示唆に富んだ事実です。それと、細岡先生が言われたAさん——つまり橋口社長の

『惑溺』ということ。また、先生は『オーラのようなもの』ともおっしゃった。僕は橋口社長に直接お目にかかったわけではないけれど、そういったお話から窺《うかが》い知るかぎりでは、橋口氏は病気ではないかという気がしてならないのですが」

「病気？……」

美果は反射的に細岡の顔を見た。

細岡は苦悶《くもん》するように、深い縦皺《たてじわ》を眉間《みけん》に寄せて、唇を歪《ゆが》めた。

「僕も残念ながら浅見さんと同意見です。彼は経済界では遣《や》り手として聞こえた存在らしいが、僕が会った印象では常人とは思えなかった。何かとてつもない不安を、爆弾のように抱えているのではないかと……」

「先生は」と浅見は訊いた。

「橋口氏に香薬師仏のことをお尋ねになったのですね？」

「ああ、訊きましたよ。『きみは香薬師仏の行方を知っているのではないか』とね。率直にそう言いました。しかし彼の答えはノーだった」

「嘘《うそ》をついているような感じはありませんでしたか」

「いや、それはなかったとしか言いようがないですな。僕には相手の心理を読む能力はありませんからね。彼が僕の質問で動揺したかどうか、見極めることはできなかった。といっても、彼は僕と会ったときにはすでに目に落着きがなく、精神状態がきわめて不安定であるようには思いました」

「そういう橋口氏の印象は、やはり病的なものでしたか」

「そう思います。でなければ、何か相当なストレスを背負っているのでしょう」

「そのことについて、お訊きにはならなかったのですか？」

「訊きましたよ。どこか具合でも悪いのではないか——とね」

「それで？」

「疲れていると言いました。仕事がかなりハードなのだそうです。社長のくせにか、と言うと、社長だから大変なのだと笑っていましたがね。その笑い方も無理しているように思えました」

浅見は思索的な視線を左右に、二度三度と動かして、言った。

「株主総会のことを、何か言ってませんでしたか？」

「え？……」

細岡はこれで何度目か、驚きの表情を浮かべた。

「どうしてそのことを……いや、まさにその話をしていましたよ。株主総会が近づいているので、その準備に追われているという話でしたな……しかし、それが何か？」

「二重構造の底流に、その問題があるのではないかと思ったのです」

「二重構造の……株主総会が、ですか？」

細岡と美果は顔を見合わせた。

「今度の事件の二面性——陰と陽、隠そうとする側と、顕示しようとする側のせめぎあい——は、近づきつつある株主総会の舞台の表と裏に重ね合わせて考えると、じつによく筋書きが見えてくるのです」

浅見は、二人の思考が自分との距離をつめてくるのを待って、少し間を置いた。

「今期、M商事の役員人事——ことに橋口社長の更迭《こうてつ》を策す動きは、きわめて活発なのだそうです。しかし、僕の友人で経済紙の記者をやっている者に聞いたかぎりでは、M商事の業績自体は過去最高の経常利益を上げているし、橋口社長が退陣しなければならない理由は、当面、見当たらないというのが、経済界の一致した見方だそうです。それにも拘わらず、アンチ橋口派はなぜか自信たっぷりに、橋口氏退陣以後の展望まで公表しているというのです。要するに、彼らは何か橋口氏の弱み——おそらくスキャンダル——を握っているのではないかというのが結論でした」

「うーん……」と細岡は唸《うな》った。

「つまり、それが香薬師仏ではないかというのですかな？」

「さあ、それはどうでしょうか？」

浅見は首をかしげた。

「香薬師仏の件だけでは、橋口氏を追い詰めることは不可能だと思います。たとえ橋口氏が香薬師仏を所有していたとしても、警察権力を行使して、強制捜索でもしないかぎり、香薬師仏の所在を突き止めることはできませんし、そんなことは事実上、あり得ないことです」

「だとすると、何なのですか、そのスキャンダルとは？」

「橋口氏の『惑溺』が香薬師仏にとどまっていたかどうか、です」

「というと、ほかの像にまで触手を伸ばしたとでも？　……たとえば、弥勒菩薩や思惟の像にまで……」

まさか――と、細岡は首を振った。

「まさか」と浅見も言った。

「そこまで望むことはしなかったでしょう。弥勒菩薩は香薬師仏のように簡単に盗み出せるものではありません」

「それでは、何を？」

「橋口氏の『惑溺』の対象は女性だったのではないかと思います」

「はっ……」と細岡は口を開け、短く息を吸った。思い当たるものがあったらしい。

「橋口氏は弥勒菩薩に似た女性に、異常な――それこそ惑溺といっていいほどの関心を懐いていたようです。じつは、そのことについては警察のほうに内偵を進めてもらって、主として銀座のクラブあたりの証言をまとめているのですが、橋口氏のそういう傾向は、たしかにかつてはあったそうです」

「かつてあった……というと、現在はないという意味ですか？」

「そうです、現在はないそうです。というより、橋口氏が銀座に来ること自体が激減したと、クラブの連中はぼやいていたそうです」

「ということは、橋口の関心が、弥勒菩薩に似た女性からほかに移ったというわけですかな？」

「いえ、そうではなく、より純粋にその傾向を強めたのだと、僕は理解しています。つまり、お金のため、商売のために装う贋者ではあきたらず、純真無垢《むく》に、より弥勒菩薩的であってほしい――そうねがったのではないでしょうか」

浅見はゆっくり美果に視線を向けて、「たとえば、阿部さんのように」と言った。

その瞬間、美果は電撃に体を貫かれたように震えた。

「それじゃ……」

口を開いたが、舌がもつれた。

「……それで、私に似た……いえ、弥勒菩薩に似た女性を毒牙《どくが》にかけたっていうことなんですか？」

美果のような若い女性が「毒牙」などと、古い言い方をしたのが、この場合には妙に相応《ふさわ》しいひびきで聞こえた。何しろ美果はあやうく「毒牙」にかかろうとした当事者なのだから、その言葉には説得力がある。

「毒牙かどうか……」

浅見は深刻な表情の中に、かすかに曖昧《あいまい》な笑みを浮かべ、その笑みが消えるのと同時に言った。

「ともかく、橋口氏は奈良の別荘にある女性を招いた。そして、その女性が死んだのでしょうね」

あまり素っ気ない言い方だったので、細岡も美果も、あっけにとられた。

「えっ、ほんとなんですか？」

美果が今風に「うっそォ……」と言いたそうな口調で訊いた。

「それは分かりません。確かめたわけじゃない、ただの仮説にすぎませんよ」

「なんだ……」「驚かさないでくださいよ」

美果と細岡は相次いで、浅見を非難するように言った。

「いや、べつに驚かすために言ったわけじゃありません。仮説は仮説ですが、事件の謎を解明するキーワードとしては、立派なものだと思いますよ」

「しかし、それにしたって、大胆すぎませんかな」

「仮説は思いきり大胆なほうがいいのです。理論物理学の世界と同じで、推理を飛躍させるには、ひとつの仮説を立てて、さまざまな事実がその仮説になじむかどうかを見きわめることです。今度のケースでも、その手法を採ったにすぎません。その実験の結果はどうかというと、まるでジグソーパズルのように、これまでに分かっているいろいろなファクターがピタッピタッと空白部分を埋めてゆくのですよ。面白いほど、ストーリー全体が見えてくる。おそらく僕が言ったとおりのことが、奈良の橋口氏の別荘で起きたのだと信じています」

「ふーっ……」と、細岡は長い溜《た》め息をついた。

「それで、橋口社長に殺された女性って、誰なんですか？」

美果が抗議するように、つっかかる口調で言った。

「ちょっと待ってくれませんか」

浅見は美果を制した。

「僕は橋口社長に殺されたなどとは言っていませんよ」

「えっ？　あ、違うのですか？　でも……」

「死んだとは言ったけれど、殺されたのかどうかまでは、僕には分かりません」

「でも、仮説では……」

「仮説の中で、殺されたのか、単に死んだのかを区別する必要は、いまのところないのですよ。原因は何でもいい、とにかく、橋口氏の別荘内で女性が死亡した……この事実を想定しただけで充分なのです。考えてみてください、目の前で、若い女性が

——それも、自分の奥さんでも娘でもない女性が死体になっている。これは恐怖ですよ」

「そう……ですよね……」

美果は茫然《ぼうぜん》として頷いて、それからふたたび思い出して、訊いた。

「で、誰なんですか？　その女性は」

「野平繁子さんに決まってますよ」

浅見はこともなげに言った。

「野平繁子さん……だけど、彼女はホトケ谷で……」

「ホトケ谷にあったのは、あくまでも死体です」

「でも、その前に浄瑠璃寺で……それから夕日地蔵さんのところにもいたのでは……そうですよ、野平繁子さんは奈良坂を越えてホトケ谷へ行ったのじゃないですか？」

「野平繁子さんによく似た女性——と言ってほしいですね」

「じゃあ、別人？……」

「そうだって言ったでしょう。パフォーマンスだって」

「ああ……」

沈黙した美果に代わって、細岡が訊いた。

「しかし浅見さん、なんだってそんなパフォーマンスをする必要があったのですか？」

「それは、アリバイのためだったのではないかと思います」

「アリバイ？」

「その女性が、夕日地蔵の前から平城山《ならやま》を越えて浄瑠璃寺へ、そしてホトケ谷へ向かった日——雨のそぼ降る日だったそうですが、その日はたぶん、橋口氏の奈良の別荘には誰もいなかったはずですよ。ことに橋口氏は、海外に出発したあとだったのです」

「なるほど……」

細岡はまた感心したが、美果は「でも」と疑問を投げかけた。

「それって、おかしいと思いません？」

「何がですか？」

「だって、その女性のパフォーマンスは、たまたま目撃され、記憶に残っていたからいいようなものだけれど、死体の発見がずっと遅れて、そういう女性がいたことを忘れられてしまったら、何の役にも立たなかったのじゃないかしら？」

「しかし、現実に、かなり早い時期に死体は発見されたのですよ」

「だって、それは偶然の話でしょう」

「いや、偶然ではありませんよ」

浅見はニコッと笑って言った。

「死体は、白骨化しないうちに──というより、平城山を越えた女性の記憶が風化しないうちに、ちゃんと発見されるようになっていたのです」

「まさか、そんなことが……あっ、じゃあ、あの第一発見者の女子大生たちが、仲間だったたっていうわけですか？」

「おみごと！　と言いたいところですが、残念ながら彼女たちではありません」

浅見はいちど美果を落胆させておいてから、言った。

「その次に来た男子学生のグループでもなくて、三番目にやって来た、中年女性のグループがそれでした。警察ではグループの代表格の人の住所氏名を控えておいたそうなので、その人を探し当てて、メンバー全員の素性を確認してもらいました。その結果、きわめて興味深い事実が判明したのですよ」

浅見は勿体《もったい》ぶって言った。

「その女性たちの中に、なんと、野平清子さんの名前があったのです」

細岡と美果の口から、もはや驚きの声さえも洩《も》れなかった。

野平夫人の清子と連れ立って奈良を旅した三人の仲間の話によると、旅行を計画したのは清子だったそうだ。日頃の引っ込み思案に似合わず、珍しく積極的に誘った。浄瑠璃寺から岩船寺《がんせんじ》へのハイキングコースを歩こうというのである。

——まだ馬酔木《あしび》の季節には早いけれど、草や木の芽吹きが始まっていて、歩くには最高なんですって。途中にいくつも石仏があって、中でもホトケ谷の磨崖仏《まがいぶつ》っていうのが、とてもすばらしいそうよ——。

清子の勧誘は、旅行会社のベテランセールスマンが顔負けするほど巧みで、早春の大和路を彷彿させたそうだ。

はじめ三人だけだったメンバーに、もう一人が加わって、それなりに期待感のもてる旅行になった。前夜、奈良ホテルに泊まって、浄瑠璃寺までタクシーで行って、そうして彼女たちは「事件」に遭遇したのである。

もし女子大生たちが死体を発見していなければ、野平夫人の一行が第一発見者になるはずだった——浅見のこの推理がズバリ立証されたときは、東谷警部の表現を借りると「捜査本部の全員がゾーッとして、それ以来、浅見教の信者になりました」ということだ。

美果と細岡の驚きも、まさにそれと同じ性質のものであった。

第八章　秋篠の里の悲劇

1

奈良の街ほど表裏の差の大きな都市は珍しい。土産物店や飲食店の並ぶ繁華な表通りから、一歩裏手に入ると、古色蒼然《そうぜん》とした築地《ついじ》塀《べい》や、崩れかけた土蔵、格子の嵌《は》まった家、古い神社や寺など、まるで別の世界に迷い込んだような風景に出会える。

それでも、駅に近い市の中心部は、さすがに地価も上がり、利用効率を高める必要から、鉄筋コンクリートのビルなどに変身する建物も多くなってきた。

そういうビルとビルに挟まれるように、美術と骨董《こっとう》の店「叡文堂《えいぶんどう》」がある。

二階建ての店舗は、屋根に瓦《かわら》を置き、長く反り返った庇《ひさし》などを見るかぎりでは、木造建築かと思える造りだが、実際は防火対策のしっかりした鉄筋コンクリートの建物である。

通りに面した間口四間の中央に、古い商家を思わせるような、格子の嵌まった引き戸がある。格子は嵌まっているが、重厚なガラス戸で、気密性にもすぐれたものだ。引き戸の左右にはショーウインドウがあって、右には陶製の壺《つぼ》、左には絵巻の断簡が展示されている。壺は『古伊万里』、絵巻は『弘法大師行状絵巻』と、なかなかの逸品なのだが、ウインドウの中にそれを説明するものは何もないから、通りすがりの縁のない者には、そっけない印象を与える。

実際、この店は素人の一般客にはなかなか入りにくいし、また店の側も一見《いちげん》の客は相手にしないようなところがある。近くで三十年も前から土産物を商っている店の亭主でさえ、叡文堂の社長と言葉を交わしたのは、たった四度だけだという。

昼下がり——大柄で品のいい老紳士が叡文堂に入った。スポーツシャツの上にラフな織り地のジャケットをザックリ着たこの老紳士が、M商事という大企業の社長・橋口亮二だとは、道を行く誰も気付かない。

店の中は、入ったところのフロアがそのままギャラリーになっていて、左右の奥の壁に書画、床のガラスケースには彫刻などが、ごく控えめに展示してある。

ギャラリーの正面には、さらに奥へ通じるドアがあって、そのドアを守るような位置に小さなテーブルを置き、眼鏡をかけた見るからに神経質そうな女店員が、端然と坐っている。

女店員は橋口の顔を見ると、「あっ」と言って立ち上がった。

「いらっしゃいませ」

丁寧に挨拶《あいさつ》をした。

「河路《かわじ》はいるかい？」

橋口は親指を立て、奥のほうに顎《あご》をしゃくった。

「はい、社長はおると思いますが、お呼びいたしましょうか？」

「いや、いい、向こうへ行くよ」

「では……」

女店員はドアを開け、頭を下げて通路を譲った。

橋口はドアを抜けた。そこは応接室で、小振りの応接セットが部屋の真ん中にある。その先のドアを入るとオフィスになっていて、事務用テーブルが二脚ある。さらにその奥のドアを抜けると、二階と地階への階段のあるホールだ。

女店員が連絡したらしく、二階のドアを開けて、叡文堂社長の河路昭典《あきのり》が顔を覗《のぞ》かせた。白髪の痩《や》せた男だ。白いワイシャツにダークブルーのスーツ、きちんとネクタイを締めている。

「やあ、どうも、早かったな」

階段の上からホールの橋口を見下ろして言った。

「ああ」

橋口は河路を見もしないで応えた。挨拶はそれきりで、橋口は階段を昇り、河路の開けたドアの中に入った。

広い部屋だが、周囲の壁という壁には書画が架かっているし、床には仏像がいくつも佇《たたず》んでいて、狭く感じる。その部屋の中央に革張りの応接セットが置かれている。

向かいあって坐ると、河路は電話を取って「お茶はいらんから誰も近づけるな」と言った。言ってから「お茶、ええやろ？」と橋口に訊《き》いた。橋口も「ああ」と頷《うなず》いた。

「いま聞いたのやが、独りで来たのか？」

「いや、車は興福寺の駐車場に待たせてある。そこから寺へ入るふりをして、歩いてここまで来た」

「ええのか、ボディーガードもつけんと、ノコノコ出歩いたりして」

「ははは、こんなじじいがM商事の社長だとは、誰も思うまい」

「分からへんで。創志会《そうしかい》もそうやが、ほかにも過激派みたいに、企業のボスを狙《ねろ》うとるやつもいてるのやからな」

「ふん、殺されれば、いっそさっぱりするかもしれない」

「無茶言うな……」

河路は気がかりそうに橋口の顔を窺《うかが》ったが、橋口は煩わしそうに、河路の視線を手で振り払うようにして、言った。

「そんなことはどうでもいい。それより、電話で話したように、細岡から妙なことを言ってきたのだが、どうしたらいいか善後策を講じに来たのだ」

「なんや、ほんまに心配なんか？」

河路は笑った。

「刑事局長の弟といったって、ただのルポライターやそうやないか。警察とつるんどるか知らんが、そんな若造の言うことなんぞ、どうせ当てずっぽうに決まっとるがな」

「そうかな、細岡はそうでもなさそうな口振りだったが」

「そんなもん……何も根拠がないやろ。なまじ応対すれば、かえってけったいなことになる。放っといたほうがええと思うが」

「そうもいかんよ。細岡は、とにかく会うだけ会えと言うのだ。避ければ怪しまれるとも言っていた」

「あの先生、何を考えとるのか。なんぼになっても青臭いことばかし言うとってから。そんなことやから、子ォもよう作らん」

河路はニヤリと笑って、

「そこへゆくとあんたは盛んなもんや」

「よせ、くだらん冗談は」

橋口は苦い顔をした。

「そしたら、あんた、そいつに会うつもりか？」

「ああ、会うだけはな。会って、そいつが何をどこまで知っているのか、探ってみるのもいいだろう」

「そらま、そうやな。ただ……」

河路は眉根《まゆね》を寄せた。

「必ずしも嘗《な》めてかかってばかりはおられんのかもしれん。ちょっと前、うちの周辺でも、警察がいろいろ動いとったらしい。ここしばらくはやって来んが、沢野《さわの》と広井《ひろい》のやつが刑事に訊問《じんもん》されたそうや」

「刑事が？　……何かあったのか？」

「だいぶ前のことや。夕日地蔵の前で、娘を乗せる手筈《てはず》になっとったのやが、そこに刑事が来たそうや。そいつらが車のナンバーを記憶しとったのかもしれん。沢野が運転して、広井が助手席におったのやが、そういう事実があるかどうか、だいぶ追及されたそうや」

「ばかな！　まだやっていたのか……しばらくやめろと言ったはずじゃないか」

「それを連中に伝える前のことやがな。いまはやめとる。それに、沢野は知らぬ存ぜぬでつっぱりきったそうやから、もう心配はいらんよ」

「しかし、なぜそこに刑事が来たんだ」

「はっきりしたことは分からへん。沢野はてっきり初谷《はつや》がサシたのやないかと思うて、すんでのところで殺《や》る気やったらしい」

「冗談言うな、どうしてそう……」

橋口は激しい不安と焦燥で、額に何本もの青筋を浮かべた。精神状態がおかしくなりそうなほど、動揺している。

「何やね、そんなにオタオタせんでもよろしいがな。わしらかて、べつに荒っぽいことをしたいわけやない」

「しかし、これまでにも……」

「やめんかい」

河路は唇に指を押し当てて、椅子《いす》から立って、ドアの外を見に行った。

「何をうろたえとるんや、M商事の社長ともあろうお方が。もっとドッシリしとってもらわな、危のうて、こっちまで心配になってくるがな」

冗談めかして言ってはいるが、それは河路の本音でもあった。目下の不安材料は、橋口の情緒不安定なのだ。

気まずい沈黙の時が流れた。橋口も河路も煙草に火をつけて、不味《まず》そうに吸った。

「それで、初谷はどうしたんだ？」

橋口は訊いた。

「心配せんかて、何もしておらんがな。初谷にもしばらく身を隠すように言うておいたから、当分、奈良には現れんやろ」

「おい、まさか……」

橋口は険しい目を河路に向けた。

「また疑うとるのか。やめんかいな。あんたにかかったら、わしはまるで殺人鬼かなんぞみたいやな」

河路は肩を揺すって笑ったが、じきに深刻な表情に戻った。

「ところで、創志会はその後、何か言うてきとるのか？」

「いや」と橋口は首を横に振った。

「このところしばらくは、奇妙に静かだ。総会が近づいているというのに、どういうことか分からん」

「諦《あきら》めたのとちがうか？」

「そんな簡単に諦めるような連中とは違うだろう」

「しかし、野平の娘のことを、ほんまに知っとるのかどうか、分からんで。ひょっとしたらハッタリかもしれん」

「そうとは思えないな。創志会は何も知らないで攻撃しているにしても、香薬師仏のこともあるし、保坂《ほさか》がその気である以上、最後の切札があると思わなければなるまい」

「その保坂やが、その後、何も言うてこんのか？」

「うん、何の連絡もない」

「で、嬢ちゃんはどないしたんや」

「あの日、出て行ったきり連絡がない」

「保坂と一緒とちがうのか？」

「分からん」

橋口は沈痛な顔であった。河路もそういう橋口には心底、同情した。

「しかし、嬢ちゃんは、ようやってくれたやないか。親父はしようもないこと、しとるいうのに、嬢ちゃんはほんま、親孝行なこっちゃで」

「もう言うな……」

橋口は瞑目《めいもく》した。強い悔恨と自己嫌悪の念が、顔を醜く歪《ゆが》めていた。

「おれは、自分から発狂してしまいたいと思うことがある。死ぬ度胸はないが、狂うことならできそうな気もする。狂って、病院のベッドに縛りつけてもらいたいほど、おれ自身の中にある衝動が恐ろしくて仕方がない。これもすべて……」

　言いかけた言葉を、胸の支えのように喉元《のどもと》で止めた。

「何を言いたいのか、わしにも分かっとる。あんたは香薬師仏のことを言いたいのやろ。何もかもが香薬師仏の呪《のろ》いや、そう思うとるんやろ」

　河路が冷やかにさえ感じられる口調で、言った。橋口は黙ったままだ。

「そうや、わしもな、あんたが仏の顔をした女《おな》ごに惚《ほ》れる病やいうことを知ったとき、これは香薬師仏の呪いかもしれん、思うたことがある。しかし、それならそれでええやないか。仏に似た女ごに惚れて、仏に似た女ごを抱いて、それで成仏できるのやったら、これほど幸せなことはあらへん——そう思うたらええやないか。どっちみち、やがて死ぬ身や。二十歳のときに死なんかったのが、儲《もう》けものみたいなもんや。そう思うたら、何も怖いことないし、何でもでけるがな」

　河路の言葉がやむと、橋口はゆっくり席を立った。坐ったままの河路を蔑《さげす》むように見下ろして、「おれは、そういうあんたが嫌いだ」と言った。

　それから、ドアへ向かって歩きながら、吐き出すように言った。

「それ以上に、おれ自身が嫌いだ」

　河路は橋口の背に向けて、「おい、裏から出ろや」と声を投げた。

　橋口は何も答えなかったが、階段を下りて、裏へつづくドアを開ける気配があった。それを確認してから、河路は立って、橋口の後を追うようにして、階下に下り、ホールの裏側のドアを開けた。

河路を見て、沢野がやって来た。「和南《わなん》不動産株式会社取締役営業部長」がこの男の肩書である。

「社長、いま橋口さんが出て行かはりましたが、ちょっと様子がおかしかったような気がして……」

「ふん、何かあったんか？」

「はあ、香夢庵はいかがですかとお訊きしたのですが、何も言わんと、黙って出て行かはりました」

「何か考えごとでもしとったのやろ」

「そうでしょうか、少し窶《やつ》れてはるようにも見えましたが」

「ああ、それは確かにあるな。しかし、やっこさんにはもう少し頑張って、社長でいとってもらわなな、困る。あと五年……いや、せめて三年やな。M商事のバックアップが途絶えたら、この会社もえらいこっちゃで。橋口の元気なうちに、平城山ニュータウンの認可を取り付けなあかんぞ」

「はい、分かっております」

「それまでは、橋口をしっかりお守りしとってや」

「はい、承知いたしました」

河路も沢野も、期せずして、橋口の去った方角へ視線を転じた。

2

細岡博士の家を訪ねた夜から数日後の土曜日、浅見と美果は奈良市郊外秋篠《あきしの》の里にある、香夢庵を訪れた。

新しい宮家が誕生して、秋篠の里はちょっとした観光ブームになったそうだ。

垂仁《すいにん》天皇陵から北へ、菅原《すがわら》神社―西大寺《さいだいじ》―秋篠寺へとつづく道は、奈良の散歩道の一つに数えられてはいるけれど、秋篠寺界隈《かいわい》まで足をのばす観光客は珍しい。途中に競輪場なんかがあったりして、興を削《そ》ぐせいかもしれない。しかし、秋篠寺には有名な伎芸天《ぎげいてん》や、境内に会津八一の歌碑「あきしの　の　みてら　を　いでて　かへりみる　いこま　が　たけ　に　ひは　おちむ　とす」もあって、ちょっとした穴場でもあるのだ。

その秋篠寺に近い、静かな台地に香夢庵はあった。

門から少し離れた場所に車を停めて、浅見と美果は徒歩で来たように香夢庵の生け垣のような低い門を入った。

気配を察したのか、玄関に若い男が待機していて、「どうぞ」と頭を下げると、先に立って奥へ進んだ。外見ではそれほど広い建物には見えないのだが、上がってみると奥行きが深そうだ。廊下を細かく三度曲がって、庭に面した茶室風の座敷に案内された。

この辺りはむかしから篠竹が密生する土地であったらしい。香夢庵の庭の篠竹も、自生していたものに、さらに移植して密生させたのだそうだ。

枯山水の一角にこんもりと繁った篠竹を配した庭は、素朴に見えて、じつはかなり精緻《せいち》な技巧を凝らしたものである。

座敷の庭に面した側には、大きな一枚ガラスの戸を四枚嵌《は》めてある。篠竹の繁みのいくぶん低くなったところに、どこの寺のものなのか、はるか遠くの五重塔の上の二層が顔を覗かせて、四枚の戸がそのまま障壁画のようにも見えた。

「いいお庭ね」

美果は浅見に囁《ささや》いた。ここで庭を眺め、気儘《きまま》にお寺巡りをしたり、ときには大和路を散策したり……の暮らしは、まさに彼女の理想とする世界だ。

浅見は小さく頷いただけで、言葉を返さず、ニコリともしなかった。この建物の遠くから聞こえるかすかな音も聞き逃すまいとしているのだが、強い緊張感がそれこそオーラのように浅見の全身から立ち昇っている。美果はわずかに肩をすくめて、口を結んだ。

さっきの青年が日本茶を運んできて、しばらく待たされた。

やがて廊下に足音が聞こえたかと思うと、襖《ふすま》が開いて橋口亮二が入ってきた。

「お待たせしました」

橋口は和服の着流し姿であった。全体に焦茶色に見える、細かい織り模様が入っている渋い大島だ。

橋口は一礼して浅見と、そして美果の顔を見て、はっとしたように顔色を変えた。ほんの一瞬のことであったが、美果の顔が弥勒菩薩《みろくぼさつ》に似ていることと、その表情の変化は無関係ではなさそうだ。

座卓を挟んで坐り、軽く挨拶を交わすと、橋口は「どうぞ、お楽に」と若い二人に勧めて、自分も胡座《あぐら》をかいた。

「あなたが浅見さんですか」

あらためて浅見の顔を見つめて、小さく合点するように、何度も頷いた。

「はい、浅見です。職業はフリーのルポライターで、決して恐喝者ではありません」

「ははは……」

橋口は天井を向いて笑った。

「細岡のやつ、そんなことを言っておりましたか。いや、それは失礼。しかし、私の耳に入ったデータでは、最初、そういうことになっておりましてね。お気を悪くしないでいただきたい」

「いえ、僕は気にしていません」

浅見はサラリと言った。橋口も「そう、それなら結構」と軽く頷いただけで、すぐに本題を切り出した。

「早速ですが、細岡からの申し越しによれば、あなた方は当方の窮地を救ってくれるのだそうですな」

「はあ、そのつもりです」

「しかし、浅見さんは警察庁幹部の弟さんでしょうが。みだりに行動して、あとで困ることにはなりませんかな?」

「その点はご心配なく。僕は兄とは——というより、警察とはある一線を画して、距離を置いているつもりです」

「細岡もそう言ってはいたが、彼は一種の学者ばかみたいで、世間知らずのところがありますからな」

「そうかもしれません。橋口さんのおっしゃったことも、そのとおりに丸々信じておられましたから」

「ん?……」

橋口は浅見のさりげない、しかし鋭い反撃を食らって、苦い顔になった。

「私の言ったことの、何が虚偽だと言うのかな？」

「香薬師仏のことなど」

「ああ、香薬師仏を私が所有しているという噂《うわさ》があるそうですな。それとも、噂の震源地はあなたかな？」

「いえ、噂というより情報というべきでしょう。その出所は野平隆夫さんです」

「野平？　……というと、行方不明になっている、わが社の総務部の野平ですか？」

「そうです」

「じゃあ、野平がどこでどうしているのか、あんた方は知っているのですか？　それとも、野平はあんた方が拉致《らち》したのじゃないでしょうな？」

「えっ？　まさか……それより、あなたこそ、野平さんをどうしちゃったのですか？」

「何を言っているんだね。野平のことを私が知っているはずがないでしょう」

橋口の口調を素早く分析しながら、浅見は自分が、何かとてつもない錯覚をしているのではないかと思った。

その浅見の動揺につけ込むように、橋口は高飛車に言った。

「そんな者の言うことを信じることこそ、愚かしい話だな」

「愚かしいかどうかは、あなたご自身がもっともよくご存じでしょう。しかし、香薬師仏がどこにあろうと、僕はそんなもの、どうでもいいのです」

「そんなものと……」

橋口は反射的に抗議しかけて、すぐに気付いて、口を噤《つぐ》んだ。しかし、香薬師仏を貶《けな》すような若者の言葉に、不用意に反発しかけたことは、誰の目にも明らかだった。

「僕がこちらにお邪魔した目的は、そんなことにあるのではありません。もしそうだとしたら、細岡先生も仲介の労をお取りにはならなかったでしょう」

「ああ、そのようですな。何か知らないが、細岡には、私のためになることだから、ぜひ会えと、強引に説得されましたよ。とはいえ、それは余計なお世話というべきものではありますな。あなた方に窮地を救われるという状況には、もともと私はないものでしてね。彼の言う意味が分からなかったのですが」

「あなた一個人の窮地を救おうなんて、そんな余計なお世話をする意志は、僕にもありません」

「ん？……」

浅見の乾いた口調に、橋口は不快そうに眉《まゆ》をひそめた。

「正直な気持ちを言わせていただくなら」と、浅見は橋口に負けないほど眉をひそめて、言った。

「僕はあなたなど、亡びてしまえばいいと思っています」

「なにっ……」

橋口は顔色を変えた。おそらく何十年ものあいだ、これほど屈辱的な言葉を面と向かって言われたことはないにちがいない。どんなに傲岸《ごうがん》な男でも、彼の前に出れば膝《ひざ》を屈し、頭を垂れて、耳触りのいい言葉を捧《ささ》げるばかりだろう。

「ぶ、無礼な！　き、きみは喧嘩《けんか》を売りに来たのか？」

額に太く血管が浮き出ている。これ以上、刺激的なことを言えば、脳溢血《のういっけつ》の発作に襲われそうな不安さえ感じさせた。

「いえ、とんでもない、僕はあくまでもあなたのお役に立ちたいだけですよ。ただし、心ならずも——と付け加えさせていただきますけどね」

「無用だ！　きみごときに助けてもらう弱みなど、私にはない。帰りたまえ」

橋口は坐ったまま、顎をしゃくって襖の向こうを示した。

「僕たちは帰りますが」と、浅見は冷やかに言った。

「お嬢さんの悲しみと野平繁子さんの呪いは、永久に解けませんよ」

「なに？……」

橋口の顔から血の気が引くのが分かった。いや、橋口ばかりでなく、浅見の隣でずっと成り行きを見守っている美果も、あまりにも意外な展開に驚きを通り越して、恐怖を感じていた。橋口の様子もただごとではないが、浅見まで、精神がどうにかなってしまったように見えた。

「お嬢さんの悲しみと野平繁子さんの呪い——この二つを敵が利用するかぎり、あなたの、そしてM商事の安寧は望めないのではありませんか？」

「…………」

橋口の表情に驚愕《きょうがく》の色が血の色とともに広がった。

「失礼します」

浅見は軽く会釈して、美果を促すと立ち上がった。

「待ちたまえ……いや、すまんが、待ってくれませんか」

橋口は懇願するように言った。気息を整える間もなく声を発したことで、いかにも苦しそうであった。

浅見はしかし、元の場所に戻らず、立ったまま橋口を眺めた。

「なぜ……」と、橋口はか細い声を出した。

「なぜ娘のことを……いや、娘はどこにいるのです？」

「申し上げるわけにはいきません」

浅見はあっさり断った。

「今日のところはこれで引き揚げます。今夜の宿は日吉館ですから、もしお気持ちの整理がついたら、連絡してください。明日いっぱいは奈良にいるつもりです」

言うと、襖を開けた。

玄関を出て門まで、浅見は後ろを振り向かずにグングン歩いた。美果が小走りになるほどの大股《おおまた》歩きであった。

表通りに出ると、やっと足を停めて、浅見は大きく吐息をついた。美果も肩で息をしている。

「びっくり、した……」

美果は、言葉の途中で喉にからまる息を飲み込んで、苦しそうに言った。

「いったい、どうしちゃったんですか？　突然、お嬢さんがどうしたとか言い出すんですもの、びっくりしちゃった」

「いや、あのくらいのダメージを与えないと、あの人にこっちの誠意が通じませんからね。少し驚かしてやったのです」

「だけど、お嬢さんのことなんか、私にも教えてくれてなかったじゃないですか。私だってショックでしたよ」

「ははは、ごめんなさい」

「そんな……私に謝ったって仕方がないわ。それより、お嬢さんのことって何なのですか？　橋口さんが必死になって、居場所を知ってるかって、訊いていたのにどうして教えて上げなかったんですか？　いくら何でも気の毒じゃないですか」

「そう言われても困るなあ」

「橋口さんのほうがもっと困っているわ。どんな事情があるのか知らないけど、居場所くらい教えて上げればいいじゃないですか」

「それは無理ですよ」

「どうして？　どうして無理なんですか？」

「どうしてって……お嬢さんがどこでどうしているのかなんて、僕も知らないのですからね」

「えーっ？　……うそ……だって、いかにも知っているみたいな……」

美果は大きく口を開け、信じられない――という目で浅見を見つめた。

「ははは、僕の演技力もなかなかのものだったでしょう。あのしたたかな橋口社長が、みごとにひっかかりましたからね」

「ひっかかったって……じゃあ、あれ、お嬢さんのことっていうの、出鱈目《でたらめ》なんですか？　テレビのどっきりカメラみたいに」

「まさか……」

浅見は呆《あき》れて、声を出さずに笑った。

「そんなひどい出鱈目は言いませんよ。お嬢さんがいることは事実なのです。いや、事実だと信じたからこそ、僕はあそこまでカマをかけて言えたのですよ。たしかに橋口社長には、人には言えない娘さんがいるのです。さっきの動揺ぶりで、そのことがよく分かったでしょう」

「ええ、それは分かりましたけど……だけど浅見さんはどうしてそのこと、お嬢さんの存在を知ったんですか？」

「仮説です」

浅見はケロッと言ってのけた。

「また仮説ですか？　信じられないわ」

「そうかなあ……べつにそれほど意外な仮説じゃないと思いますけどね。いろいろの状況から帰納する結論は、どうしてもそこへ落ち着くのですが」

「いろいろな状況って？」

「宝ケ池のホテルで野平繁子さんと一緒だった人物——たぶんそれは女性でしょう——その女性だとか、平城山を越えた女だとか、野平氏の写真に写っていた女性だとか……いったい彼女たちは何者で、どこへ行ってしまったのかを考えればいいのです」

「それって、その女性は同一人物だっていうことですか？　そして、その女性が橋口社長のお嬢さん……」

「だと思います」

「でも、どうして？　どうしてそんなふうに思えたりしちゃうんですか？」

「そうだなあ……」

浅見は立ち止まり、秋篠寺の森の梢《こずえ》をぼんやり眺めた。

「夕日地蔵の前と、浄瑠璃寺で女性が目撃された日、奈良地方は氷雨が降っていたそうですね」

「ええ、そう聞きました」

「氷雨に濡《ぬ》れて、じっと佇んでいて、それから平城山を越えて行った——それがすごく象徴的な情景に思えてならないのです」

「象徴的って……」

「彼女は何のためにそんなことをしたのかってね。はじめ、僕は雇われた女性かと思ったのだけれど、しかし違うでしょう、それは。金銭ずくでない、ひたむきな精神力のようなものを感じますよね」

「ええ、そうですね……」

美果も、浅見と並んで秋篠寺の森を見上げた。

冷たい早春の雨の中を、トボトボと奈良坂を下ってゆく女性の姿に、自分をなぞらえてみて、美果もそう思った。

「女性がそんなに献身的に行動するのは、金のためや、ましてや会社だとか国家だとかいう組織のためではあり得ない——なんて言ったら、あなたに叱《しか》られるかな。阿部さんは美術全集の編纂《へんさん》のために、献身的に働いていますからね」

「まさか……」

美果は笑った。

「私は会社のためなんかではなく、自分の趣味のために働いているようなものです。それに、何よりもサラリーのため」

「ははは、そう言っちゃ、身も蓋《ふた》もないけれど。しかしつまり、そういうことです。彼女の献身は誰のためか……それは恋人か父親かどちらかだと思い、僕は父親を想定したのですよ。彼女は父親を窮地から救うために身を挺《てい》して動き回ったにちがいない」

「でも、たとえそうだとしても、その父親が橋口社長だなんて……第一、あのひと、確かもう六十五か六じゃないですか」

「彼女は二十五、六歳。あり得ないことではないでしょう」

「それはまあ、そうですけど……」

美果は赤くなって、浅見から離れるように歩きだした。

「それともう一つ、野平氏と一緒に写っている写真を用意して、それを警察に見せるよう、野平氏に命じたこと。さらにいえば、野平夫人をホトケ谷見物に動員した。そんな工作が自由にできる女性——という条件も加味すると、社長の娘さん以外に考えられませんよ。ただし、橋口家の戸籍には、それに相当するようなお嬢さんはいません。したがって、世間的には伏せられた存在で、このことが知れると、橋口氏は失脚の可能性があると考えてよさそうです。野平繁子さんの変死事件といい、いま、橋口氏は進退窮まった状態に陥っているのですよ」

浅見の信じられないような話に、しかし美果はもう異議を挟まなかった。

浅見は大股に歩いて美果に追いつくと、言った。

「さっき、橋口氏があなたの顔を見た瞬間、ひどく驚いたのに気がつきましたか？」

「ええ、なんだか悪魔でも見たような顔をしてましたけど」

「ははは、悪魔はないでしょう、天使というべきです……いや、しかし、幽霊を見たような気分ではあったかもしれないな」

「幽霊って、野平繁子さんのこと？」

「そうです。きょう、香夢庵を訪ねる目的の最大のものは、橋口氏があなたを見て、どんな顔をするかを確かめることにあったのだけれど、充分すぎるくらいの反応がありましたね」

「あら、じゃあ、私を奈良に誘ったのは、単にそれだけのためだったのですか？」

「まさか……それだけなんかじゃありませんよ。今夜、彼を日吉館に誘い出すには、男の僕だけでは無理です。かといって、ボディーガードを連れて来るわけにもいかないでしょうしね」

「えっ、じゃあ、あのひと、ほんとに日吉館に来るんですか？」

「来ますよ、必ず……」

浅見はまた立ち止まり、香夢庵の方角を振り向いた。そのポーズが、なんだか薬師如来を護る十二神将の因達羅《いんだら》大将のように逞《たくま》しく、美果には見えた。

しかし、その雄々しい因達羅大将はすぐに向き直って、美果を置き去りにするように歩きながら、ほとんど聞き取れないような早口で言った。

「あなたを誘ったいちばん大きな理由は、あれですよ……つまり、その、ひとりよりはふたりのほうがいいと思ったからですよ」

美果は吹き出したいのを堪えて、浅見のあとを追った。

3

橋口は午後六時きっかりに、何の前触れもなく、日吉館にやって来た。大会社の社長が供も連れず、フラッと立ち寄ったというのに、日吉館の人々はあまり驚きもしない。

「十年ぶりかしらね」

この宿の回想録をまとめた『奈良の宿・日吉館』の出版記念パーティの時に会って以来だが、八十歳の「小母さん」は橋口の顔をちゃんと憶えていた。

ちょうど食事が始まろうという時刻で、浅見と美果もすき焼鍋を囲んで坐り込んだところだった。

「ひとつ、お仲間に入れていただくかな。自分の食う分は持参しました」

橋口はぶら下げてきた肉の包みをテーブルに載せて、宿の女性に茶碗と箸《はし》を追加してくれるよう、頼んだ。

土産の肉は最上級の霜降りだった。今夜は客の数も少なく、ほかの客たちに回す分量はたっぷりあった。

「困るねえ、学生にこんな上等の肉を食べさせたら」

小母さんは文句を言ったが、顔は笑っていた。

自分はあまり箸を使わず、橋口は一本の缶ビールを嘗《な》めるように飲みながら、もっぱら浅見たちの健啖《けんたん》ぶりを眺めている。

食事がすむと、二階の部屋に上がった。浅見と美果はむろん別の部屋だが、宿の好意で、三人のためにいちばん上等の部屋を使わせてくれた。

橋口は懐かしそうに天井や壁、柱の傷を眺め回した。思い出に浸りきっているのか、言葉数は少なかった。浅見と美果が何か話しかけても、「ああ」とか「そうね」とか曖昧《あいまい》な返事をするばかりだ。

七時になると、橋口は「浅見さん、男同士、外へ飲みに行きませんか」と立ち上がった。どうやら、最初から、この時刻を待っていたらしい。

「阿部さんには恐縮だが、ここに残っていただくのも、大切なことでしょうしな」

笑いながら言った。つまり「生き証人」という意味を言ったのだ。

美果は浅見の顔をチラッと見てから、黙って頷いた。声が出なかったというべきかもしれない。

表に出たとたん、ハイヤーがスーッと寄ってきた。マイカーや社有車でなく、ふつうの営業車を用意したということにも、浅見に警戒感を与えまいとする橋口の配慮が感じられる。

行く先は香夢庵であった。ハイヤーは門の中まで入って、二人を下ろした。

玄関には昼間いた青年のほかに、屈強な若者が二人、さらに奥の部屋には中年の上品な紳士がいて、頭を低くして客を迎えた。

いささかものものしい雰囲気だったが、浅見は自分でも意外なくらい、さほどの緊張を感じなかった。

案内されたところは昼間の庭に面した部屋でなく、四辺を壁に囲まれ、一ヵ所だけ頑丈なドアのある洋間だった。まったく無音状態になるほど、遮音効果のいい設計になっているらしい。

橋口はいったん引っ込んで、和服に着替えてから現れた。その間ずっと座敷にいた紳士に、「もういい」と言って退出させた。

「煙草を一服だけ吸わせていただけますかな？」

橋口は浅見に了解を求めて、換気装置を回した。外国煙草を浅見にも勧めたが、浅見は辞退した。

橋口はほんとうに美味《うま》そうに、ゆっくりと煙草を吸い、終わるとすぐに換気装置を停めた。

「私も腹蔵なくお話しするつもりだが、浅見さんもひとつ、何をどこまで知っているのか、話してみてはいただけませんか」

橋口はそう言って、聞く姿勢を作った。

浅見は少し逡巡《しゅんじゅん》した。こっちの手の内をすべてさらけ出して、はたして橋口は言葉どおり、腹蔵なく洗い浚《ざら》い話してくれるものかどうか、大いに疑問だった。しかし、ここまできては、もはや駆け引きや腹の探りあいは無用だと思うことにした。

「すべては」と浅見は喋《しゃべ》りだした。

「昭和十八年三月二十日の夜に始まったのだと思っています」

橋口は頷きもせず、黙って目を閉じた。

「その夜、五人の学生は新薬師寺の香薬師仏を盗み出した。いや、細岡先生は参加なさらなかったのでしたか。しかし先生も心情的には同罪だとおっしゃっていました。そうして、まず橋口さんが香薬師仏を抱いた。戦争に出て行くまで、橋口さんの手元に像はあった。それから、三人が戦争に行って、香薬師仏はBさん――細岡先生はBさんと言われました――の手に残された。戦争が終わり、ふたたび橋口さんの手に戻るはずだった像は、Bさんが手放すことを拒否した。そしてBさんは殺されたのですね」

浅見は橋口の顔を見たが、相変わらず目を閉じたままで、反応はなかった。

「Bさんを殺したのはアメリカ兵だということになったそうですが、じつは橋口さんか、ひょっとすると奈良の美術商をしている河路さんという方ではないかと思っています。しかしそのことはもう追及しません。もし間違いでしたら、後で訂正してください。とにかく、そうして香薬師仏はあなたの手に戻った。以来、四十年以上の間、香薬師仏はあなたの家の奥深い場所にしまわれていて、あなたとあなたの仲間の、ほんの何人かの目に触れるだけだった。

ところが去年の暮れ、ここに別荘が出来て、美術品の多くを移動させる際、あなたは不用意にも香薬師仏を野平さんに見られてしまった。いや、素人が見ても分からないという安心感があったのかもしれません。たとえば僕のような人間が見ても、ただの小汚い仏像にしか見えませんからね。よもや、あの、あまり冴《さ》えない風貌《ふうぼう》の野平さんに、香薬師仏の知識があるとは思わなかったのでしょう。しかし、野平さんは知っていた。あの人が学生時代、やはり、日吉館の常連だったことを、橋口さんはご存じないでしょう？」

「ほう……」

ようやく、橋口は目を開き、口も開いた。

「そうでしたか、彼も日吉館にねえ……しかし浅見さん、香薬師仏を発見したのは、野平ではありませんよ」

「えっ、違うのですか……」

浅見は意表を衝かれた。同時に自信も失いかけた。

「そう、野平が香薬師仏のことを知ったのは、彼の娘の口から聞いたのです」

「えっ？　というと……野平繁子さん、ですか？」

「そうです、彼女がここで香薬師仏を見て、野平に教えたのです」

「ここで……」

野平繁子に仏像についての知識があったとしても不思議はないのに、それは一種の盲点のようになっていた。

それはいいとしても、橋口が「ここで」と言った言外の意味を悟って、浅見は眉をひそめた。

「そうです」

橋口は気負うでもなく、さりとて悪びれるでもなく、淡々とした口調で言った。

「自分で言うと、いささか言い訳めいて気がひけるのですが、私は病気でしてね。友人はそれを香薬師さんの祟《たた》りだと言う。そう言われれば、一言もないのだが、細岡はあなたに惑溺《わくでき》だと言ったそうですな」

「ええ、まあ……」

「いや、彼の言うとおりです。まさに私の仏像に対する倒錯した愛情は、惑溺そのものと言ってよかったし、仏像に飽き足らない気持ちを、生身の人間に求めるようになってしまったのも、当然の帰結かもしれません。まことにお恥ずかしい」

橋口は低く頭を垂れた。そこにいるのはM商事の総帥ではなく、心を病む一人の初老の男でしかなかった。

「細岡に聞いたのだが、あなたはここで死んだ女性のことを推理したそうですな」

「ええ、いままで起きたさまざまな出来事の一つ一つを組み合わせてゆくと、ホトケ谷で死んでいた女性――野平繁子さんはここから運ばれたのでなければならないと思えてきたのです」

「なるほど、あなたは恐ろしい人だ」

橋口は溜《た》め息をついた。

「細岡の話だと、あなたは『目の前で、妻でも娘でもない女性が死体になっている』というようなことを言われたそうだが、まさにそういう状況でしたよ。しかも、あの娘は私の腕の中で絶息したのです」

浅見は虻《あぶ》でも追い払うように、顔の前で手を振った。

「それ以上は聞きたくありません。そんなふうに露悪的に話すのも、あなたの趣味なのですか？　それとも、もっと大きな悪をカムフラージュするためにおっしゃっているのですか？」

「………」

橋口はギョッとしたような目で、浅見を睨《にら》んだ。浅見はそういう橋口の動揺に興味を懐《いだ》いたが、それ以上、この話題をつづける勇気は、この男にはない。

「そうですか……」と橋口は面目なさそうに言った。

「それでは、あなたにはいまさら何も話すことはないのかもしれませんな」

「いえ、分からないことが一つ……いや、二つあります」

「それは何ですか？」

「一つは、僕と阿部さんが大覚寺で出会った紳士のことです。野平隆夫氏の名を騙《かた》ったのですが、その紳士が誰なのか、どうしても分からないのです。おそらく橋口さんを恐喝している人物の一人で、総会屋かなとも思ったのですが、総会屋なら、あんなややこしい芝居を打つ必要はないでしょう。じつに奇妙な話で、いまだにあれは何だったのか分かりません。橋口さんはその紳士に心当たりはあるのでしょうか？」

「ほう、浅見さんはその人物のことを知らないのですか」

橋口は怪訝《けげん》そうに首をかしげた。

「たぶん、あなたが言っているのは保坂のことだと思うのだが……」

「保坂……」

浅見がはじめて聞く名前であった。

「どういう人物ですか？」

「娘の父親です」

橋口があまりにもあっさり言ったので、さすがの浅見も瞬間的には意味が分からなかった。

「娘……というと、橋口さんのお嬢さんということですか？」

「そうです」

橋口は曖昧な笑みを浮かべた。

「あ、そうですか……つまり、お嬢さんのお母さんの……」

「まあ、そういうことです」

浅見に最後まで言わせまいと、橋口は遮るように早口で言った。

「二十五、六年も前のことだが、私はある女を愛しましてね。お恥ずかしい話のついでだから何でも話しますが、彼女に子供ができた。それを、当時、私の部下だった保坂に押しつけた形ですな。しかも、仲人を私自身がやった……私とはそういう男ですよ。これ以上はない卑劣漢だ、思いきり軽蔑《けいべつ》していただいてよろしい」

正直、浅見は吐き気がするほど嫌悪感に襲われた。しかし、橋口にそう言われると、この老人の苦悩を思いやる気持ちも同じ程度、懐かないわけにいかなかった。

「保坂がそのことを悟ったのは、娘が成長して、中学に入るころのことらしい。彼は苦しみ、会社を去ったが、妻のことは許した。保坂はほんとうに妻と娘を愛しているのです。それを思うと、私は心底、恥ずかしい」

「そうだったのですか……」

自分の性格とは、まるっきりなじまない、ドロドロした世界に踏み迷ったような、戸惑いと不愉快を、浅見は持て余した。

「そうすると、大覚寺の贋《にせ》野平氏は、その保坂氏が野平繁子さんの失踪《しっそう》を明るみに出そうとしていたのだ――そう解釈していいのでしょうか？」

「そのとおりですよ」

「目的は、カネですか？」

「それと、私の失脚でしょう。彼の後ろには創志会という総会屋がついていて、当社の幹部とつるんで、ひと悶着《もんちゃく》、企んでいるのですよ」

「しかし、保坂氏は野平繁子さんが失踪したことを、どうして知っていたのですか？」

「保坂はずっと前から、私の病的な奇行を知っていて、繁子との関係もひそかに探り出していたらしいのです。繁子とはこの別荘が出来て引っ越しをしたとき、野平が連れて来たのが最初の出会いでした。いま思うと、野平には繁子を私に引き合わせる目的があったのかもしれない。まさに、彼女は私の惑溺を誘う魅力の持主でした。それに、彼女のほうも私の想いに応えてくれた。ははは……、浅見さん、そういやな顔をしないで、聞いてくれませんか」

橋口は照れ臭そうに笑った。

「はあ、聞いています」

浅見はぶっきらぼうに答えた。

「保坂は繁子のことで私を恐喝しようとしていたのですが、そのことに娘が気がついた。それで、私に教えてくれるのと同時に、繁子にも忠告したのですな。繁子が奈良に来る前日、京都宝ケ池のホテルに泊まったときに、娘は繁子と会っているのです。会って、私と手を切るように言ったのです」

京都宝ケ池プリンスホテルで、野平繁子が「接待」した相手は保坂の娘だったということか——。

「すると、お嬢さんはあなたと繁子さんの関係を知っていたのですか？」

「それはもちろん知っていますよ。ここでも何度か顔を合わせている……ああ浅見さん、またいやな顔をしますか。娘がここを訪ねてくることも理解に苦しむという顔ですな。たしかに妙な関係かもしれない。人間というのは不思議な生き物だと思いますよ。保坂一家の私に対する感情など、まっとうに生きておられるあなたなどには想像もつかないかもしれない。もちろん、保坂は私を憎んでおります。恐喝するほど憎悪している。だが、それはどうも、妻と娘——ことに娘に対する愛情の裏返しみたいなものであるらしいのですな。保坂の妻も娘も、むろん私を憎んでおるでしょう。だのに、どういうわけか、娘はときどき私に会いに来る。骨肉の情——などと甘いことを言うと、またあなたに叱《しか》られそうだが、私としてはそう思いたい気持ちです。もっとも、だからといって娘が私に優しい言葉をかけてくれるわけではない。娘は私などよりも保坂のことをはるかに大切に思っているのだが、さりとて、胸の内にはちゃんと私の存在する場所を用意してくれているらしいのです。そんなわけで、二人の父親と娘の関係はきわめて複雑でしてな、保坂が私をトコトン憎みきれない部分があるのは、おそらくそのせいではないかと思っています」

「保坂氏が繁子さんのことを知っていたとしても、死んだことまでは知り得なかったと思うのですが？」

「死んだことは知らなかったのかもしれないが、失踪したことは分かったでしょう。保坂は娘が繁子を説得するために、京都のホテルで会ったというところまでは知っていたらしい。ところがその後、繁子は忽然《こつぜん》と姿を消してしまったのです。勤め先は辞めたというし、野平家にも、この香夢庵にもいる気配がない。保坂はてっきり、私が繁子を殺したと思ったに違いありませんよ。まあ、たしかにそれに近い状況だったわけですがね。いずれにしても、繁子が失踪したにも拘わらず、野平家が騒ぎたて、捜索願を出したとかいった話もない。そうして野平がいわゆる二階級特進の異例の抜擢《ばってき》を受けるにいたって、これは臭い――と思ったことはまちがいありません。野平のところにも、保坂と思われる男から、繁子はどうしたという電話が何度もかかっているそうです。保坂は娘を問い詰めても埒《らち》があかないので、ついにああいうばかげた芝居を打って、われわれに揺さぶりをかけてきたということですよ」

「しかし、橋口さんを失脚させる狙《ねら》いなら、警察に密告するか、総会屋に情報を提供するかしそうなものですが」

「いや、保坂にはそこまで踏み切るほどの気持ちはないのでしょう。度胸がないというのではなく、悪意がないのです。われわれとしては、創志会に情報が流れることをもっともおそれているのだが、保坂はそこまではしない。娘に止められているということもあるのかもしれないが、保坂という男は、根は悪い人間ではないのです。私などに較べれば、はるかに善人なのですよ」

「いちばん肝心なことをお聞きしたいのですが」

浅見はようやく、最後の核心部分を質問することにした。

「その夜――つまり、野平繁子さんが亡くなった夜、ここでいったい何があったのですか？　死因は単純な病死だったのですか？　それとも……」

「いや、もちろん病死ですよ」

橋口は浅見の言葉を中断させる勢いで言った。

「だったら、医者を呼んで、それなりの手続きをお取りになるべきだったのではありませんか？」

「むろん、あなたのおっしゃるとおりかもしれん。常識からいえばそのとおりです。ただし、病死とはいっても、突然死は変死扱いになって行政解剖に付されるのだそうですな。そうなれば私のスキャンダルは公になる。みっともない話だが、私も側近たちも、死体を前にして右往左往するばかりでした。ところが、そこへヒョッコリ、娘がやって来たのです。その前の晩、娘は繁子と会って説得をしたのだが、その結果どうなったか、繁子から連絡がゆくことになっていた。それで奈良のホテルでずっと待機していたのに、繁子から何の連絡もないので、業をにやしてやって来たということでした。そしてその場の有り様を見て驚いた。しかし、驚きながらも娘は妙案を考えてくれましてね。娘が推理小説を愛読していることは知っていたが、まさに小説顔負けのトリックでした」

「あっ……」

浅見は思わず感嘆の声を発してしまった。

「そうだったのですか。あの氷雨の降る日、夕日地蔵から奈良坂を越えて浄瑠璃寺へ向かうアリバイ工作は、お嬢さんの自作自演だったのですか。驚きましたねえ、すばらしい才能ですねえ」

「いや、そんなふうに褒《ほ》められるような話ではありませんが……」

橋口は当惑げだが、浅見は本心から彼女の機転に感心していた。

「しかし、それにしても、野平さんの動きが分かりませんねえ」

浅見は首をかしげた。

「せっかく巧妙なトリックのお蔭で、いわば完全犯罪が成立しているというのに、警察から照会があったとき、娘は元気だとか、なぜそんな見え透いた嘘を言ったり、挙げ句の果ては行方を晦《くら》ませるようなことをしたのでしょうか？」

「浅見さん流の言い方をすれば、この芝居の中で、唯一、野平だけがミスキャストでしたよ。彼は私に輪をかけた小心者で、慌て者なのです。警察に嘘をついたのは、本人にしてみれば巧みに立ち回ったつもりなのです。そんなことをするものだから、娘は自分と野平を写した写真を用意したりして、それがかえって、ますます嘘はエスカレートしていって、とうとう収拾がつかなくなって、身を隠すしかなくなった……」

「身を隠したのですか？　それとも、身を隠されたのですか？」

「ん？」

「つまり、自由意志なのか、強制されてなのか――という意味です」

「それはもちろん、彼の自由意志です。私もそれに手を貸しはしましたがね」

「じゃあ、野平さんはまだ生きているのですね？」

「まだ生きてって……まさかきみ、妙なことを考えないでくれませんか」

橋口は顔色を変えた。

「いえ、僕は本当に心配なのですよ。野平夫妻ばかりでなく、もう一人、阿部美果さんに香薬師仏を見せると誘った紳士が、その後どうなったかも……」

浅見は橋口の顔を見つめながら言った。

「ああ、それは初谷という男のことを言っているのですな。あれもいま、身を隠していますよ」

「本当ですか？」

「本当です」

橋口は浅見の目を見返した。浅見は年齢がちょうど自分の倍の相手と、三十秒以上、じっと睨みあった。先に視線を逸したのは浅見のほうだった。橋口の視線には千軍万馬のしたたかな意志力があった。たとえ野平夫妻と初谷の身にアクシデントがあったのだとしても、この男から聞き出すことは不可能に近い——と浅見は思わざるを得なかった。

「さて」と、橋口はそういう浅見を慰めるような優しい口調で言った。

「これで何もかもお話ししたわけだが、浅見さんはこのあと、どう料理するおつもりですかな？」

「僕は眠ることにしますよ」

浅見はぶっきらぼうに答えた。

「そうですか、そうしていただければ何よりです。いや、細岡が言っていたとおりだ」

「細岡先生が何ておっしゃっていたのですか？」

「浅見さんの侠気《おとこぎ》を信じろと言っていたのですよ」

「侠気だなんて、そんなもの、僕にはありませんよ」

浅見は心底、腹立たしげに言った。

「僕が眠るのは、お嬢さんのためです」

「娘のため？」

「そうですよ、お嬢さんの悲しみがなければ、僕はあなた方を告発しないではいられません」

「告発……」

橋口は鼻白んだ顔になった。

「告発だなどと……たとえそうしたとしても、ただの死体遺棄にすぎないじゃないですか。せいぜい執行猶予つきの……」

「橋口さん」

浅見は怒りを露わにして、言った。

「それ以上、何も言わないでください。でないと、僕は見て見ぬふりをすることに耐えられなくなってしまう。あなたはうまく誤魔化したつもりかもしれませんが、僕にはあの晩ここでどういう犯罪が行なわれたか、はっきり見えているのです」

「………」

橋口は沈黙し、震え上がった。この強靱《きょうじん》な精神力を自負する男が、本当に震え上がったのである。

エピローグ

奈良を去るときまで、浅見は無口だった。美果が何を訊《き》いても、「ええ」とか「いや」とか、短く答えるだけで、頭の中から語彙《ごい》が大量に欠落してしまったように、言葉を発しなかった。

近鉄特急が走りだして十分ほども経ってから、ふいに「平城山《ならやま》はもう見えませんかね」と言った。

「え？　ええ、たぶんもう見えないと思いますけど……」

美果は右側の窓を覗《のぞ》くようにして、答えた。窓の向こうに広がるのは、すでに京都府南部の田園地帯である。いや、宅地化が進んでもはや田園と呼ぶには抵抗を感じるほどだ。「まほろば」の大和も平城山も、人間たちの営みに侵食されて、しだいにその面影を変えてゆく。

「まだ話してくれないんですか？」

美果は言ったが、決して不満を込めてはいなかった。昨夜からの浅見の憂鬱《ゆううつ》が並大抵のものでないことを、その理由を知らないにも拘わらず、彼女は痛いほど感じていた。

「話しましょう」

窓の外を駆け去る風景をぼんやり眺めながら、浅見は言った。平城山が見えなくなったことで、浅見は奈良の呪縛《じゅばく》から解放されたように、美果には思えた。そうして浅見は、香夢庵での橋口とのやりとりを、ほぼありのまま話した。

「そうだったんですか……」

話を聞き終わると、美果はほっとしたように大きく頷《うなず》いた。

「浅見さんが眠ってくださるって、ほんとにいいことだと思います。私が浅見さんでも、きっとそうしていたわ」

「そうですか?」

「ええ、だって、誰も傷つかない方法は、それっきゃないのでしょう? 最善の解決方法ですよ、間違いなく。それに、橋口さんが言うとおり、事件といってもただの死体遺棄事件なんだし……」

「それは違うな」

浅見は老人が思慮浅い若者を窘《たしな》めるような口調で言った。

「違うって、どうしてですか?」

浅見はしばらく逡巡《しゅんじゅん》してから、「これは、僕と阿部さんだけの秘密にしておいてもらいたいのですが」と言った。

美果はドキリとした。浅見の鳶《とび》色の眸が眩《まぶ》しかった。浅見と一つの秘密を共有することが、スリルである以上に嬉《うれ》しかった。

「え、ええ、秘密、守ります」

「これは、単なる死体遺棄事件ではないのですよ」

「えっ？　違うんですか？」

「立派な殺人および死体遺棄事件なのです」

「えーっ……」

美果はたったいま味わったばかりの、きらめくような幸福感など吹っ飛んでしまった。

その美果の耳元に口を寄せて、浅見は囁《ささや》いた。

「野平繁子さんは殺されたのです」

美果は浅見から身を離すように、のけぞった。口は大きく開けたが、しばらくのあいだ声も出なかった。

「さ、殺人て……」とようやく言った。浅見が「しいっ」と唇に指を当てた。

「だ、誰が犯人なんですか？」

「名前は知りませんが……」

浅見はまた、遠くを見る目になって、言った。

「平城山を越えて行った女性ですよ」

「えーっ、じゃあ……」

美果は唖然《あぜん》とした。

浅見もそれ以上の説明は加えないつもりらしい。

「そんな……うそ、そんなことって……ほんとなんですか？」

美果はうろたえて、支離滅裂に訊《き》いた。

「百パーセントとは言いませんが、おそらく間違いないでしょう。だからこそ、みんなが必死になって隠蔽《いんぺい》工作に動いたのです。もちろん彼女自身も含めて、です。ことに象徴的なのは、大覚寺の紳士――保坂氏が、突然沈黙してしまったことです。ある時期まで、彼はたしかに、野平繁子さんの失踪《しっそう》を暴露しようとしていたのに、ふいに口を閉ざしてしまった。橋口社長は、『彼は悪い人間ではないから』と説明していたが、それは詭弁《きべん》というものです」

「でも、どうして？　動機は何ですか？」

「知りませんよ、そんなこと」

浅見は怒ったように言った。しかし、美果のびっくりした顔を見て、慌てて「知らないのですよ」と言い直した。

「いったい何があったのか、動機は何なのか、本当のところ、僕ははっきり知っているわけではないですよ。前の日に説得したにも拘わらず、野平繁子さんが約束を履行しなかったことへの怒りかもしれない。それとも、嫉妬《しっと》かもしれませんね」

「嫉妬？……」

「そう、女性の心理は僕には分かりませんし、本当はどうなのか、彼女自身に聞いてみないと分かりませんけどね。もっとも、おそらく殺意はなかったと思っていいでしょう。争っているうちに、もののはずみのように、繁子さんは死んでしまった……それが真相だと思うし、せめてそうであってほしいですね」

浅見はすっかり疲れきったように、言い終わると同時に目を閉じた。

「だけど、これから先どうなるんですか？」

美果は逆に野次馬根性を刺激された有閑マダムのように、積極的に身を乗り出した。

「香薬師仏は戻ると思います」

浅見は目を閉じたまま、言った。

「橋口氏がそう約束していましたよ。ただし、いつ、どうやって戻すつもりなのか、そこまでは聞いていません。ある日、新薬師寺に行ってみたら、忽然《こつぜん》と香薬師仏が立っているのかもしれない。楽しみですね」

「そんな……」

美果は焦《じ》れて、つい声が大きくなった。

「そういうことじゃなくて、たとえば野平夫妻がどうなるのか、それから香薬師仏の紳士がどうなったのか、浅見さんは心配じゃないのですか？　警察だって、あの東谷警部だって、これでおしまいだなんて許してくれないかもしれませんよ。浅見さんが黙って奈良から逃げ出したことを知ったら、それこそ怒り狂って追い掛けてくるに決まってます」

「追い掛けてきてもむだですよ。僕はもう眠るだけなのだから。これからあとはつまらない推理小説を読むより、はるかに退屈です。どうなろうと、とても観つづける気にはなれませんね」

そう言うと、浅見は背凭《せもた》れに小さく身をちぢめて、赤子のように眠りに落ちた。

解　説

山前　譲

　名探偵・浅見光彦シリーズは、老若男女を問わず多くの読者の支持を得ている。ただ、男性読者からあえて不満を言わせてもらえば、彼はあまりにもてすぎる。事件ごとに美しい、あるいは可愛らしいヒロインが登場し（詳しくは祥伝社刊『浅見光彦の秘密』参照のこと）、浅見光彦の鳶色の瞳に魅せられていくのだから、羨ましいことかぎりない。

　スラッとした体型に、お坊ちゃん風ながらも知性的な顔立ちの浅見光彦が、同性から見ても魅力的な男であることは認めよう。けれど、あそこまでもてなくても……。思わず、彼には稲田佐和《いなださわ》という心に決めた人がいるのだと、ヒロインたちに耳打ちしたくなるのだが、それはやはり嫉妬心というものだろうか。

　浅見光彦の事件簿のほとんどにヒロインが登場している。なかには彼とキスをした女性もいた。そんな数多いヒロインのなかでもとりわけ印象深いのが、この『平城山を越えた女』の阿部美果だ。二十五歳の彼女は広隆寺の弥勒菩薩にそっくりだという。これほど顔形が明確なイメージのヒロインも少ない。人によってはもっと繊細で美しい仏像に似ているとも。いずれにしても、仏像のような慈悲深い顔立ちである。

彼女は大手出版社で編集者をしているが、神社仏閣がひと一倍好きで、独りでお寺巡りをしたり、仏像を鑑賞するのを趣味としている。文芸雑誌から美術全集へ配置転換となり、気持ちを切り替えようと、京都から奈良を回ることにした。そこで、取材中の浅見光彦とひょんなことで知り合う。初対面の翌日、偶然にも奈良で再会すると、美果はふいに目頭が熱くなって、涙が込みあげてくる。浅見光彦はまたもや女性の恋心をかきたててしまったのだ。罪作りな男である。

その美果が殺人事件にかかわって警察に追われているとなれば、取材もそっちのけで探偵行に熱中してしまうのは無理ないだろう。ただでさえ、不可解な事件を知ればじっとしていられない浅見光彦である。ホトケ谷と呼ばれる薄暗い谷で発見された女性の身元が分らないとか、昭和十八年に盗まれた新薬師寺の香薬師仏の行方とか、浅見光彦の好奇心を大いにそそる事件がこの『平城山を越えた女』なのだ。

その浅見光彦がよく原稿を書いている（書かされている？）のは『旅と歴史』という雑誌で、今回もそこの藤田編集長から依頼された取材だった。雑誌名そのままだが、旅と歴史こそ内田作品の重要なモチーフである。

浅見シリーズの舞台は、沖縄で事件の起った『ユタが愛した探偵』でついに各都道府県すべて網羅された。ルポライターの仕事で、誰かに依頼されて、あるいは母親の雪江未亡人のお供で、名探偵は日本各地に足跡を記してきた。初登場の『後鳥羽伝説殺人事件』以来、探偵行での移動距離は何万キロになるだろうか。

浅見光彦は観光地や名物料理にも興味を示しているけれど、その視線は、旅情のひと言では括れない。旅行者ならなにげなく見過ごしてしまいそうな、その土地とそこに住む人たちの本質的な部分に注がれていく。

旅が空間的な移動だとすれば、歴史は時間的な移動である。『後鳥羽伝説殺人事件』や『平家伝説殺人事件』のような「伝説」シリーズだけでなく、浅見シリーズのそこかしこで歴史の積み重ねが感じられる。現代社会は突然成立したものではない。過去からの延長線上にあり、過去の出来事からはけっして逃れられないのだ。

そうした旅と歴史へのこだわりの意味で、古《いにしえ》の都として知られ、観光客の多い京都や奈良は、とりわけ注目したい小説の舞台だろう。

美果がまず訪れた京都の大覚寺の門前では、樹齢二百年はあろうかという松が切り倒されようとしていた。寺の職員が思わず、「鳥羽伏見の戦を見てきたいうこっちゃなあ」と漏らす。たかだか百年余りの寿命しかない人間は、自然界でちっぽけな存在である。万物の霊長などというのは奢りだろう。歴史の流れからみれば、我々の一生などほんの一瞬にしか過ぎない。

そして、なにも生物だけが人間の歴史を見守ってきたわけではなかった。神社仏閣、そこに収められている仏像、あるいは小道にひっそりと佇む石仏も、歴史の証人なのだ。野辺に転がる小石だって、人間より遥かに長い歴史をもっている。美果に導かれて本書で京都や奈良を回っていくと、とりわけそんな思いが込みあげてくる。だが、我々は感慨にふけってばかりはいられない。事件の根幹にはやはり過去が色濃く投影されていたが、『平城山を越えた女』は現代の推理小説である。現代社会とそこに生きる人々が織り成す事件なのだ。一九九〇年十月に講談社から書き下ろし刊行された作品だが、この年も平穏無事な一年ではなかった。

長崎市長が天皇の戦争責任発言がもとで撃たれ、兵庫県の高校では校門圧死事件が起っている。八月、イラクがクウェートに侵攻し、湾岸戦争へと発展していった。ドイツが国家統一を果し、自衛隊の平和維持活動（ＰＫＯ）が論議されている。雲仙・普賢岳が二百年ぶりに噴火し、翌年には大規模な被害を出した。ＴＢＳの秋山記者が日本人初の宇宙飛行士になったのもこの年である。やけどを負ったソ連の少年を日本に搬送して救うという心温まる出来事もあった。

そして経済界は、戦後最長の好景気になるかもしれないと浮かれていたが、年末の株価は前年末に比べて大幅に下がり、バブル経済崩壊の兆しが見えはじめる。このとき、日本経済がこれほど冷え込むと、予想した人はどれくらいいただろう。もっとも、『旅と歴史』の安い原稿料をいつもぼやいている浅見光彦には、経済の動向はあまり関係なかったかもしれない。本書にもっとも縁の深いのは、六月二十九日の秋篠宮の結婚だろうか。

過去から現在、そして未来へと、人間の思惑などおかまいなしに刻まれていく時のひと隅を切り取り、事件は起こった。阿部美果もますます深入りしていく。いつもながらの浅見光彦の名推理だが、その結末は人それぞれ受止めかたが違ってくるのではないだろうか。

古都を舞台にした『平城山を越えた女』が刊行されてからかなり時が経った。作中の浅見光彦は当時も今も三十三歳で、これまた嫉妬心を覚えてしまう。ただ、いまだに彼は独身である。男性読者にとってその事実は、溜飲を下げることになるのか、はたまた共感を覚えることになるのか……。

そして嬉しいことに、一九九三年に浅見光彦倶楽部が創設され、翌年夏には軽井沢に会員用のクラブハウスが建てられた。そこではさまざまなイベントが行われ、浅見光彦ファンにとってはまさに聖地となったのである。二〇一五年に一般財団法人内田康夫財団が発足してそれは浅見光彦記念館と改称されたが、浅見光彦シリーズをはじめとする内田作品ゆかりの品、直筆原稿や愛用品などが展示されていて、現実とフィクションの狭間を彷徨うことになる。極秘情報によれば、そこに行方不明のあの品が展示されることがあるという。さて、本当だろうか。ぜひとも塩沢湖にほど近い浅見光彦記念館を訪れて確かめていただきたい。

（文春文庫版解説を加筆訂正して再録）

この作品は一九九〇年一〇月、小社より刊行され、一九九二年一〇月講談社ノベルス、一九九四年一月講談社文庫、二〇〇一年三月徳間文庫、二〇一三年一一月文春文庫に収録されました。また、二〇一一年六月内田康夫ベストセレクション（角川書店）としても刊行されています。

この作品はフィクションです。
実在する人物、団体とはいっさい関係ありません。

|著者| 内田康夫　1934年東京都生まれ。CM製作会社の経営をへて、『死者の木霊《こだま》』でデビュー。名探偵・浅見光彦、信濃のコロンボ・竹村岩男ら大人気キャラクターを生み、ベストセラー作家に。作詞・水彩画・書など多才ぶりを発揮。2008年第11回日本ミステリー文学大賞受賞。2015年、作家生活35周年を迎えた。2016年4月、軽井沢に「浅見光彦記念館」がオープン。最新刊単行本『孤道』(毎日新聞出版)では、完結編を一般公募して話題となった。
ホームページ　http://www.asami-mitsuhiko.or.jp

新装版《しんそうばん》　平城山《ならやま》を越《こ》えた女《おんな》
内田康夫《うちだやすお》
© Yasuo Uchida 2017

講談社文庫
定価はカバーに
表示してあります

2017年5月16日第1刷発行

発行者——鈴木　哲
発行所——株式会社　講談社
東京都文京区音羽2-12-21　〒112-8001
電話　出版 (03) 5395-3510
　　　販売 (03) 5395-5817
　　　業務 (03) 5395-3615
Printed in Japan

デザイン—菊地信義
本文データ制作—講談社デジタル製作
印刷———中央精版印刷株式会社
製本———中央精版印刷株式会社

落丁本・乱丁本は購入書店名を明記のうえ、小社業務あてにお送りください。送料は小社負担にてお取替えします。なお、この本の内容についてのお問い合わせは講談社文庫あてにお願いいたします。

ISBN978-4-06-293610-1

講談社文庫刊行の辞

二十一世紀の到来を目睫に望みながら、われわれはいま、人類史上かつて例を見ない巨大な転換期をむかえようとしている。

世界も、日本も、激動の予兆に対する期待とおののきを内に蔵して、未知の時代に歩み入ろうとしている。このときにあたり、創業の人野間清治の「ナショナル・エデュケイター」への志を現代に甦らせようと意図して、われわれはここに古今の文芸作品はいうまでもなく、ひろく人文・社会・自然の諸科学から東西の名著を網羅する、新しい綜合文庫の発刊を決意した。

激動の転換期はまた断絶の時代である。われわれは戦後二十五年間の出版文化のありかたへの深い反省をこめて、この断絶の時代にあえて人間的な持続を求めようとする。いたずらに浮薄な商業主義のあだ花を追い求めることなく、長期にわたって良書に生命をあたえようとつとめるところにしか、今後の出版文化の真の繁栄はあり得ないと信じるからである。

同時にわれわれはこの綜合文庫の刊行を通じて、人文・社会・自然の諸科学が、結局人間の学にほかならないことを立証しようと願っている。かつて知識とは、「汝自身を知る」ことにつきていた。現代社会の瑣末な情報の氾濫のなかから、力強い知識の源泉を掘り起し、技術文明のただなかに、生きた人間の姿を復活させること。それこそわれわれの切なる希求である。

われわれは権威に盲従せず、俗流に媚びることなく、渾然一体となって日本の「草の根」をかたちづくる若く新しい世代の人々に、心をこめてこの新しい綜合文庫をおくり届けたい。それは知識の泉であるとともに感受性のふるさとであり、もっとも有機的に組織され、社会に開かれた万人のための大学をめざしている。大方の支援と協力を衷心より切望してやまない。

一九七一年七月

野間省一